宝樹短篇作品合集

穴居进化史／三国献面记／成都往事／第一个时间旅行者／九百九十九朵玫瑰／时间之王／坠入黑暗

時間の王

稲村文吾・阿井幸作 訳

宝樹《バオシュー》

早川書房

時間の王

时间之王
宝树短篇作品合集
by
宝树（Li Jun）

Translated by
Bungo Inamura and Kosaku Ai
First published 2021 in Japan by
Hayakawa Publishing, Inc.
This book is published in Japan by
arrangement with
宝树（Li Jun）
through Shanghai Tongyi Culture Communication Co., Ltd.

目次

日本語版『時間の王』の出版に寄せて

この短篇集がまもなく早川書房から出版されると聞き、大変うれしい気持ちでいっぱいです。作者にとって、自分の作品が外国語に翻訳されて海外の読者に読まれるということは、楽しみにしていた海外旅行のようなもので、自然と飛び跳ねたくなる思いに駆られます。しかしそれ以外にも、日本語版の出版には普通とは違う特別な意味合いがあります。

およそ三十年前、まだ小学生だった頃、薄っぺらい本を手に入れた私は、読むやいなや、あっという間に引き込まれました。収録作品には、生きている星がテーマの話がありました。他にも、今まで暮らしてきたのは巨大な宇宙船の中だったと気づく子どもの話がありました。一番わけがわからなくて夢中になった作品が、大人たちが突如としていなくなった世界で子どもたちだけが暮らすという不思議な話です。これは幼い頃に読んだSF小説の一冊で、その不思議さや大胆さ、恐ろしさに脳みそが爆発するような衝撃を受けました。覚えているだけでも十数回は読み返したこの本は、数冊の中国作品と共に私のSFに対する最初の理解と情熱を形作りました。

とはいうものの、大きくなるとこの本は行方不明になり、本のタイトルも作者も忘れてしまいました。ただ、ストーリーの一部は依然として脳に深い痕跡を残していました。それから何年も経ち、自分もSF作家となって、たくさんのSF関係の資料に触れる機会を得て、記憶を頼りにようやくこの本を見つけ出せました。この本とは小松左京の『宇宙漂流』で、中国語訳版は一九八九年に出ていました。これより前に、ＳＦファンとして小松左京の『日本沈没』などの作品に触れてきていましたが、まさか自分の精神発達の初期段階に日本のＳＦ小説の大家からこのような貴重な贈り物をもらっていたとは想像もしませんでした。

中国の翻訳小説において、日本ＳＦはわりと進んでいる分野でした。『宇宙漂流』後も多くの日本の名作やベストセラー作品が、私がＳＦファンからＳＦ作家になるまでの長い月日をともに過ごしてきました。昨年亡くなった小林泰三氏は私が最も好きな日本人作家の一人でもあります。書斎の一角には百冊以上の日本ＳＦ小説が置いてあり、それらに対する理解と親しみは自国の作品に引けを取りません。その他の日本の文学やアニメ、映画、ゲームなどの影響を細かく語るのであれば、本書の半分ぐらいを序文が占めることになってしまいますので、ここでは割愛します。

こういった理解のため、日本の社会、文化、または中日関係も私が執筆する上でつねに吟味し描写するテーマの一つになっています。日本の読者からすると、このような描写の大半が幼稚でリアリティ不足に見えると思います（以前《ＳＦマガジン》で発表した「だれもがチャールズを愛していた」が例として挙げられるかもしれません）。しかし、こうした日本に関連する事柄は、物語を構成するうえで、最も大切な想像力の源の一つなのです。これらの想像が決してつねに楽しいものばかりではなく、痛みや怒りに満ち溢れたものもあるのは言うまでもありません。「昔日的陽光（日本語未訳）」では、一部の日本人が南京大虐殺を避ける態度を批判しました。歴史とは、未来を見つめている中でもつねに私たちにまとわりついています。これらの幽霊を直視してこそ、私たちは真の共通の未来を切り開くことができるのです。

共通の未来といえば、近年は『三体』に代表される中国ＳＦ小説が日本で今までにないほど歓迎され、注目されています。拙作はいわばその波に乗っているわけですが、このような相互作用の意味も深いと感じます。二十世紀以降のSF文学は英語世界を主体としていたといっても過言ではありませんが、東アジアではその影響を受けた日本と中国のSFが自分なりのスタイルと伝統を確立し、互いに共有できる理解を持ち、その交流の中でいくつかの融合した地平が形成されました。これは、「東洋」に対する思いから生まれただけではありません。SFに未来への想像が込められていれば、その想像はつねに西洋中心の視点を超える必要があり、日本と中国のSF文化は未来への想像に異質性と多元性を真に勝ち取らせるかもしれません。もちろんこれはまだ先の話ですので、このためにはより多くの作業が必要です。

本書に収録されている作品は時間を題材にしています。私の知る限り、日本SFでも時間はとても重要で中核となるテーマです。『百億の昼と千億の夜』『マイナス・ゼロ』「酔歩する男」など多くの傑作から私は深い恩恵をあずかっていて、その数々の絶妙かつ卓越した境地は拙作の及ぶところではありません。しかし時間の体験と思考は今までずっと私をとりこにし震え上がらせてきたもので、私の作品はこの感覚を皆さんに伝える努力をしているにすぎません。少しでも伝えることができれば、皆さんからの評価がいただけることでしょう。

最後に、本書の出版を後押ししてくれた中日双方の関係者——故事銀行の周游氏、張亮氏、張翼氏、日本語版翻訳者の稲村文吾氏と阿井幸作氏、そして編集の梅田麻莉絵氏に心から感謝を申し上げます。この本が皆さんの懸命な仕事を裏切ることがないよう祈ります。

二〇二一年八月十八日、著者

（阿井幸作訳）

穴居するものたち

穴居进化史

稲村文吾訳

紀元前一四〇〇〇〇〇〇年

ずうん。ずうん。ずうん。

大地が規則的に震えていた。遠くから近くに、小さな揺れから大きな揺れに、かすかな響きから激しい響きに、一度また一度と続いている。

カカ《キキ》は暗闇に身体を横たえ、穴ぐらの壁に耳を付け、警戒をおこたらずに上からの音を感じていた。これがなにを意味するのかは理解している。二本の後ろ脚で歩く巨大な獣が、自分の住処の上を歩いているのだ。巨獣にとってはなわばりへの平常の巡回であって、特段恐れることはない、あの小山のような巨獣は自分になんの興味もないのだとはおぼろげに理解していた。しかし大地の振動は、論理的な思考能力をもたないその頭脳にさえも、偉大なる森の王がどれほどの体格と重量を擁しているかを本能的に知覚させていた。ときに周囲はひどく揺れ、ぱらぱらと土ぼこりが降ってきて、自分が苦心の果てに作りあげたこの家が巨獣に踏みつけられて跡形もなく崩れ、大地の奥深くに生き埋めになるのではないかと恐れも湧いてくる。

しかし恐ろしい場面は現実にはならず、獣の歩みは徐々に頭上を通りすぎて、悠然と遠ざかっていった。

カカはほっと安堵した。ひとまず自分は安全で、地面に出てかまわないと理解したのだ。自らが掘った複雑なトンネルをすばやく通り抜けて、シダの葉が茂る下からその毛に覆われた小さな頭と尖った鼻を突き出した。巨獣が通りすぎたばかりで、周りは静けさに覆われている。大胆に身体を突き出して前足で地面をつかみ、気分よく身体を伸ばして、早朝の空気を入念に嗅ぎ、食べ物のにおいを探した。

さほど鼻を使わずとも、石の上に伏せている褐色の小さな存在をその鋭敏な目がとらえていた。とたんにカカに興奮が湧きあがる。あれは一匹のトカゲだと見てとった。よく肉が付いてみずみずしくて、腹を存分に満たすことができる。朝のはじめからこんなごちそうに出くわすとは、実に運がいい。

カカは忍び足で朝食に近づいていき、トカゲが気づくよりも早く瞬間的に飛びかかって、即座に尻尾を押さえつけた。しかしトカゲはすかさず反応し、身体をよじって尻尾を切りはなし、石から飛び降りて、茂みの下、キノコとコケのただなかを器用にすり抜けていく。カカは足早にあとを追う。狩りの本能に全身の血が沸騰しそうだった。

しかしトカゲはうまく木の洞に滑りこみ、たちまち姿を消した。カカは頭を入れてみようとしたがうまくいかない。自分の身体も大きくはないが、木の洞はそれよりも小さかった。カカはひどく落胆した。だがすこし経ってしまうと、自分がここでなにをしていたかを忘れていた。さっきまでの記憶は簡素な海馬から消し去られていて、トカゲのにおいは鼻にとどいていたが、どこに身を隠したのかは覚えておらず、混乱しながら近くをうろついて回った。

その背後に、長く伸びる影がだしぬけに現れた。光の微妙な変化を感じとって振り返り、その相手を目にして総毛立った。現代の視点からするとそれは巨大な身体のいわゆる怪鳥のように見えるが、実際には鳥そのものではない。二本の脚を地に着け、全身が羽毛で覆われ、尖った長いくちばしを持ってはいる。しかし羽は存在せず、鳥であれば羽のあるはずの場所には器用に動く一対の前脚があり、その先端には二本の尖った爪を持っていた。カカにとっては見慣れた相手で、自分にとっての天敵だと理解していた。その爪はこちらの身体をやすやすと切り裂くのだ。自分がトカゲを切り裂くのと同じように。

カカはぐるりと向きを変えてしゃにむに駆け出した。怪鳥は大股にその後ろからやってきて、鋭い鳴き声を上げながら、休むことなく前脚の爪で襲いかかってくる。カカは背後にまがまがしい殺気を感じ、ソテツの木の間を行ったり来たりしながら、相手を振り切れないかと絶望的な試みに出ていた。だが怪鳥は飽きる様子もなく背後からつきまとってくる。

住処に戻る道を見つけようとカカは努力していた。絶対に安全な逃げ場はそこしかないと知っていたからだ。限りあるその脳は空間構造を理解するには不十分だが、この森での経験に助けられ、見知った景色を本能的に探していた。一本の木に導かれてつぎの木を目指し、石の向こうには茂みがあり……近くへ、もっと近くへ……

とうとうなじんだ入口が目の前に現れた。ありがたや、穴の入口は一つだけではないのだ、いますぐ住処に戻ることができる！

穴ぐらにもぐりこもうとしたそのとき、冷え冷えとした爪に無情にも押さえこまれた。懸命に悲鳴を上げ、あがいても無駄な労力で、すでに背中は裂けて血が流れ出し、怪鳥の巨大な頭と凶悪なくちばしが下を向いて……

そのときカカは見た。怪鳥の背後にもう一つ、さらに大きな黒い頭が現れたのを。その頭だけでも、怪鳥の身体をすべて合わせたより大きい。それは森の王の頭だった。この恐ろしい巨獣が、気配すら感じさせずにいま現れたのだ。ただし当然、狙っているのは腹の足しにもならないカカなどではない。

怪鳥は背後の危険をどこからか感じとって、そのすえにカカを放し、きいきいと鳴きながら怯えた様子で走り出した。

巨獣が一声吼《ほ》え、森をすみずみまで打ち震わせた。カカは全身から力が抜けて地面に転がる。巨獣の足が頭上をまたぎ越え、身体一つ離れていないところに着地するのを見届けた。長い尻尾を振りうごかして空を端から端に横切り、あたかもソテツの木をのこらずなぎ払おうとするかのようだった。数歩と進まぬうちに、巨獣のむきだした牙が哀れな怪鳥をとらえた。無駄なあがきと悲鳴を残して、さきほどまでの威風堂々たる狩猟者は、森の王に捧げられる生贄となった。

血の滴る、いまだ熱を残している肉が空中から降ってきて、カカのそばに落ちた。羽毛がいくつか残っており、怪鳥の身体のどの部分だろうか、ろくに食べでのない肉のかけらに巨獣は目もくれないのだった。それに気づいたカカはすばやくその肉を口にくわえて、よたよたと自分の穴ぐらに逃げ帰った。

このときの体験によってカカは自分の運命を知った。自分は永久に穴ぐらの周囲にとどまるしかなく、できるかぎり出ていかないほうがいいのだ。その外は巨獣と怪鳥たちの天下であり、自分に与えられた空間は哀れなほどに小さかった。

暗闇のなか、カカは肉で腹を満たし、安心と心地よさとを感じていた。背中の痛みは引きはじめ、朝の恐怖も忘れ去られて、自分の穴ぐらに身を潜めてさえいれば外の危険からは離れ、日々は安らかに過ぎるのだと感じていた。生まれてまもないころのことがぼんやりと頭に浮かんだ。ここは違う穴ぐらで、母親の胸のなか、乳腺から分泌される甘い汁をしゃぶっていたことを……あれはなんと満ち足りた時間だったことか。

その夜、カカは夢を見た。いつの日か、穴ぐらの外に出た自分は、身体をみるみる大きく成長させ、新たな〝巨獣〟となっていた。四肢で這うのではなく、巨獣や怪鳥のように後ろ脚で立って歩き、この森すべての主《あるじ》となった。あらゆるものが足元に這いつくばり、思うがままに扱える。そしてもっと、もっと遠くへ進みつづけ、地平線のそのさき、まだ知ることもなく、想像することもできない世界を征服していく――

それは、哺乳類が最初に見た夢だったという。

紀元前四〇〇〇〇年

ルー《阿魯》は洞穴に横たわり、みなが囲んでいる焚火からは離れていた。彼が陣取っている冷えきった石には、快適な暖かさを保ってくれる獣の皮が敷かれておらず、汚らしい干し草が一山あるだけだった。すでに夜は更けて、外では雪が降りしきり、空気はひどく冷えている。冷気はとうに洞穴に忍びこんでいて、自分の身体を包みこみ、露わになった肌の下に這い寄っているのをルーは感じていた。

焚火のほうに目をやる。彼も焚火のそばに横たわり、薪《たきぎ》が与えてくれる明かりと暖かさの恩恵にあずかりたいと考えていた。しかしそこで輪になっているのは、屈強でたくましい狩人とその女たちばかりだった。そちらに数歩でも近づけば、こてんぱんに叩きのめされたあげく蹴り飛ばされてしまう。すでに何度か試みてきたルーにあらためて立ち向かう考えはなかった。

焚火の近くから、たん、たんという音と、女の低いうめき声が聞こえた。ルーがそちらに目を向けると、堂々たる体格のシォン《阿熊》がクオクオ《果果》の身体に覆いかぶさり、息を喘がせながら若さに満ちあふれたその身体に欲望を吐き出していた。男一人と女一人が動くその影は焚火によって洞穴の壁に映し出され、とびきりの絶景を作っていた。

ルーはもの欲しげに唾を飲みこんだ。クオクオは部族のなかでいちばん若く、美しい少女で、男たちはみな惹かれていた。もちろん彼自身もそうだったが、ふだんはそばに近づくべくもなかった。すこしまえに彼はどうにか勇気を奮い起こし、木の茂みから果実をひと山採ってきて、いちばんうまそうなものを選んでクオクオに差し出した。少女がそれを受け取ろうとしたとき、背後からションがやってきて、張り手でこちらを吹きとばし、血のしたたる麋鹿《シフゾウ》の脚を彼女のまえに放り出したのだった。少女の顔には歓喜の表情が浮かび、獣の脚を抱え上げた。ションは歯を露わにして笑い、クオクオを抱き寄せると、松の木の陰に向かった。殴られていっとき気が遠くなったルーは、うめき声を漏らしながら立ち上がったところで、木の陰から伸びた四本の足が絡みあうのを目にした――

　ルーも鹿のもも肉を手に入れ、クオクオに贈りたいと考えはしたが、力もなければ足も遅く、罠を仕掛ける腕前も褒められたものではなくて、立派な獲物を狩ってこられる機会はないに等しかった。一度どうにか肥えた兎を捕まえてきたときも、ションとバオ《阿豹》たちに横取りされてごちそうとして供され、ルーから贈ることのできる分などあるはずもなかった。もっともたくましい狩人がもっとも美しい女を手に入れる、この世界のゲームのルールはすこぶる簡単だった。

　ルーという男にとって、狩りはいつになっても悪夢だった。彼の叔父は狩りの最中にマンモスに踏みつぶされて死に、兄はサーベルタイガーに腕を半分食いちぎられ、傷口が膿んでしまい数日と経たずに命を落とした。それでも毎日、ほかの男たちとともに厳しい寒さのなか雪原に向かい、集団での狩りに加わりはするが、骨や内臓といったわびしい取り分しか与えられなかった――取り分があるとすれば。ルーは狩りを恐れている。クオクオへの恋慕も立派な狩人に育つ助けにはならなかった。生まれつきのことだと思い知っているからだ。自分にとっては、洞穴のなかがどこよりも自然にいられる居所だった。ここでだけは、外にはない安心を手にすることができた。

　焚火のほうではションが低くうなり声を上げ、身体を数度震わせたあと、クオクオを抱きすくめたまま獣の皮の上に寝ころがり、気持ちよさそうに寝はじめた。この寒さ――それとションのいびき――のせいで眠りにつけないルーのほうは、身体を起こし、干し草の下から半分焼け焦げた木の棒を引っぱり出して、岩壁に炭を塗りつけはじめた。すこしすると、本物さながらの野牛の輪郭が、それに続いて、跳ねまわる小鹿が岩壁に現れた。

これがルーのただ一つの技倆であり、部族のだれとして真似できない技倆でもあった。ほとんどあらゆる動物の姿を描くことができ、描かれた線をまえにした人々は困惑した。平面に現れたこの姿がほんとうの動物でありえないのはわかっているのに、これは動物だと思わされてしまう。なにが起きているのかわからなかった。あるとき、ルーが野牛を描いているのを目に留めたションは、混乱しながら延々と眺めているうちに腹を立てて、そのうち雄叫びを上げると、ルーを地面に押したおして叩きのめし、このさき絵を描くことを禁じた。しかし偶然にも、その日彼らは実際に一頭の野牛を仕留めることができた。ルーの描く妙な印《しるし》が幸運をもたらしたのだと言い出す者がいた。ションはそれを鼻で笑いはしたものの、ルーの得体の知れない行動にはひとまず目をつぶるようになっていた。

ルーは今度は一頭のライオンを描いた。ライオンを描くのは初めてではないが、今度はその横に一人の男を置き、先が枝分かれした木の槍を手に、ライオンを狙わせていた。絵のなかの男は数本の線で簡単に輪郭を描いただけで、どこにも特徴は見えない。しかしルーは心のなかで叫んでいた――これは自分だ、このルーだ。この力を見ろ。一人でライオンを仕留めてみせたんだ。

ルーはすこし考えて、ライオンの足元に一人、倒れている人間を描いた。それはションで、しかし首から上がない。頭はライオンに食われてしまった――そう考えた。

にやにやと笑いはじめたルーは、身の回りのあらゆる悩みを忘れ去ったかのようだった。描くうちに勢いづいて、絵のなかの〝ルー〟のそばにもう一つ人の姿を添えた。魅惑的な曲線を持つ身体で、その胸元には豊かな乳房を描き添えた。ほら、これはクオクオだ――と胸のなかで言う。彼が作り出したこの世界において、クオクオは自分に守られる存在だ。このライオンを殺したあとは死骸をかつぎあげて、クオクオとともに自分たちのための洞穴に戻り、二人で甘い暮らしを送るのだ……

そうだ、子供を描かないと。自分とクォクォの子供を……

洞穴の外では、氷河期の雪が勢いを増していく。

紀元前一五〇〇〇年

夜更け、夜の神が統べる空に恐ろしい異変が現れた。何日も供物を捧げられていないのだろうか、雷神は吠え猛り、大斧を振るって、空の幕につぎつぎ裂け目を刻んでいった。天のさなかに滔々《とうとう》とたたえられていた川の水が稲光の間隙を縫って注ぎ降り、そこに風神が加勢して、おびただしい数の冷えきった鞭と化し、大地に生きるあらゆる存在を容赦なく鞭打っている。

〝骨笛《ほねふえ》〟は数人の仲間と身体を寄せあい、一本のナラの木の下に縮こまって、天上の神の怒りに対面し身体を震わせていた。この木は太く頑丈で背も高く、枝葉は豊かに茂り、おおかたの風雨は遮ってくれる。彼らが身を潜めているのは、どうしてか折れて垂れさがった一本の太い枝の下、そこに生まれた狭く、外界から隔てられた空間だった。この仮の避難先は、ふだんの弱い雨が相手であれば大した問題はなかった。しかし今日の荒れ狂う嵐のもとではさほど役に立たず、おおかたの水は枝や葉を伝って流れていくとはいえ、枝葉の隙間からいくらかの雨水が染みとおってきて、彼らの身体のいたるところを濡らしていく。女たちは怯えながら祈り、男たちはいらだちながら悪態をつき、この激しい雨が早く去ってくれることばかりを祈っていた。しかしながら夕刻からいまにいたるまで、風雨はいっこうに止む気配を見せない。

「ここに来るんじゃなかった」兄の〝石斧《いしおの》〟がぼやくのが耳に届いた。「北のもとの家に残っていたなら、ひとまず洞窟で暮らすことはできたってのに」

「しかし、あそこに残っていたら凍え死んでいただろうさ」〝骨笛〟は言う。「氷と雪の神がすべてを手中に収めてしまって、大地は一年じゅう氷に閉ざされて、一本の草も生えなかった。マンモスとケブカサイのほかに生きていける動物もいなかったじゃないか」

「ううん……でもここだって寒いよ、きっと神様が追っかけてきてるんだ……」反対側では、妹の〝貝殻《かいがら》〟が怯えながら泣いている。

「そんなことはない」〝骨笛〟は妹をなぐさめる。「見ろ、とりあえず森があって、しかも雪じゃなく、雨が降ってくれる」

しかし彼は、いつか聞いた言い伝えを思い出していた――北の氷の神が森の神を打ち負かし、大地を閉ざして、森の神は南に逃れた。大地は果てのない氷河に覆われて、生き延びられた命はほとんどおらず、人々は森の神の歩みをたどりながら暖かい南方を目指して逃げるほかなくなったのだという。

しかし〝骨笛〟たち一族が北を発ったのははるかに後のことで、彼らにとって森とは、晴れやかな言い伝えのなかの存在でしかなかった。彼らは月の満ち欠けが二めぐりするあいだ歩きつづけ、十数名の命を失いながら氷河と草原を抜けて、この豊かに茂る森にたどり着いたのだった。希望を胸に洞窟を探しもとめた彼らは、そこに腰を据えて新しい暮らしを始める算段だった。まもなく、期待どおり手ごろな洞窟が見つかった。

しかし直後に、自分たちは最初の移住者でないことに気づかされた。洞窟はさきに一団の住人に――彼からすれば、褐色の肌を持ち、縮れた髪のあの連中はほとんど人とは呼べなかったが――占領されていた。連中はこちらの一族とは違う言葉を使い、鳥の鳴き声のように話していた。争いが起きたが、洞窟の要所を守りきった相手に対して、彼らは攻め入ることができず、かえって二人の仲間を失って無様に逃げ去ることしかできなかった。

日々は過ぎ、彼らはなじみのない森をうろつき回り、吹きさらしの野で暮らしていたが、いつまで経っても求める洞窟は見つからなかった。北の大地の人間たちはみなここに逃れていて、洞窟の多くはさまざまな人々によって占拠され、まだ人がいない場所があっても、手狭すぎて現在の人数を収められなかった。彼らは木の下で寝起きするしかなく、それでもふだんは火を熾《おこ》せばそれなりに暖かったが、それが嵐に見舞われると身を寄せる先がなかった。風雨に晒されたことで大人になりかけの子供二人と老人一人が命を落とし、現在の彼らはたった十数名、もしこれが続くのであれば、この小集落の生き残りは、見知らぬ土地に灰や煙のごとく消え去る運命だった。

いますぐにでも新しい洞窟を見つけなければ――〝骨笛〟は思った。

突然、猛烈な風が吹きつけてきた。もとから垂れさがっていた枝が完全にねじ切れ、枝葉を付けたままそばに落ちてきて、彼と仲間たちはたちまち、風雨が吹きすさぶなか直《じか》に晒されることになった。みなは悲鳴を上げ、わずかに残っている枝葉の下に慌てて身を隠そうとしたが、その場所はあまりにも狭く、これほどの人数を保護することはできない。

〝骨笛〟と〝石斧〟の兄弟はそれでもましな場所に落ちついていた。しかしか弱い〝貝殻〟は外に押し出され、風雨に晒されるままに激しく身体を震わせていた。〝石斧〟がため息をつく。「まったく気の毒に、あの枝が折れなかったらなんとかなっただろうが……」

一筋の電光がひらめいた。外に広がる空ではなく〝骨笛〟の頭のなかに。木々の隙間を通して、あの枝が数十歩先のぬかるみに横たわっているのが見えた。

あの枝が折れていなかったら――彼は考える。いまも、もとの場所に残っていたなら――

「あの枝をまた起こそう！」自然とそう口にしていた。

「なんだって？」兄はひどく困惑していた。「あの枝は折れてるだろうに」

「戻すんだよ！」彼は返す。「もとのところに戻せばいいんだ！」

「無理だよ」あっさりと却下された。「支えがないだろう」

〝貝殻〟の震えはひどくなっている。まだ幼いこの妹は、雨に濡れれば身体を悪くし死んでしまう。深く考えるまえに飛び出し、全身をしとどに濡らした妹を抱きかかえて、〝石斧〟に渡した。「〝貝殻〟を守ってくれ！」そう伝える。

「おい、おかしくなったのか？　外は――」

しかし雨風が混じって吹きつけるなか、兄の言葉はもう耳に届かなかった。氷の刃のごとく冷えきった雨もものともせずに、手首ほどの太さの例の枝をぬかるみから引きずり出し、もとの場所にまた据えようと試みた。しかしうまい置き場が見つからず、どれだけやりなおしても、枝はどこにも落ちつくことはなかった。

「無理だって言っただろうが、おまえ」〝石斧〟が話しかけてくる。「戻ってこい、集まればなんとかなる」

「戻ってきて、〝骨笛〟兄さん」〝貝殻〟も言う。「あたしたち、くっつけば大丈夫だから」

彼は逡巡した。冷たい水に打たれ、苦痛は頂点に達している。もう諦めてしまおう――そう頭に浮かぶ。しかしそのとき、電光が空を明るく照らし、分かれて伸びた二本の枝が股を作っているのが目に入った。高さもあつらえむきだ。直感のままに、その股に例の枝を据えると、思ったとおり見事に収まってくれた。

〝骨笛〟は喜び勇んでもとの場所に潜りこんだ。大ぶりな枝は風雨をあらかたさえぎってくれ、ついいままでの窮地を思えば、この逃げ場はずっと居心地よくなっていた。

「〝骨笛〟兄さん、ほんとにすごいよ」〝貝殻〟がそばに寄ってくる。ほかのみなも口々に褒めたたえてきた。

「足萎えの狩人が死んだ剣歯虎《サーベルタイガー》に出くわした、ただのまぐれだ」〝石斧〟は冷ややかにことわざを口にした。

外から響く風の音はますます強まり、枝の地面に着いた側を揺さぶりはじめる。反対の側は木の股の間でごろごろとこすれあい、いまにも外れそうになっていた。

「気をつけろ！」〝石斧〟が急に声を張りあげて、〝貝殻〟を抱きすくめて引きよせる。そのすぐあと、妹がいままで座っていた場所に枝がばたりと倒れてきて、泥水をみなに撥ねかけた。作りなおした逃げ場がまた壊れてしまった。

「ろくでもないことをしやがったな」兄になじられる。「妹を潰すところだったぞ！」

〝骨笛〟は顔が熱くなるのを感じた。全員から非難の目を向けられている気がした。へこたれずに再度飛び出していき、枝の股を眺めて、すぐになにが問題だったのかを察した――間が広がりすぎていて、もたせかけることはできるが安定させられないのだ。

もうすこし狭ければいいんだ……

あそこをもっと狭くすることができれば……

またしても彼の頭にひらめきが訪れ、兄に向かい言った。「斧をくれ！」

「なにするんだ？　薪を切ってくるのか？　いま？」相手は困惑している。

「とにかくよこしてくれ」説明している暇はない。兄は逡巡したあと、身につけていた手斧を手渡した。〝石斧〟と名付けられているがゆえに、この男は部族のなかでいちばんの斧を作った。

〝骨笛〟は斧を握り、枝の股のあいだに力をこめて振りおろした。二度打ちつけると皮が剝け、そこで生まれた小さな裂け目は、一度斧を振りおろすごとに着実に広がっていった。彼はこの仕事にすべての力をこめた。風雨は容赦なくその身体を襲っていたが、胸のなかはまったく新しい思いつきに満たされて、全力で働くうち身体はしだいに寒さを感じなくなり、それどころか温まってきた。

しかし、延々と斧を振りあげているうち彼は精根尽きた。裂け目をあらためて眺めてもあまりに小さすぎ、太い枝を据えるには不足だった。息を喘がせ、また動き出そうとしたがすぐには力が湧いてこない。

「この役立たずが、おれを見てろ!」そこに〝石斧〟が出てきた。横に立って、新しい斧を手に力強く打ちつけはじめる。ようやくこちらの目的に気づいたのだ。兄弟は笑みを交わし、素朴な歌を声合わせて歌いながら、懸命に仕事に励んだ。

ついに、枝の股には必要な大きさの溝が刻まれ、二人が例の枝を起こして据えると、今度はこの場所にがっちりとはまりこんでくれた。〝骨笛〟は、もう片方の端は石で押さえようと考えた。それで両端とも動かないようにできる。この逃げ場が揺らぐことはなくなるのだ。

二人は枝の下にもぐりこみ、仕事の成果が雨風から隔ててくれる恩恵にあずかった。しかし、雨はしばらくすると止んだ。

「こんなに早く止むのか」〝石斧〟はそれにすこし不満げだった。「無駄働きだったじゃないか」

「いいや、無駄なんかじゃない」〝骨笛〟は言った。「あの枝はもう倒れることがないんだ。みんなでここに住みつづけられるんじゃないかと思うよ、兄さん」

「冗談言え。あの枝を据えつけたって、洞窟とは比べものにならんだろう」

「でもこのあたりは探しつくして、手ごろな洞窟は見つからなかったんだ。目のまえのことに向きあわないといけないんじゃないか? ここでは家にできるような洞窟は見つからないんだよ、つぎの森に行ったたって同じようなことだろうさ」

「でも、ここっていうのはさすがに……」

「兄さん、考えがあるんだ」その眼には熱っぽい光がひらめいていた。「もっとたくさんの枝を立てかけて、ここを洞窟みたいにがっちりと囲えばいいじゃないか」

「でも、枝の股はそんなにあるのか?」〝石斧〟はよく理解していない様子で訊ねる。

「いや、見てわからないかな? 枝の股なんてそもそもいらないんだ」〝骨笛〟は言う。「斧か小刀、それか錐《きり》があれば、木のどこにでもへこみを刻むことができるだろう。うまくはまる枝を折ってきて差しこめば――蔓《つる》で縛ってもいいかもしれないな、下からほかの枝で支えるっていうのも、それか石を下に敷いたって……」

「いったいなにを言ってるんだ？」

〝骨笛〟は腕を広げた。「つまりさ、地面の上に洞窟を作ることができるんだ！　それで、みんなでそこに住むんだよ」

「な……」その言葉に〝石斧〟は唖然とした。「鳥が巣を作るような話なのか……だがこっちは人だ、先祖代々ずっと洞窟に住んできたのに、そんなことできるわけ……」

「鳥は巣を作ることができる、鼠は穴を掘ることができる、なんで人は木の枝で自分たちのために穴ぐらを作っちゃいけないんだ？」

「そ……それは話がべつだろう、こっちは鳥でも、鼠でもないんだ」

「でも、できるんだよ」彼は答える。「石だとか骨の形を変えられるのと同じだ、ここにある木に手を加えて、自分たちの洞窟に変えることができるのに、やらない手はあるかい？」

「だがここの木に好き勝手して、森の神を怒らせはしないか？」

「森の神は許してくれるさ。考えてみてよ、こうでもしないと、この森にとどまることはできないんだ。さもないと、つぎの森に移り住むよりまえにみんな死んでしまうよ」

「〝骨笛〟兄さんが言ってること、合ってると思うよ」〝貝殻〟も話に加わってきた。「こんなことになってるんだから、やってみたらどう？」

　議論の参加者はどんどん増え、賛同もあれば激しい反対もあった。彼の提案はみなの興味を引いていた。結果、賛成が多数となって、彼らはつぎの日の朝からこのまったく新しい試みを始めることに決めた。

風雨は去り、黒雲は散って、暗闇のなかから空の深い青が姿を現す。焼けるような曙光が東の地平線から広がりはじめ、雨上がりの森に鳥たちは歌い出した。日中《ひなか》の神がまもなくやってくる。

これはまったく新たな夜明けになるだろうと、〝骨笛〟はおぼろげに感じとっていた。新たな森が、否、いまだかつてない世界がまもなくもたらされるのだ。人はまもなく、おのれの両手で大地の上にみずからの住処を作りはじめる。これは人と万物、そして神々との関わりを永久に変えてしまうだろう。

その真昼がいかなるものか、彼ほどの知恵があろうとも想像はできなかった。

紀元前一三三九年

テーベは壮麗な都だった。カルナック神殿の巨大な百柱殿において、沐浴のためナイル川の水に浸かる安らぎをファラオはなつかしく思い出していた。しかし南の旧都以上に、ファラオは足元に広がるアケトアテンの都を愛していた。みずからが建てた、彼自身の都であるからだ。ここでは歴代の先王の墓や宮殿が頭上にのしかかってくることはなく、いまいましいアメン神殿の祭司たちがいちいち指図してくることもなく、この都を統べるのは彼一人、そして彼を守る太陽神――アテンのみだった。

アケトアテンの都はまだいっさいが闇に覆われていた。東からおぼろげに射す一筋の光だけが、城内に鎮座する神々の像とオベリスクの輪郭を描き出している。早く起き出したファラオは、この偉大なる都の中心、みずからの手で設計した太陽神を祀る神殿の入口に立つ。二つの巨柱のあいだを春分の太陽があやまたずのぼっていき、人影のない長く伸びる柱廊に金色の陽光が射し、頭上に掲げられた純金のアテンの神像――人の姿はとらずに、輝きを放つ円盤が置かれているだけだった――を照らすのに見入った。陽光のなか、神像は第二の太陽さながらにぎらぎらと輝いて、神殿のいたるところに注意深く配された丸鏡の力を借り、各々に反射した陽光で神殿をすみずみまで照らし出していた。ファラオのものであるこの光に、彼はこの上ない幸福を感じた。暗い洞穴のようだった壮大な神殿が、またたくまに光に満ちた宇宙へと転じる。

アテンの神像をはるか頭上に戴いてファラオはたたずむ。心中は静かな愉悦に満たされていた。

これまでと同じく、今日の春分の祭祀は王子のトゥトアンクアメンが代わりに執りおこなう手はずになっている。表向きの理由は神殿においてファラオがアテン神の啓示を受けたということになっていて、しかし実際には——人々にもひそかに知られているのではないかと彼は疑っているが——ファラオ自身が公の場に姿を現すのを嫌っているからだった。並の人々よりもはるかに背が高く、細く長い顔を持ち、やせ細った手足、突き出た胸と腹は、釣りあいの取れた身体とはほど遠く、化物さながらの姿をしている。高貴な血筋によって王位を継いだことにはなんの疑いもないのだから、表向きにはみな恭《うやうや》しくふるまっているものの、その背後でいくばくとも数知れぬ者たちがあれこれとささやき、数々のよこしまな噂を流していることは感づいていた。

それだから、新しい都を建てたファラオがテーベより移ってきてからというもの、アケトアテンの新たな宮廷では人前に現れることはなく、兄弟や親類も、大祭司であっても、ふだんその姿を見ることはなかった。ここであれば我《わ》がアテン神との精神的な交流に没頭できる。そのうえ、新たな神を称え祀るさまざまな芸術を発展させてもいた——彼自身の導きにより、新しい様式の絵画や彫刻、詩歌が引きも切らずにその姿を現している。おのれ一人のための世界を作りあげたようなものだった。

光を放つアテンの神像に向きあい、人影のない神殿においてファラオは、みずから認《したた》めた熱のこもった賛歌を声高らかに朗唱した。

あなたは我が心に住まい
ほかのだれもあなたを知らぬ
あなたの息子、偉大なる国王をのぞいて
王はあなたの身体より現れ
あなたに代わり大地を統べ、その王妃を愛す
おお、美しきネフェルティティよ……

しかしときに外の世界が闖入《ちんにゅう》し、ファラオの心の静寂を破ることはいまだにあった。来訪者を伝える衛兵に続いて、赤いローブをまとった高位の書記官が神殿に足を踏みいれ、ファラオのまえにひざまずいて礼を示した。この男は外からの報せを携えていた。

「太陽神アテンの化身よ、なににもまさる上下エジプトの統治者よ、偉大なる諸王の王よ……」書記官は、ファラオの長々しくきりのない神聖なる身分をおろそかにせずそらんじはじめた。

ファラオはいらだって手を振る。「用件を話せ。どのような報せだ」

書記官は金を貼りつけた革袋から象形文字で埋めつくされたパピルスの巻物を取り出し、広げると読みあげはじめた。「ヒッタイトの王の軍勢はすでにミタンニ王国を征服し、ユーフラテス川におけるわれわれの支配は揺らいでおり……

われわれの同盟先であるバビロニア王国も侵攻に晒され、あの王はあなた様に急ぎ助けを求めており……

シリアの反乱はさらに広がり、あなた様の任命された総督は反逆者によって殺され、騒乱はカナンの地まで波及しており、はてに反逆者は王を僭称し……」

「もうよい！」ファラオは声を荒らげ、怯えた書記官は床に這いつくばった。「去年の末には、メン

フィスを守る十万の大軍に北の大陸へ向かい騒ぎを平定するよう命じ、テーベからは三万の援軍を送らせたではないか。なぜいまになっても情勢は収まらないのだ？　おまえが命令を伝えていないのか？」

「太陽神の化身よ」書記官はすがりつくように訴える。「神聖なるあなた様のお考えに背くことなど、わたくしにできましょうか？　わたくしは真っ先にナイル川を通じ、テーベに報せを伝え、しかしあの……大祭司たちが……」そこで口ごもりはじめる。

「言え！」

「はい、大祭司たちはあなた様に仕える大官をほうぼうで手中に収め、あれこれと理由を付けて神聖なるご命令を撥ねつけているのです。なんでも、陛下がアメン神に背いたがゆえにエジプトは上下ともに人心乱れ、テーベでもあちこちで騒乱が起き、ナイル川の洪水もはるかにその数が増えた、すべて諸神の天罰だと申すのです。そのうえ、国庫の財産は新都の建設に使いつくし、作物の実りは悪く、軍も腹を満たすことができずに、辺境の情勢に手出しかなわず……陛下がテーベにお戻りなさって、アメン神のまえで過ちを認め、ふたたび神のご加護を得ないかぎり、あやつらが陛下のお考えに従うことはありませんでしょう」

「罰当たりどもめが！　我が威光をそこまで見くびるか！」ファラオの怒りの炎は神殿をのこらず呑みこまんばかりで、手にしていた金杯を床に投げすてると、転がった杯の鋭い音が広間に響きわたった。「我が命を伝えよ、アクトアテンの全軍は出撃の準備を整えるのだ。鼠も同然の反逆者どもをこの手で討伐し、邪悪なるアメンの神殿など更地にしてくれよう！」

書記官は全身を震わせながら、命を受けその場を後にしようとしたが、そこをファラオが呼びとめた。「待て……ひとまず下がっていろ、もうすこし考えたい」

怒りの潮が退《ひ》いてみると、この言葉が現実になるはずはないとファラオは気づいた。過去の十数年、アメン神の僧侶とは数えきれないほどの争いを重ねてきて、いくつもの神殿を破壊し、大祭司を何人も死罪に処すに至ったが、それでも敵の根底を揺るがすことはできなかった。反対にこちらがテーベからじりじりと追いやられ、アケトアテンのこの堅固な殻に閉じこもる羽目になって、率直に言うなら、なおさら形ばかりの存在になっていた。実際の権力は哀れなほどに小さく、指令はこの都をいっさい出ないとさえ思える。親征に打って出るなど笑い話だ。そうなれば自分の軍隊が先んじて反乱を起こすだろう。

要するに、彼のことを、その信仰を、その芸術を、その世界を理解する者はほとんど存在しないのだった。彼は人々の王でありながら、この世界と相容れない存在だった。

あの、ひとつとして欠けたところのない女を別にすれば……

王妃ネフェルティティ。

いまファラオは、なんとしても彼女に会い、なにもかもを打ち明けたかった。自分を理解し、味方になってくれるのは彼女のみ……彼女はファラオにとっての〝共治者〟であり、宮廷の壁画ではつねにともに立ち、天を仰いでアテン神の洗礼を受けていた。

正殿を出た彼はその奥の広大な中庭を抜け、王妃の寝所に足を踏みいれた。ほかの何人《なんぴと》にも入ることを許していない場所である。極彩色に輝く寝殿に侍女はおらず、高窓から金色の陽光がひとすじ寝室に射しこみ、台上に置かれた精巧な彩色をほどこした彫像を照らし出しているだけだった。

高々と伸びる青い王冠の下、額には金色の蛇がまといつき、その下には高雅で非のうちどころのない面差しと、夢のような一対の眼があった。

彼がその手で彫りあげた、幻想のなかの完璧な女神であった。ネフェルティティ、その名は〝美しい人が訪れた〟という意味を持つ。この世のいかなる女も、彼女とは比べものにならなかった。

しかしこれほどに完璧な女は存在しない。存在したことがない。彼女は幼いファラオの夢想であり、彼に楯突くこの世を超越した贅沢な夢だった。ファラオになってからでさえ、この幻を現実に存在するものとする手だてはなかった。

とはいえすくなくとも、この世界に彼女が存在すると思わせることであれば可能だった。彼女に触れた銘文や絵画はアケトアテンのいたるところに置かれ、幾人かの侍女に産ませた子供を彼女の子として扱った。この秘密を知る者はおおかたこの手で死罪にし、残る幾人かもいずれ自分に陪葬されることになる。ファラオがみずから編んだ二人の恋物語は史書に記され、万世にわたって語りつがれることだろう。

ファラオは俗世の悩みをしばし忘れ、寝所の奥に腰を下ろして、甘い物思いにひたった。

そしてアクエンアテンと名乗るファラオは部屋を出ると、養子であるモーセを連れてくるよう侍従に命令を伝えた。創世神アトンの偉大さについて、新たに心得たことを伝えなければならなかった。いま、モーセは唯一心安く話すことのできる人間だった。

紀元五二九年

老齢のダマスキオスは葦ペンを置いて、こわばった指を動かした。文字に埋めつくされた羊皮紙の巻物から白髪に覆われたた頭を上げ、背後で燃える火に照らされたみずからの影が、石壁のうえでゆらゆらと伸び縮みするのを眺めた。この光景を目にするたび、頭に浮かぶのはプラトンが語る洞窟のことだった。なにしろ、このところは昼も夜もなくその問題を考えているのだ。いま書きつづっているこの『国家』への注釈も、まさにその肝心な点で行きづまっていた。三年ものあいだ、毎日数千字の段落を記してはそのたびに削っていき、結局一字も書くことができないのだった。

何度か咳きこむと、長く伸ばした白いひげが激しく揺れた。齢七十一となり、身体は日増しに弱っていて、あと何年生きていられるかわからない。いまなによりの宿願は、この『国家』の注釈を完成させることだった。しかし、これを完成させるだけの精力と知恵を自分が備えているかはわからない。自分が直面しているのが、思想と生命の窮境であることはわかっていた。しかしそれは自分自身の窮境にはとどまらず、文明世界全体のものだった。先史の神話時代以来の文明の光が、この風雨に揺すぶられる時代に消え去らんとしているのが、その目にははっきりと見えていた……

慌ただしい足音が外から聞こえてきたかと思うと、何者かが急《せ》いた様子で扉を叩いてきた。扉を叩く音は勢いが強く、ダマスキオスはいくらか怪訝《けげん》に思った。学園の者はみなこちらの習慣を知っている。食事を運んでくる学生を別にすれば、ふだんはだれも自分の邪魔をしようとは思わないし、今日の食事はすでに運ばれていた。卓上に目を向けると、そこに置かれたパンとオリーブ、燻製肉にはほとんど手がつけられていない。

「わが師よ、わたしです、シンプリキオスです」尋ねるよりもまえに、急いた声が耳に届いた。自慢の弟子のシンプリキオスは、分別《ふんべつ》のある学者だとダマスキオスは知っていた。深夜にやってきたからには急ぎの用があるのだろう。「入りなさい」そう声をかけた。

重たい木の扉を開き、服装が乱れたままのシンプリキオスがこの狭い部屋に入ってきた。そそくさと礼を済ませたあと、正面切って話しはじめた。「わが師よ、失礼ながらお勤めを中断していただきます。ですが、ことは急を要するのです、ついさきほど、皇帝陛下が命令を発し、地方長官によって学園は閉鎖させられると聞きました」

ついに来たか——ダマスキオスはそう考え、しかし口には出さなかった。まだ信じていないものと思ってシンプリキオスは続ける。「ほんとうのことなのです、確かな筋からの知らせです。皇帝は地方長官に、学生をすべて放逐し、邪説をまきちらす異教徒を捕らえるようにと命じたのです。使者はいまコンスタンティノープルから向かってくる途上で、明日には連中が大挙して現れ、ここを封鎖するでしょう」

「わかっている」老人はうなずき、弱々しく答えた。「この数年のうちに予感はしておったのだ、この日はいずれ訪れると。とくにユスティニアヌスが即位してからは――あれはなににつけても手が早い。よかろう、十字架の教えが最後には勝利を手にしたのだ」

五百年だ、とダマスキオスは考えた。あのイエスという正気をなくしたユダヤの男が十字架に磔《はりつけ》にされてから。その奇妙な教義は野火のごとくローマ帝国の内外をのこらず焼きつくし、古典文明を灰に変えた。コンスタンティヌス皇帝が帰依してからは、帝国と宮廷は同様に先祖たちの信仰と暮しをなげうち、十字架のもとに身を投じた。歴史ある神殿は打ちすてられ、諸神は忘れられ、野蛮人が帝国の背後に踏みこみ……哲学者たちだけが、理性と弁論とをもってアジアからの異教になおも抗っていた。賢明なるユリアヌス皇帝の伝統をよみがえらせようとする努力は半ばで挫折し、アウグスティヌスの寝返りは強力な敵を増やすことになり、ヒュパティアの死も深刻な打撃であった……しかしこの百年、哲学者たちはふたたび学園を復興し、歴史あるアテネにおいて合流し、いまだ色あせることのない古典の書物について教授し、真理を心より渇望する青年たちを教化している。そのためキリスト教会にとっては目の上のこぶとなっていた。連中はキリストを奉じる皇帝をあらゆる手を尽くしてそそのかし、悠久の歴史を持つ古くからの学園を滅ぼそうとしていた……

「……ですから」シンプリキオスの言葉によって、ダマスキオスのまとまらない思考は現実に引きもどされた。「われわれはいますぐにここを発たなければなりません」

「ここを発つ？　どこに向かうというのだ」ダマスキオスは苦笑いを浮かべる。「イタリアはとうにゲルマンの野蛮人の天下となっていることは忘れてはならないぞ」

「船の手配は済んでいます、夜のうちに船に乗りこみ、ユダヤ属州のあたりで陸に上がり、そして国境を越えメソポタミアに向かうのがよいでしょう。かの地のペルシアの王は学識あるものを厚遇し、ローマからの亡命者はみな歓迎されるといいます。われわれはペルシアの都に身を寄せることができましょう」

「ペルシアだと。はっは！」ダマスキオスはしわが刻まれた頬を震わせ、しわがれた笑い声を上げた。「シンプリキオスよ、忘れたのか？　一千年ほどさかのぼった昔、ギリシア人はサラミスの戦いでペルシアの帝国を打ち破り、おのれの自由を守った。それゆえギリシアの文明は輝きを放ち、ペリクレスの時代の栄光を打ち立て、だからこそプラトンにアリストテレス、われわれの学園があるのだぞ。だというのにいま、われわれに、古典文明を継ぐ最後の者たちに、東方で専制を敷くペルシアの王の庇護を受けさせようと？　なんたる皮肉だ！」

「しかし、それでも熱に浮かされたキリストの信徒はいないのです」シンプリキオスは切々と訴える。「かの地であれば、われわれの文化を伝えていくことができるかもしれません」

「いいや、違いなどありはしない。いずれこの世界は崩壊するのだ」ダマスキオスは沈痛な調子で口にした。

「なんですって！」

「シンプリキオスよ」しだいに光を弱めていく火を見つめた。「気づいていないというのか？　若い時分わたしは、帝国の大半に足を運んだことがある。ブリタンニアからエジプトまで、イベリアから小アジアまで、どこを見ても、文明の火はかき消されていたのだよ。フン族にゴート族、ゲルマンの蛮族たちは外からわれわれを破壊し、十字架の信徒たちは内側からわれわれを攻める。西の帝国はすでに蛮族の略奪で滅び、東の帝国も長くはもたないだろうな。古典の時代の暮らしは忘れ去られ、プラトンのギリシア語はおろか、まともなラテン語を話す者すら幾人もいない。プロクロスがもたらした学園の復興はわれわれの最後の希望だった――残された野の学者はほとんどがここに集い、十字架を奉じる教会に立ち向かっているだろう。しかしそれもこの数十年で衰勢が進むばかりだ。これはくつがえすことのできない運命なのだろうよ、あらゆる文明には盛衰がある、日が昇ればいつか沈むようにな。われわれの文明はすでに滅んだ。ここから数十年、せいぜい百、二百年もあれば、ローマだろうとペルシアだろうともはや存在しない、世界は一面の荒野となることだろうな」

「そんなはずは……ないでしょう?」シンプリキオスは仰天したように口を開けていた。

「おまえは目が慣れてしまったのだ、わが弟子よ。われわれの世界は日ごとに深みに落ちこんでいる。ペリクレスやトゥキディデスがわれわれの暮らしを目にすることが叶うなら、躊躇なくわれわれを野蛮人とみなすだろう。徹底的な滅亡までは紙一重の差しかないのだ。しかも文明の崩壊は珍しいことなどではない、プラトンも『法律』で述べていたではないか、おまえが覚えていればだが。世界そのものは永劫に存在するが、われわれが記憶する歴史は一、二千年足らず、それまでにもきっと数えきれぬほどの滅亡と再生があったということだ。エジプトを訪れたときにはかの地の巨大なピラミッドや神殿を見たことがあるが、祀られていた神々はきれいに忘れ去られ、不可思議な象形文字も読み解ける者はおらず、古代のエジプト人の世界は歴史の地平線に沈んでしまったのだ。われわれの世界もすぐあとに続く、なにもかも——時間の問題でしかない」

「しかしわが師よ、至高の〈一なるもの〉は、世界の魂は不滅なのです!」シンプリキオスは耐えきれずに口を開いた。「先人プロティノスが述べたように、〈一なるもの〉はみずから流れ出してこの世の万物に変じます。万物は生々流転したとしても、〈一なるもの〉だけは永劫に不変なのです!」

「そうだ、わたしもプロティノスの説には信頼を置いていた。しかしそのうちに、すべては誤っていたのではないかと疑うようになったのだ。彼はプラトンを理解せず、ことによるとプラトン自身も誤っていたのではないかと」

「なにをおっしゃるのです!」シンプリキオスは恐ろしいほどの驚愕に襲われていた。

「プラトンの洞窟の逸話は覚えているだろうな」教室においてと同様に、弟子に向かって問いかける。「もちろんですとも」この場を訪れた目的を一時忘れ、シンプリキオスはかつてのように哲学談義に没入していった。「人々は洞窟のなかに暮らしており、目にすることのできるすべてはかがり火に照らし出された影でしかなく、真の陽光は、すなわち真理は、凡人には想像することもかなわないと……真の太陽、すなわち至高の〈一なるもの〉は、哲学の精神によってのみ見いだすことができると」
「その通りだ」ダマスキオスは答える。「問題は、太陽が存在することをどのように知ったかなのだ」

シンプリキオスは黙りこんだ。「それは……それはひとえに、類推の原則によるのではありませんか？　われわれは万物の理念を知り、そこからこの世において真に永劫なるものの存在を知るのです」

「この部屋を見て、おまえはなにを思うかな？」ダマスキオスは優しく問いかけた。シンプリキオスは自然と四方の壁を見回した。この石造りの建物が完成したのは数十年前のことだが、使われている石材は、千年にわたりさまざまな理由から学園で使われなくなった石だった。なかにはアリストテレスが学問を修めたとき身体をあずけたイオニア式の石柱の残骸《ざんく》があるかもしれず、キケロが訪れたとき座っていた腰掛けの破片があるかもしれない。多くの石には文字が刻まれ、こちらにはプラトンの対話が、あちらにはパルメニデスやプロティノスの名言が見えた。平らな青い石に残された、へたくそな字のギリシア語がシンプリキオスの目に留まった。〝我プラトンを愛す、されど我カベイリアをより愛す〟（アリストテレスの名言とされるもののもじり。もとは〝～真理をより愛す〟）。落ちつきのない文字は、どこぞのいたずら好きな学生が残したものだろうか。カベイリアとは何者だ？　おおかた数百年昔に死んだ妓女《ぎじょ》だろう。シンプリキオスは師の言葉について考えをめぐらせ、その奥深くの意義を見いだそうとした。

「ここが洞窟だとおっしゃるのですか」そして言った。「プラトンの言う洞窟と同じく、この外は―

——外は——」

「外がどうなっているか、われわれは知らない」ダマスキオスがさえぎる。「この部屋を出ないとすればな。外に太陽があるか否かも、〝外〟が存在するか否かすらも知ることはない」

シンプリキオスの心中の霧が晴れる。哲人たちの対話にあまり詳細であることは求められない。彼はすでに師の意図を理解していた——もし人間が洞窟のなかでのみ暮らしているなら、論理の帰結として、われわれは外の世界がどんな姿をしているか知ることなどできず、至高の真理が実際に存在するかも知ることはない。われわれが目にしていると思いこんでいるものは、この石に刻まれた文字以上のものではない。過去の歴史と文化がこちらに説いてくる意見と教条でしかないのだ。

この世界は、とどのつまり巨大な洞窟である。そのなかに暮らす人々に、外に出られる望みはない。ペルシアだろうとイベリアだろうと、なにひとつ違いはないのだ。

「では、わかってくれたな」老人は苦笑いを浮かべる。「われわれの信仰はたんなる徒労、十字架を崇める者たちと同じような狂信でしかないかもしれないのだ。〈一なるもの〉とやら、流出とやらも、願望と区別のつかない憶測でしかない。違うと思うか？　この世にたしかに真理の光が輝いているのなら、なぜ繰りかえし破滅は訪れる？　われわれが苦心して継承してきた学説も、真理とはかけ離れているのだよ。哲学もこの学園も、この世とともに滅びさせてしまえ！」

シンプリキオスは言葉を失い、しばらくしてから口を開いた。「師よ、こうした入り組んだ問題は、船に乗ってからまた議論するとしましょう、いまはまず——」

「わたしは行かぬ」ダマスキオスはかすかに首を振った。「われわれがほんとうに洞窟を出ることは永遠にないのだとしたら、なぜここを離れる必要がある？　おまえは行くがいい、老い先短い年寄りなど、この洞窟で静かに死なせておけばいい」

シンプリキオスはどうすればよいかとまどっていた。外から呼びかける声が聞こえてきた。だれかが自分の名を呼んでいる。ほかにも決断すべき用件は山積みになっているようだった。すこし逡巡して言う。「師よ、申し訳ありません、ほかに片づけるべき件があるのです。またお話しにあがります」

ふたたび礼を送ったあと、部屋から辞去する。外に広がっているのは平らな芝生で、近くには学園の中心の建物が、遠くの丘にはアテネの砦の廃墟が見え、その上には星々に埋めつくされた夜空があった。果てしなく広がっていたこの世界が突然巨大な洞窟に姿を変えたように思え、息が詰まる思いがした。

洞窟は――シンプリキオスは考える――たんなる比喩などではない。天球は何重にもなって、屋根や壁のように大地を取りまいて回転している。もっとも高い天は恒星天、太陽よりも高い場所にあり、恒星に彩られた天球が大地を巡っているが、その外がどうなっているかだれが知っているだろうか？恒星天は大地から十万スタディアの遠くにあるとしても、それは有限の距離だ。しかし論理的には、その外は無限でありうるのだ。そこにはいったいなにがあるのだろうか？

暗黒の空間だけがあるのかもしれず、もしくはとても手の及ばない真理の大海があるのかもしれない。しかしわれわれはなにも知らずに、宇宙という洞窟の最下層に生きている……

思索を続けるうち、ふいに心中にある考えがひらめいた。シンプリキオスは引き返し部屋に飛びこんだ。「師よ！」

「説得はいい」ダマスキオスは疲れきったように答える。「わたしは行かぬ」

「しかし師よ、あなたは間違っておられるのです」シンプリキオスは大胆に言いはなった。「われわれはすくなくとも一つ、真実の、反論を許さない真理を知っているのです！」

「ほう、なんだ？」

「われわれが洞窟のなかにいるということです！」シンプリキオスは声を張りあげた。「われわれは真理から隔てられています。われわれはなにが真理かを知りませんが、しかしみずからの無知を知っています。師よ、この考えを伝えることであれば可能でありましょう、世界にふたたび文明が復興するそのとき、未来の人々が真理に通じる道を見つけ出すやもしれません」

老人はめずらしく顔色を変え、眉間にしわを寄せて考えこみ、長い沈黙があってついにうなずいた。

「おまえが正しい、シンプリキオスよ。千年の学園はまったくの無意味などではなかった。われわれはすくなくとも一握りの真理を知っている、プラトンから一歩も出ていないとはいえ……それでもこの考えを伝えていこうではないか、ことによればつぎの文明の時代の人々はさらに運に恵まれ、この世界の轍を踏まずに済むかもしれぬ」

「では師よ……それはつまり……」

「行こう」ダマスキオスはふらつく身体で立ち上がった。「ペルシアに行こうではないか。学生と召使たちには、羊皮紙の書物をここから持ち出すように伝えなさい。未来の世界にとって、われわれの命よりも値打ちのあるものだからな」

紀元一九七〇年

すでに夜は更け、宿舎の建物の明かりはほとんど消えて、人々は眠りについている。ただし一つだけ、障子紙の向こうからかすかな光が漏れている部屋があった。

そこは六、七平米しかない狭い部屋で、椅子はなく、寝床の向かいに書き物机が一つ、その横に簡素な衣装だんすが置かれているほかは、片開きのドアがあるだけだった。立っていられる場所は部屋にほとんどない。机の上には何束もの紙が高々と積みあげられ、何冊かの本がともに置かれている。

天井からは四十ワットの小ぶりな電球が吊りさげられ、薄暗い明かりはあまりにも弱すぎて、光ではなくもやのように部屋を漂っていた。幸い部屋があまりにも狭すぎ、なにも見えないという状況ではなかった。

　男は三十過ぎで、いかにもむさくるしく無精ひげが伸び、分厚い眼鏡をかけている。机のまえに座り、一枚の紙に忙しくペンを走らせて、その目はひどく血走っていた。明かりを受けた身体から黒々とした影が伸びる。まるで牢屋のなかで苦役を課されている罪人のようだった。

　しかし外の混沌とした狂った世界に比べれば、これでも天国にいるような気分だった。

　すさまじい勢いで進む〝無産階級文化大革命〟が始まってもう数年になる。彼は批判闘争に引き出され、〝牛小屋〟（批判を受けた知識分子を監禁するにわか作りの建物）に放りこまれた。研究所に戻されたのはつい最近のことだ。この職場も秩序は失われて、上司は下《か》放《ほう》を受け、工宣隊（学校などの組織を統制するため送りこまれた集団。〝工人毛沢東思想宣伝隊〟の略）が駐留するようになり、あの人物は自殺し、あの人物は刑を受け……これほど革命が進んでいるなかでは彼の境遇などなんのこともなく、貴重な数日の穏やかな時間を味わっていた。しかしのべつ開かれる政治学習会に、朝夕の毛《マオ》主席への挨拶と、この職場も犬小屋さながらの住まいに及ばなかった。そうした場に加わるたび彼はひどく居心地が悪くなり、どうにかして自分の部屋に逃げかえって、ようやく人心地つくのがお決まりだった。とくにいまのような深夜は、太陽が昇るまで、だれにも邪魔されないことがわかっている。ようやく得た貴重な時間はこたえられないものだった。

　必死に紙に書きつけている数字、記号、公式、計算式のたぐいは、彼の脳内では大渦のごとく手のつけようのないほどに渦巻いていた。しかし表面の混沌の下には簡潔にして美しい構造が隠されており、いまもあるかなきかの曙光が見えているような気がした――

　彼がどれほどの高みに達しているか、知る者は自分のほかにだれもいない。数年前の発見にくわえ、いまではもう一段上に進み、頂上まではあとたったの一歩だと彼は知っていた。登頂が叶えば、大地を余すことなく見渡すことができる。だれか信じてはくれるのだろうか？　この狭い部屋で、このみすぼらしい本の虫が世界の王になろうとしているなどと。

しかしまぎれもなく、この場は彼の世界、彼の宇宙なのだ。彼はなにも欲していない。革命や政治学習会も欲さず、空気や食べ物も欲さず、時間と空間さえも欲していなかった。彼が求めるのは数字、この上なく抽象的な数字、それだけだ。一つの素数、そして二つの素数、それらは彼の脳内でもつれあいながら戯れ、電子と陽子のように結合し、原子、分子や結晶構造を形作り、それがさらに複雑な化合物を作り上げていき、その果てに世界そのものに変化するのだった。ピタゴラスは正しかった！　世界は数字によって成り立っている――

彼はすでに、この世界全体の上に立っていた。一本のペンを頼りに、世界をのぞきこんでは造作もなく線で消していく。彼が編み出したこの篩法《ふるいほう》によって世界は解体され、終焉に追いやられた。果てのない数字は姿を消し、世界も暗闇のなかに沈む。そびえ立つチョモランマのほか、目の前にはなにもない。これをのぼり頂上にたどり着けば、彼は飛びたつことがかなう。天まで飛びあがり、千変万化の数の天国を滑るように飛びすぎていくのだ……

しかし……

絶えず動きつづけていたペン先をふいに止めて、目の前のびっしりと書きこまれた原稿を見つめ、静かに落胆した。あと一歩というところで、またしても行きづまった。まだ計算は終えていないが、それでもこれまでの数百、数千回の試みと同じくすでに失敗していることは内心気づいていた。目のまえに断崖が現れ、そこには〝行き止まり〟と大きく書かれている。

黒々とした現実がまたのしかかってきた。

頭を悩ませながらペンを放り、原稿を丸めてくずかごに放りこんだ。寝床に力なく倒れこむ。わかってはいる――と考える。そう簡単にいくはずがない。この方法には内在的な欠陥があるのだ。自分はここまで進んできて、手を伸ばしさえすれば求める宝珠をつかみとれるような気がするのに、あと一歩進むことができない。今晩はこれだけの時間をかけて、やはり無駄働きに終わった。

しかしそうだとしても、たとえこの失敗が一生続こうとも、彼は幸福だった。この部屋で、自分が愛することに全力を打ちこみ、俗世から距離を置くというのは……その頭にふと、かつて学校で教わった古典の一節が浮かんできた。〝文王《ぶんおう》拘《とら》われて『周易』を演じ、仲尼《ちゅうじ》厄《やく》して『春秋』を作る〟（司馬遷『報任安書』）。数々の不朽の著作も、多くはこれと同じような部屋で書かれたのではないだろうか？

どれだけ狭くとも、部屋は人間が生きていくのに欠かせない。雨風を避けることができ、身の置き所を手にし外の喧噪と残酷から隠れることができる。そのうえ、精神世界を探るたぐいの人間にとっては、さらに果てのない世界への入口を提供してくれる。とくに数学者からすれば、一本のペンと一枚の紙があれば、宇宙を上回る広大無辺の地を駆けまわることができるのだった。

もちろんコンピューターがあればもっとよかったが、それはあまりに贅沢な夢だ。研究所で一、二度コンピューターを目にしたことはあったが、使い方はわからず、使用する権限も当然持っていない。いつの日か自分でコンピューターを所有することができ、自分が計算に数日かかる結果が何行かの入力だけで自動的に出てくるかもしれないと想像して、含み笑いを漏らした。

疲れがこみ上げてきて、彼は目を閉じ夢の世界に落ちていった。夢のなかで彼は、深夜らしい闇のなか、得体の知れない一面の荒野を歩いていた。すぐ目のまえに、ビルのような巨大なコンピューターがたたずんでいた。顔を上げて見えたのは夜空に輝く星々で、どこまで上を見てもコンピューターの頂上は見えなかった。あたかも巨大な柱のように天地を間から支え、宇宙全体を支えているのだ。どうしてか彼は、このコンピューターが自分の質問を聞くことができると知っていた。声を張りあげ問いかける。「2よりも大きい偶数はすべて、二つの素数の和として表せるのか？」

コンピューターのずらりと並んだランプが点り、巨大な軀体がうなりをあげて動きはじめたが、出力トレイに穴の開いた長い紙のテープが吐き出されてくる気配はない。しかし彼はふと、空の星々がすこしずつ位置を変えはじめているのに気づいた。もとの場所からゆっくりと動きだし、夜空を漂いながら、しだいに彼の見知った数字と記号を形作っていく。

宇宙こそがこのコンピューターなのだと、彼は気づいた。あらゆる答えは、すでに宇宙に書かれているのだ。

荒野は姿を消し、彼は星の海に飛びこんでいた。星々の海流が湧きおこり、目のくらむばかりの数式が正面から近づいてきたかと思えばまたたく間にばらけ、ふたたび寄り集まって……彼の目に映るそれはただの数字と記号ではなく、数字の背後から明瞭な構造が浮かびあがってくる。それは宇宙そのものの構造であり、荘厳にして完璧、精妙きわまりなく――なんだそれは、どうしてそうなる？ そんな思考はいささか奇怪すぎて、自分は考えたこともない――

彼ははたと目を覚ました。もちろんいるのは自分の狭い部屋で、部屋の明かりも点いている。いま見ていたのはたんなる夢ではあったが、ただの夢ではないような気もした。

気分を落ちつける。脳内の感触はまだ記憶に新しかった。あれがなんなのか、彼は理解した。ずっとまえから探しもとめていた、最終的な解法だ！ 否、とても解法などにはとどまらない、数学のもっとも根底にある神秘だ。慌てて身体を起こすと、机に覆いかぶさって、見もせずに取ってきた紙に懸命にペンを走らせはじめた。急ぐ必要があるのはわかっていた。一秒が経つごとに、脳内の像が薄れていくかのようだった。すべて書きしるす時間はない、思考の要点だけを書きとめていき、そのほかはあとから類推して埋める。しかし数学者としての直感をもとに、彼にはこれが正しい方向だとわかっていた。ある数論の基礎的な問題を解決するだけでなく、数学、あるいは科学の体系全体に根本的な変革をもたらすだろう。微積分がニュートン力学を牽引し、非ユークリッド幾何学が相対性理論のため道を敷いたように、この発見が宇宙の神秘を解き明かすかもしれない……

一行目のなかばまでしか書いていないところで、荒々しい足音が廊下から聞こえてきた。にわかに神経が張りつめる。おおかた自分とは関わりないだろうとはわかっていても、疑心暗鬼になるのは避けられなかった。いいや、自分とはなんの関わりもない——自分に言いきかせる。この世界のなにひとつとして自分と関わりはない、気を散らすな、早く書け、ここに記す計算式に比べれば、この世のすべては取るに足りない……

しかし彼は誤っていた。足音が向かってきたのはこの部屋だった。

「開けろ！　開けろ！」手荒にドアが叩かれる。その声には耳なじんだ凶暴さがあった。

当惑しながらドアを開けると、緑の軍服を着た二人の偉丈夫が、懐中電灯を手に戸口に立っていた。最近研究所に駐留してきた工宣隊だと、彼は気づいた。手前にいた背の高い男が質問を浴びせかける。

「陳景潤《チェン・ジンルン》、こんな夜中に眠らないで、明かりを点けてなにをやってた？」

「ええと……」彼は面食らってしまう。

「正直に言え、敵のラジオを聴いてたのか！」

「それは……どこから話せばいいか」ようやく我に返る。「見てください、そもそも部屋にラジオはないんですから」

相手は彼を押しのけ、狭い部屋に踏みこんでくる。急に二人が入ってきて、部屋はたちまち隙間の一つもなくなった。相手は懐中電灯を掲げ、鋭い眼光であちこちを捜索し、あらゆる疑わしい証拠を探していた。そのすえに、机の上の書きかけの手稿を手に取り、眉間にしわを寄せた。「なんだ、これは？」

「これは……その、証明が……研究でして……」彼は口ごもった。

「研究だと？　この1＋2ってのか？」

「それはもうわかっているんです、いまは1＋1を証明していて……」説明を試みるが、どうにもうまく話せない。

「なにが1＋1、1＋2だ、妙なことを言いやがって！」相手は厳しく迫ってくる。「1＋1も証明するのか？　2じゃねえか、小学生だってわかるぞ！　陳景潤《チェン・ジンルン》よ、あんた、どうしてもブルジョワ白専路線《バイジュワン》（政治に背を向けて専門分野に没頭することを言う）を改められないみたいだな」

「いや、これも革命のために……毛《マオ》主席が訓示をおっしゃっていたでしょう、〝知識は力なり……〟」

「でたらめを言うな」男は訊きかえしてくる。「毛《マオ》主席がいつそんなことをおっしゃった？」

「その……」言われてようやく、あれはイギリスのフランシス・ベーコンの言葉だったと思い出した。

「思い違いです、ですが毛《マオ》主席も――」

「なるほど、陳景潤《チェン・ジンルン》、あんたは内心に党と人民への不満を抱え、毛主席語録を堂々と捏造してみせたってことか」男はひどく鋭く要点をとらえていた。

「そんなことは！」それは場合によっては大ごとにもなる罪名で、悪くすると牢獄に入れられかねないと彼は知っていた。恐れで冷や汗が垂れてくる。「ほんとうに研究を進めていただけで……これは国際的な学術界でも認められた課題で……」

「黙れ！」男はがなりたてる。「学術界だと？　国際だと？　外国との関係を自慢するつもりか？　この期に及んで、ブルジョワ学問の権威を借りる気取り屋めが。人民大衆の目はごまかせんぞ！」

「はい、反省も、自己改造もしますから……」彼は、どう弁解しようと無駄だと悟った。唯々諾々と、なにを言われようとひとまず受けいれるしかなかった。

それからも男は延々と責めたて、彼がおとなしくなり一言も口にしなくなったのを見て、ようやく満足げにうなずいた。「おい、あんたの問題は革命委員会に報告しておくからな、何日かしたらきつい取り調べがある。自分の思想の奥深くにある腐れインテリの性分をよくよく掘り出しておくんだな。そうだ張《ジャン》よ、この白専の電球を持っていけ。階下《した》でトラン――例の革命任務に必要だ」

彼の後ろにいた男が一声応じ、電球を外そうとした。慌てて止める。「いや、そんなことは――」

「なんだ？」相手ににらみつけられ、残りの言葉は呑みこむことになった。

張《ジャン》は汚らしい靴で寝床に上り、電球を外していったので、部屋のなかは懐中電灯の明かりだけになった。

「行くぞ！」労働者階級の二人は意気揚々と部屋を出ていく。懐中電灯の光がなくなり、部屋は一面の暗闇に呑みこまれた。

二人の招かれざる客が出ていくと、すぐに彼は抽斗から予備のろうそくを手探りで出そうとした。長くかかってようやく見つかったが、今度はマッチをどこにしまったかわからず、結局火を点けるまでに十数分かかっていた。ろうそくのかすかな光を頼りに続きを書こうと思ったが、いまの騒ぎのせいで、さっきまでの霊感は跡形もなく消えてしまっていることに気づいてはっとした。

脳内をさんざん探してみたが、あるのはほんのすこしの弱い感触だけで、それもあの霊感そのものではなく、霊感がもたらしたすばらしい気分に対してでしかない。その気分でさえも、明け方の朝露のようにたちまち消えうせてしまった。

陳景潤《チェン・ジンルン》は絶望しながらずっとペンを動かし、霊感を呼び戻そうとしたが、いつまでたってもいっさい気配はなく、最後にはなにを書いているのか自分自身もわからなくなってペンを置くしかなかった。寝床に横になり、霊感がふたたび訪れてくれることを祈る。

しかしそれからも戻ってはこなかった。彼はぼんやり察していた――ことによると生きているうちに戻ってくることはないかもしれない。

火が端まで届いたろうそくは音もなく燃えつき、部屋はふたたび暗闇に覆われた。

紀元二〇六七年

ドアを押し開けて観光用のインフォメーションセンターを出たマシューは、丘の上に自分が立っていることに気づいた。街はすべてその足元に広がり、そのまま遠くの青々とした山並みにつながっている。

想像していたような、熱帯雨林のなか、低い木の小屋ばかりでできた村落とは違い、ここは高層ビルが建ち並ぶ、四方八方に広がる立体交差によって結ばれた大都市だった。マシューには、アフリカの奥地、広大な森深くにここまで現代的な都市があるとは想像もできなかった。一目見ただけではアメリカと大した違いはないようだったが、高層ビルのあいだに黒々と大きく広がる粗末なスラム街が、ここはやはり発展途上の第三世界なのだと伝えてきていた。

当然ながらそれに加えて、あちこちから立ちのぼる黒い煙といくつもの崩壊したビル、そして思い出したように現れる火花と銃火器の音とが、かつて隆盛を誇っていたこの都市が戦火に虐げられつつあることを指し示していた。

丘を下って、マシューは周りをしげしげと眺めながらある通り沿いに進んでいった。戦争のさなか、大多数の市民はすでに避難して、人影はほとんど見えないが、この通りそのものはさほどの損壊は受けていない。道の両脇には背の高い芭蕉の木が植えられ、熱帯らしい風情をたたえている。

マシューはあたりを眺めながら、〈カメラ・アイ〉で写真を撮っていた。左右の建物には、フランス語と現地の言語のほかに、角ばった漢字で書かれた看板も多い。もちろんマシューには一字も理解できないが、市内の華人街と、いちばんの好物である中国料理の店のことがひとりでに脳内を占めて、夜は宮保鶏丁《ゴンバオジーディン》（細かく切った鶏肉とカシューナッツの炒め物）を注文して食べることに決めた——

当然、この地の中国人は料理屋とクリーニング屋しか開いていないのではなく、英語やフランス語を添えた看板を見るに、やつらはこの街のあらゆる事業を一手に引き受けているようだった——建築、機械、電子、金融、服飾、食品、教育までも……もともと——マシューの知識によると——この都市の繁栄は、中国の会社と商人たちによってもたらされたのだ。

ワシントンの政治家連中が言うことはやっぱり間違ってない、とマシューは考える。二十一世紀前半の数十年、中国はおそろしい長さまでその手を伸ばし、アフリカの毛穴一つひとつに浸透して、アフリカ大陸は彼らの裏庭となる寸前だった。必ずや阻止はされるだろう。でなければこちらが未来を手にすることは、西側が未来を手にすることはありえない。

うまいことに、合衆国はすでに行動を始めているから……

マシューがぼんやりと考えていると、急に黒々としたものが視界に入る。その上ではハエの一群がうなりながら飛びまわっていた。じっと眺めてようやく気づいた、そこにあるのは死体なのだ。男は政府軍の黄色い軍服を着ていて、すでに腐敗が始まっており、横を向いた身体は、腸やらそのほかの内臓が破れた腹から流れ出していて、見るに堪えない無惨さだった。

マシューは寒気に襲われた。これが戦争だ——と思う。残酷な戦争、アメリカ本土にはもう二世紀のあいだ訪れていない戦争だ。

コンゴ民主共和国での内戦はもう一年以上続いていて、この戦争は表面的には前回のコンゴ戦争の延長ではあったが、実際には中米《ちゅうべい》、世界の二大勢力の競い合いと関わっていた。今回は、親中勢力が総選挙で勝利し、組閣して政権を握ったが、その直後に反対派は勝利側が選挙不正を行っていたと糾弾し、連合政府からの脱退を宣言した。そして国じゅうの土地でデモ行進を起こし、それはたちまち暴動に変わり、軍や警察による制圧時に数人が命を落とした。西側のメディアはこれを大きく騒ぎ立て、それはすぐに〝人道主義の危機〟となった。ほどなく、欧米が明に暗に支持するなか、国内東部の反乱勢力は息を吹きかえし、絶えず供給される先端的な武器の助けを得て市街地を攻略していき、この国の領土のかなりを手中に収めていた。

この都市は双方が手に入れようとする、今回の戦争における重要拠点の一つだった。しかし現在は、おもな戦闘は収束し、残された敵対勢力が反抗を続けているだけだった。

死体に向きあって何枚か写真を撮り、すぐさまツイッターにアップした――〝へへっ、見ろよ、いま、コンゴの戦場!〟。

道端の死体がしだいに増えていく。対立する二勢力の軍服を着ているものもあれば、明らかな一般市民もいて、多くは全身血まみれの、恐ろしい死にざまだった。破壊された戦車や運搬車もいくつか見え、遠くない過去にここで猛烈な戦闘が行われたのを示していた。路上では黄褐色のハイエナが数頭、死体を食らっているのさえ見えた。

これはさすがにいかれてるんじゃないか――マシューは思う。反乱側の武装集団は死体も回収しないで、ここで動物に食われるなんて冒瀆を許してるってのか? 音声シミュレーターを立ち上げて銃声をあたりに響かせると、聞きつけたハイエナたちは騒がしい鳴き声を上げながら散り散りになった。

暇を見てツイッターに目を走らせたが、だれからも反応がなくてすこしばかり肩すかしだった。現在ほどインターネットが極度に発達した時代にとって、みなから興味を向けられることはますます難しくなっていた。文明世界にとってコンゴ戦争は辺境の戦争でしかなく、それよりも最近ドイツで育てられた、言葉をしゃべる遺伝子操作猫のほうが人々の興味を引いている。

ハイエナに食われた死体を写真に収める気はもう失せていて、マシューが立ち去ろうとしたとき、ふいに死体がぐらりと動いた。彼は仰天して一歩後じさる。

錯覚だよな?

しかし死体はもう一度動いた。とてもかすかではあったが、動いたのはその死体でしかありえなかった。

マシューは総毛立つ。いったいどういうことだ？　まさか、お話のなかのゾンビ？　いや、ありえない。まだ生きてるのかもしれない、ひょっとしたら……なんにしたって、こっちには傷一つ付けられない。いつでもここを立ち去れるんだ……

そう考えながら数歩近づくと、このときになってはっきりと見えた。死体の下でなにかが動いている。そっと死体を動かすと、ぼろぼろの服をまとった黒人の少女が姿を現した。大きく輝く目で怯えたようにこちらを見ている。おそらくまだ三、四歳だろう。

「きみ、だれ？」ハイエナたちが死体を囲んでた理由はこれか、とマシューは考え、尋ねた。「なんでここに？」

少女はさらに身体を震わせはじめ、口を曲げ、泣き出しそうになる。

「ほら、怖くないから」拙い言葉で落ちつかせようとする。「きみと見た目が違うからって怖がらないで、ぼくも人なんだ……ぼくは……アメリカからの観光客、わかる？　アメリカ……まあいいか……知らないよな……」落胆して首を振る。少女は英語がまったくわからないようだった。

しかしこちらに悪意がないことには向こうも気づいたようで、怯えが薄れていき、かぼそい声を漏らした。「パ・パ、パ・パ……」地面の死体を指さし、身振りを送ってくる。マシューは唐突に気づいた。「これ、きみのパパだってこと？」

地面に倒れた死体を少女は揺りうごかし、涙を目にためてマシューを見つめてくる。伝えたいことを理解して、思わず鼻がつんとした。「ごめん、きみ、パパはもう……ぼくにも起こせないんだって……なんてこった、その脚！」

少女の片方の脚が無惨な有様になり、骨まで露わになっているのにいまさら気づいた。彼は理解した。爆発が起きたとき、少女の父親は娘を身体で守り、自分は命を落としたが、少女も片脚を爆発にやられ、だから息のない父親の死体の下にもぐりこんで、ハイエナに食われるのを避けるしかなかったのだと。そしてだれも彼女を助けに来なかった。

「病院に行かないと！」マシューは言う。「いますぐに。でも、病院……病院は……」そこで困ってしまった。病院がどこにあるか、自分が知っているはずがない。メインコンピューターの地図機能を開いて、目のまえに展開したバーチャルインターフェース上で病院の場所を検索する。いくつか見つかりはしたが、戦争の最中ではとっくに閉業しているだろう。

「おいあんた、何者だ、手を上げろ、立て！」背後から呼びかける声がした。典型的な南部訛りの英語で、マシューが背中側の目で見ると、深緑色で服装を固めた、完全武装の精鋭らしい兵士三人が立っている。しかし政府軍と反政府勢力、どちらの装備でもない。彼は警備会社についての噂を思い出した。この戦争において、反政府派の反乱軍は完全な役立たずで、ほんとうの主柱はある公表されていない警備会社に所属する特殊部隊であり、その会社の背後で真に事態を操っているのはアメリカ軍とCIAなのだと……

さっき自分が鳴らした銃声を聞きつけてやってきたのだと気づき、彼は立ち上がって話しかけた。

「落ちついて。アメリカから観光に来たんだ」

「観光？　この国はいま観光客を受け入れてないが。あんた、まだガキだろう？　おうちの人に隠れて来てるのかな？」

「聞いてくれ」怒りを抑えながらマシューは言う。「そんな話をしてる場合じゃないんだ、この子はひどいけがをしてる。どうにかして助けて、病院に連れていかないと！」

「なんの寝言を言ってやがる。おれがマザー・テレサに見えてるのか？　すっこんでママのおっぱいでもしゃぶってな！」兵士が口汚く言い、三人そろって笑いだした。

「おい！」マシューは続けた。「聞いてくれよ、戦時国際法のことはわからないけど、おまえたちにこの子を助ける義務があるってのは間違いないだろ。そうしないんだったら、マスコミにこの件を公表するからな」

兵士たちはしばし沈黙した。マシューの耳に、彼らのひそひそ話が聞こえてきた。「こいつに構うな。ほかに用があるんだ、急いでやつらを片付けないと……」

「あんまり面倒は起こさないほうがいい、このまえのロバートの件、隠すのに上もずいぶん苦労したじゃないか……」

刺すような侵入アラートが突然マシューの耳元で鳴り響く。何者かによって遠隔フィードバックスーツの接続が解除されていると伝えている。ちくしょう！　いまはやめろ、ここではやめろ！　マシューは無駄なあがきを続ける。「おまえたちは……かならず……いいか……」相手から怪訝な視線を向けられながら、ゆっくりと倒れこんだ。

めまいが去っていき、フィラデルフィアの自室で横になっている自分にマシューは気づいた。身につけていたVR装置は外されて、目を吊り上げた母親がすぐまえに立っていた。「何回呼んだと思ってるの、ご飯だから下りてきなさい！」

「母さん！　すっごく大事なことをしてるんだって！　めちゃくちゃ急いでるんだ、とにかく戻らないと！」マシューは半狂乱になった。

「大事なことってなに？　毎日ネットにもぐりこんでよくわかんないこと……どうしたっていうの？」

「言ってるだろ、部屋に入ってくるなって！　もう二十五歳なんだから！」

マシューはわめきちらし、手荒に母親を部屋から追い出すが、母親のつぶやく声は耳に入ってくる。

「二十五歳じゃないの、大学も出て何年も経ってるのに、まともに仕事探しもしないで、毎日家にこもってこんな妙ちきりんなバーチャルのゲームなんてやって……」

マシューはそれにかまわず、焦燥に襲われながらドアに鍵をかけた。また椅子に身体をあずけ、V

Rウェアを着なおしてヘッドギアを装着し、すると大西洋の向こう側のデータがふたたび滔々《とうとう》と途切れることなく送られてきた。

さきほどの道端に仮の身体が倒れているのがわかり、マシューがよろけながら立ち上がると、片方の腕が吹き飛ばされているのに気づく。脚や胴体にも大量に弾を受けているが、幸い急所は傷ついておらず、歩くのは可能だった。道路の果てに視線を向ければ、あの傭兵たちの遠ざかっていく後ろ姿がぼんやりと見えた。

しかし、あの女の子は？　どこにいる？

あたりをひと回りすると、あの少女とはすぐに再会することになった。血だまりが広がったなかに倒れ、眼は大きく見開いたままで、二つに引き裂かれてまもないその身体から鮮血が流れ出し、汚らしい地面を緋色に染めていた。

マシューは怒りに震えた。あのくそ野郎ども、あの数分間で、おそろしく残忍なやり口でこの子を殺していきやがった、人道を堂々と踏みにじっていったんだ！　告発してやる。あの畜生どもの暴挙を全世界に知らせてやる！

しかし直後、彼は冷静になる。だめだ、困難すぎる。あの冷血な人殺しどもは名目上、アメリカ政府とはまったく、それどころかアメリカともまったく関係がないのだ。いま自分が使っている身体と同じく、あいつらはどこかの警備会社に登録されたヒューマノイド端末で、実際の操縦者の所在は世界じゅうのどこでもありえる。片方は軍用で、片方が民間用というだけだ。もちろん、連中は十中八九アメリカの退役兵で、あいつらがいなければ反乱軍の歩みがここまで順調なはずはなかった。しかしこちらにいっさい証拠はなく、凶行の過程を撮影すらしていない。接続が中断されてから、仮の身体は自動でスリープ状態に入っていた。

自分に面倒が降りかかってくることさえありえる。あの子がどうやって死んだか、だれにわかるだろうか。理論上は、自分がやったとしてもおかしくないのだ。しかもこの国への入国だって違法なのだ。戦争が勃発して以来、遠隔操作されるヒューマノイド端末を使った正式な観光事業は停止になっていた。スパイや偵察といった用途に使われるのを防ぐためだ。マシューはあるフォーラムでだれかが勧めていたのを偶然目にし、戦場を見てみたいという思いが湧いた結果、一時間千ドルの値段でこの端末を使わせてやろうという、人目をはばかる様子の業者をなんとか見つけたのだった。それがこんな面倒を起こし、機械は壊されひどい有様で、しかも子供が一人死んでいる。自分がしでかしたことではないと、どうすれば証明できるだろうか。

それでもマシューはこのままにはしておけず、例の業者にネット通話で連絡し、いまの状況を簡単に伝えた。

「なんて不運だ！」相手は話を聞いて嘆息した。「この件はなんとしても騒ぎたてるなよ、さもないとおれまでまずいことになる。この機械はうちの会社のもので、おれは管理のすきを突いて個人的に貸して、女房子供を食わすのに小銭を稼ごうとしただけなんだ。あんたが告発するなら、おれのことまでばれちまう」

「でもあいつらは人を殺したんだって！　あの子は……」

「うちの国じゃ、同じようなことは毎日何百、何千と起きてる」業者は沈んだ声で言った。「これが戦争さ。今回見たことは……わかった、損傷した機械はおれのほうで処理するから、あんたは弁償しなくていい。この件はこれまでだ、いいな？」

マシューは拳を握りしめる。だれかを殴りつけて気を晴らしたかったが、どうすることもできなかった。

食事のため階下に下りるときも、あの少女のことが胸のなかに残り、苦しい気分だった。うるさく言ってくる母親に反発する気も湧かなかった。食事を始めてから、イアフォンが急に、新着のボイスメールが一件あると伝えてきた。

「よう、相棒」いつもつるんでいるショーンからだった。「いい知らせだ、ネットで知りあった女の子たちが、今晩エアーズロックでパーティーをやるんだってさ、おまえ、エアーズロックって知ってるか？　オーストリアの砂漠にある石だかなんだかって言ってたけど……オーストラリア？　どこだっていいよ、おれも行く約束をしたんだよ。これはすごいお楽しみが待ってるぞ。あっちの端末は本物そっくりで、セックス系の機能がやばいってさ！」

マシューは思わず笑いを漏らした。母親が視線を向けてくる。「なにがおかしいの？」

「なんでもないよ」そう言って、冷蔵庫からビールの缶を出してきて飲みはじめると、マシューは充実感に包まれた。遠隔フィードバックスーツとヒューマノイド端末が存在してくれてほんとうに良かった。家から一歩も出ずに、世界のあらゆる場所に行き、あらゆることができる。退屈で息が詰まるようなときは、ロンドンで鳩にえさをやったり、オーストラリアの女の子に声をかけたりして、夜には予定通り一階に下りて食事にできる、これこそが人生ってやつだ。気の毒な昔の連中は、どうやって生きてたんだろうか？

これまでの異国での無数の体験と同じように、アフリカのあの街と、死んでいった少女のことをマシューは頭のすみに追いやっている。この偉大な時代に、不愉快なできごとを長々と考えつづけるなんて、そんなのは人生じゃない。

紀元二一〇九年

〝いちど、真実の愛が目のまえに差し出されていたというのに、おれはそれを大事にしなかった。失ってから悔やんだとしても手遅れだ。これに並ぶほどの苦しみはこの世にないさ……〟

コンピューターのスクリーン上では、首に剣を突きつけられた至尊宝《ジーズンバオ》が涙を光らせながら紫霞《ズーシア》仙子に語りかけていた。コンピューターのまえに座った林克《リン・コー》はそれを力のない目で眺めながら、スクリーンから流れる言葉を口の中で繰りかえしていた。〝もし神様が、おれにもう一度機会をくれるとしたら、おれはその娘に三文字だけ言いたいよ、我愛你《愛してる》、ってな。その愛に期限を設けるんだとしたら、おれが望むのは——一万年だ〟

紫霞《ズーシア》は心動かされて宝剣を取り落とし、声をつまらせて泣く。林克《リン・コー》も感動して目の端を拭ったが、そのときスクリーンに流れていた映像が消えた。

林克《リン・コー》は不満げにつぶやく。「なにやってるんだ、ルーナ」

優美で、感情のない女性の声が上から聞こえる。「連続視聴時間が四時間に達しました。体内のナノモニターによって、あなたの身体状況が亜健康レベルまで低下していることが判明しましたので、これまで二回警告を発しましたが改善はありませんでした。そのため基地管理規定第二十五条第三項にもとづき、強制的に映像をシャットダウンいたしました」

「コンピューターごときが。だれがこんな権力を持たせたんだ」不満げに文句を漏らした。

「本基地のメインコンピューターであるわたくしは、管理規定にもとづいて、隊長をのぞく全員を上回る権限を有しております」コンピューターが答える。「副隊長、あなたも含めてです」

「みんな死んだんだ」林克《リン・コー》は弱々しく言った。「おまえとおれだけが残ったんだ。隊長はおれだ、言うことが聞けないのか？」

「ですが管理者からの任命は存在しません、規定にもとづけば……」

「なにが管理者だ！」とうとう頭に来た。「本部を呼び出して、反応はあったのか？　何日経ったと思ってる！　全員死んだんだよ、地球はまるごとおしまいなんだ、管理者なんてどこにいるんだ！

世界じゅうでおれが唯一生きている人間かもしれないんだぞ！」

「たしかにそれはありえます」ルーナは落ち着きはらって言った。

「だったらおれの言うことを聞くもんだろう！」

「しかし管理規定にそのような決まりはありません。それに、あなたが最後に生き残った人類なのだとしたら、なおさら自分の身体をいたわるべきでしょう」

林克《リン・コー》は高笑いで応えた。「そんな意味があるか？　なんのために自分をいたわるんだ？　宇宙人が助けに来たときのためか？　それともおまえが生身の女になって、おれの跡継ぎを作ってくれるのか？」

「あらゆる生物は、自らの生命を存続させる本能を持っています」

「だが、人類という種はそれを持ちあわせなかった」苦々しく言った。「でなければ、あんな戦争が起きたはずはない……」

そう、あの戦争だ、と林克《リン・コー》は考える。中米の二大覇権国家、さらには東西の二大軍事同盟は、三十年の冷戦の果てに激しく衝突し、絢爛《けんらん》たる火花を上げることになった。否、あれは地球すべてに及ぶ途方もない炎、核による最終戦争の火だった。四十八時間のうちに、二万発を超える核爆弾が――いくつかの反物質弾も含まれていた――世界じゅうの大小八千の都市で相次いで爆発し、ほとんどすべての国家の政治、経済、軍事の中心は破壊されて、世界からたちまち切りはなされた林克《リン・コー》たちには生き延びた者がいるのかすらわからなかった。

しかし人類の大部分は、核攻撃の第一波を乗りきったとしても、核爆発がもたらした放射性の塵や二次汚染のなかで命を落とした。言うまでもなくそのつぎは地球全体の気候と気温に壊滅的な影響が起きて、成長できる作物などなく、おそろしく強靭な生命でなければ生き延びる見込みはなかった。いまではあの戦争からまる一年が経過したが、外はどこまでも静寂に包まれている。

もちろん彼は、外の世界がどうなっているかを知らない。原因の一つは、ルーナがこの基地から――もっと正確に言うなら、この部屋から出してくれないゆえだった。

よどんだ目で周りを見回す。部屋の広さは十平米ほどで、天井は手を伸ばせばすぐに触れられるほどに低い。壁はボタンや配線、コントロールパネルで埋めつくされ、目につく穴が二つあった。食料の入口と排泄物の出口だ。部屋のなかには計器とコンピューターが乱雑に積み上げられ、ベッドは置かれず不潔な寝袋があるだけだった。

これまでの一年間、彼はこの狭く薄汚れた部屋で暮らしてきた。与えられた活動範囲は十平米のみ、娯楽は古い映画を見るか初歩的なゲームをするのみ、仲間は融通の利かないAIのルーナのみだった。

「もうちょっとましな生活ができるように、ほかの船室も開放してくれたっていいだろう？」ルーナに哀願した。「こんなところにいつづけで、もううんざりなんだ！　ろくに歩けもしない！　映画を見るほかになにがあるっていうんだ。『チャイニーズ・オデッセイ』だけでも十回じゃ済まないぞ！」

「よくおわかりのはずです」ルーナは答える。「去年の漏出事故があって、四枚のソーラーパネルのうち二枚が損傷し、わたくしは電力を節約する必要があります。現在、基地内の生命維持システムがカバーできるのはこの部屋一つだけで、ほかの部屋も開放した場合、システムが破綻する危険があります」

そう、あの事故は――林克《リン・コー》は考える。あれは通常の事故ではなく、戦争の勃発後、その刺激に耐えきれなかった研究員が正気を失い、見境なく重大な破壊を行ったのだと思い出す。その男自身と、それを止めようとした研究員二人はみなあの事故で死に、林克《リン・コー》にとって最後の人類の仲間も、怪我から回復せず一ヵ月後に息絶えた。

「最低でも外に出してくれていいだろう」彼は続けた。「おれには外に出る権利がある！」

「外部は強力な放射線が存在し、危険指数が大きく上昇します」ルーナは言う。「長時間の曝露はあなたの身体に悪影響を及ぼすおそれがあります。それにご存じでしょうが、管理規定のなかでもっとも重要な項目は、一時《いっとき》として基地そのものを無人状態に置かないことです。隊長もしくは管理者の命令がないかぎり、あなたが基地を出るのを許す権限はわたくしにありません」

「またその話に戻るのか」どんな顔をすればいいかわからなかった。「まったくもって、くそったれのキャッチ＝22《八方塞がり》だ。まだわからないか？　おれ以外のだれも、おまえに命令なんかしないんだ！　こんな暮らしがいつまで続くんだ？」

「あなたは今年で三十五歳です」これを質問と取ったルーナは真面目に答える。「現代人の通常の寿命を基準にすれば、あと七十年以上。現在の生活条件の問題点を考慮したとしても、最低五十年は生存することができます。わたくしについては、ソーラーパネルに異常が起きずまた管理が十分であれば、このさき百二十万時間、つまり百三十六年は正常に動作が可能ですので、あなたがこの先の人生を過ごすには充分です」

「ああ、そりゃあ心から感謝しないとな」林克《リン・コー》は皮肉る。

「お気になさらず、わたくしにとっては当然のことですから」ルーナは礼儀正しく答える。「わたくしが人類のためにできることはこれが最後かもしれないのです。人類はこれを〝看取る〟と呼ぶのでしょう？」

「ほかにもできることはあるかもしれないぞ」

「ぜひとも。どういったことでしょう？」

「コンピューターから出てこい。一発やらせろ」無遠慮に吐き捨てた。

「それはできかねます」ルーナはいっさい衝撃を受けず、落ち着いて答える。「ですがわたくしのデータ庫にはお求めの専門的な映像も保存されていますから、あなたを慰めるお役に立てるかも――」

「そんな話はいい！」彼は怒鳴った。「ここを出るんだ、どうすれば出られるか教えてくれ！」

ルーナは珍しいことにしばらく黙りこんだ。なにか考えている様子だ。

「ルーナ？」希望がよみがえる。まさか、ほんとうになにか手があるのか？

「各機能ユニットのデータをあらためて点検しています……」ルーナは言う。「よい知らせがあります。〝出る〟ことを広義に解釈するなら、ヒューマノイド端末三号を使用して外部の環境を体験することは可能です」

「端末はぜんぶ壊れたんじゃなかったのか？」

「いえ、さきほど三号機からのデータを受信しました」ルーナは言う。「二千キロさきの南極地帯で、通信が絶えて九カ月経っていましたが、自己修復がようやく完了したようで、すくなくともしばらくは正常に使用できます。遠隔操作を行いますか？　もし――」

「当たり前だ！」ルーナが話し終えるよりも早く、いてもたってもいられずに遠隔フィードバックスーツを装着していた。

一面の暗闇のなかにすこしずつ星々が、燦然《さんぜん》と輝く、静謐な、時代を超越した星々が姿を現す。澄んだ光を放つ銀河が上方を音もなく流れていた。

自分が大の字になって地面に横たわり、身体が半ば砂埃に埋もれているのを知った。立ち上がると、砂がなんの音もたてずに落ちていった。自分がいるのは連なる山々の頂だと気づいた。下方に目をやると、暗くくすんだ色の山脈が起伏を繰りかえしながら、かすかに弧を描く彼方の地平線に向かって伸びていた。基地と自分の本体があるのはこの山脈の奥深くだと記憶している。数知れぬ谷が刻まれた眼前の大地は、石のほかは砂ばかりで、死んだような静寂に覆われ、まるで時間の存在しない深淵に身を置いているかのよう、生命の気配はどこにもなく、一筋の風すら吹いていなかった。

背後を見るとそこは巨大な谷になっていた。山間の谷というよりはむしろ大穴と呼ぶべきで、その円形がかろうじて認識できた。直径はすくなくとも十キロメートルはあり、高低差は三千メートルほど、よく見ればこの山そのものが穴の縁が隆起したその一部なのだった。過去に想像を絶するほど大きな核爆弾が大地の中央で爆発し、その結果生まれたような地形だ。遠くにはうっすらと似たような山谷が多数見え、無数に折りかさなる傷を刻みこまれた景色は、古《いにしえ》の神々の戦いが残した痕跡のようだった。林克《リン・コー》はふと、戦争は一年前に起きたのではなく、十億年前にすでに終わっていたような錯覚を感じた。

空を見上げると、乳白色の銀河が天に横たわっている。天頂の一帯を覆うのはかつてのアルゴ座で、カノープスがきらりと輝き、その下には小さいがはっきりと目に入る南十字座があり、銀河を背景に悠然と四つの星が浮かびあがる。その下にあるのはケンタウルス座、明るく輝くアルファ・ケンタウリが掲げられているのは四光年先だ。いまここでは、宇宙でもっとも近い星々もはるかに手が届かず、まるで宇宙を征服しようという人類の僭越な願望すべてをあざ笑っているかのようだった。

そして、林克《リン・コー》はケンタウルス座の左下にそれを見た。銀河からは大きく離れた場所、地平線の上ぎりぎりに位置し、昇ってきたばかりか、いまから沈もうとしているように見える。しかし彼は、周期的な秤動をべつにすれば、その場所はほぼ永久に変わることがないと知っていた。

それは奇妙な球体だった。灰色がかった白を地に、黒の斑点をまとい、太陽の光を浴びてまばゆい光を照りかえし、まるで満月のような、しかし月よりも何倍も大きく、さらに明るく輝く姿を見せていた。暗黒色の大地に、林克《リン・コー》の影をくっきりと映し出している。しかし彼は、それが月ではない、そんなはずはないと知っていた。

月は彼の足元で、静まりかえった、死の古戦場となっているのだから。

彼が見ているのは地球だった。すくなくともかつてはそうだったもの。

しかしいままでは紺青色をほぼ失い、灰白色の球体と化している。どういうことなのか、彼は知っていた。大気中に浮遊しているそれは放射性の塵と、核爆発や広大な範囲の炎上によって発生した煙霧の粒子であって、かつては人類の都市であり、何億何万という人間や動物の身体だったものだ。いまでは生命を失って分厚い煙塵と化し、高温のはたらきで成層圏まで巻き上げられて、大気の循環に乗って南北の両極を除いた地球上空のすみずみまで運ばれ、あたかも地球に厚手の綿入りの服をまとわせたかのようになっていた。

当然、その服が温かさをもたらしてくれることはありえなかった。反対に、燦々と照りかえされる光は太陽光の大部分が遮られていることを示している。地表は長いあいだ――すくなくとも十年、ことによると半世紀は死の暗闇に覆われることになる。地球の生物圏は、みずからの唯一の熱源から隔絶されるのだ。残った人間と動植物の大部分はそれによって息絶え、六千五百万年前、小惑星が地球に衝突して以来の大量絶滅となる。その原因も似ていた。

林克《リン・コー》はうつろな目で見つめていた。地平線上に浮かぶその球体はもはやいっさいの生命の色が失せていた。緑色も、青色もなく、人類の戦争を象徴する赤色さえもなかった。いまでは、足元の月とさほどの違いはないようだった。彼が見知ったあの地球はもはや消えうせ、第二の月と化した。そして月は、宇宙のどの場所とも――例えば水星、もしくは冥王星と――本質的な違いはないのだ。

人の消えた世界には、宇宙だけが残されていた。果てのない、空虚な、冷ややかな宇宙が。

林克《リン・コー》は突然湧きあがってきた恐怖と絶望にとらわれた。この人が消えた、ひっそりと死に絶えた宇宙にもうわずかでもとどまるのは耐えられなかった。端末との接続を切断し、意識を基地の中に引き戻した。狭い部屋と、周囲の機械のうなり声がこの上なく心地よく感じられた。

「月面基地におかえりなさい」ルーナが言った。

「映画を見るぞ」林克《リン・コー》は深く息を吸いこんで言った。「早く、おれを人間の世界に戻してくれ」

今度はルーナも反対しなかった。百年前の周星馳《チャウ・シンチー》と朱茵《アテナ・チュー》がふたたびスクリーンに現れ、悲喜こもごもの変転をつぎつぎに展開したが、そのはてに戻ってきたのは盤絲洞《ばんしどう》で、孫悟空が至尊宝として転生した五百年間は夢さながらにとらえどころがなかった。すべては猿が洞窟の中で見た夢だとしてもおかしくなかった。

人類は穴居動物だ――と林克《リン・コー》は自嘲とともに考えた。最初期の原始人から、否、最初期の哺乳類の祖先からそうなのだ。木の上の猿でさえも、木の葉と枝、樹冠によって作られた別種の穴ぐらで暮らしていただけだ。人類が築いた住宅、都市、国家は、本質的には穴ぐらの変形でしかない。すべての戦争は、あらためて考えれば蟻のけんかと同様、身を隠す穴ぐらの奪いあいでしかない。宇宙を探索する野心があったとしても、最後には月面に穴を掘って潜りこむだけだ……

自分たちはプラトンの言う洞窟の住人だ。永遠に洞窟を出ることはできず、太陽の光の輝きを見ることはない。すべての文明、科学、技術の目的は洞窟のなかでの暮らしをましにすることだけで、最後もまた洞窟のなかで死に、腐っていくしかない。

林克《リン・コー》はじっくりと考えをめぐらし、苦笑し、ため息をつき、いつしか目を閉じ、深い眠りに入っていった。

彼は夢を見た。人間に羽が生え、宇宙のすべてを、あらゆる星々を目指して飛びまわり、生命の種を四方に拡散し、星空のなか、彼が見たことのない世界を征服していくのを……

人類という種がそのような夢を見たのは、これが最後だった。

紀元一二〇〇〇〇年

〝一、すべての物体は外力を受けていないか、あるいは平衡した力を受けているとき、かならず静止状態あるいは等速直線運動の状態を保ち、加えられた外力のはたらきによりその状態が変化させられるまで続く……〟

〝二、物体の加速度は物体が受ける合力と正比例し、物体の質量と反比例する。加速度がはたらく方向は合力の方向と等しい……〟

〝三、二つの物体間の作用力と反作用力は、同一線上にあり、大きさは等しく、方向は正反対である……〟

夜更け、〝樹《阿樹》〟と呼ばれる若者は洞窟の奥深くに横たわっていた。暖かい焚火からは離れ、身体には干し草を何束かかぶせただけで、寒さで寝つけず、古くから伝わる呪文を心のなかで暗唱して自分を眠りに誘うしかなかった。寒さだけではなく、新しい環境への違和感ももちろん理由だった。彼らがこの洞窟で暮らすのは今日が初めてなのだから。

部族がもといた渓谷を後にしてこの森にやってきてから、すでに半月以上が経っていた。ふさわしい洞窟で暮らすことができなかった間に、四十歳を超えた初老の仲間が二人凍死し、三歳にもならない子供が一人、剣狼《サーベルウルフ》に連れ去られて、そしてようやく理想的な広い洞窟にたどり着いたのだった。さきにクマネズミの一家が棲みついていて、一同は殺したクマネズミの肉を食べ、焚火を熾してここで生活を始めた。みな幸せそうだったが、彼だけはそうとも言いきれなかった。

〝樹〟はもといた洞窟が懐かしかった。ここよりもずっと広く、彼が生まれ育った場所であるあの洞窟は、すみずみまで脳裏に刻みこまれている。しかし谷で手に入る獲物が日ごとに減り、周囲の部族からもたてつづけに襲撃を受けて、族長は一同を率いて故郷を離れ、谷の外に新しい住処を求めるしかなかったのだ。

しかし彼にとって最大の喪失は、あの〝図書館〟を離れてしまったことだった。〝図書館〟はあの場所の名前だが、どういう意味なのか、詳しいことは彼も知らない。その目から見れば、数十万の文字を一面にびっしりと刻みこんだあの石壁には、人類の起源や歴史、文明も含め、果てのない秘密が隠されていた。しかしすでに時間の手によってかなりの部分が削り落とされ、ほとんど識別はできないし、残っている文字からも意味を読みとれるのはごく一部分だ。まったく読みとくことのできない奇妙な記号がなおも大量にあり、まだ数字らしいものがいくつかしかわかっていなかった。なんでも、そういった記号はこの宇宙のすべてを——天地の成り立ち、星々の回転、万物の構造、生物の類別といったものも——説明しているのだという。

なのに彼はその内容を読みとれない。英知に秀でた師でさえすべてを読むことはできなかった。読みとれると思える部分、すなわち代々の記憶師によって伝えられてきた文字であっても、その多くについてすでに意味が失われていた。たとえば、〝万物は原子から成っている〟という第一文ははっきりと記憶しているが、〝原子〟とはなんだろうか。頭に浮かぶのはきわめて小さい粒だけだ。水には水の原子が、木には木の原子が、石には石の原子がある——それですべてが説明されるようでもあり、なにも説明されていないようでもあった。

しかし、この場で暗唱していた三つの呪文を彼は理解していた。わかるまでには長い時間がかかったが、間違いなく理解している。たとえば平地が広がる場所で岩に力をこめて押したとして、数歩先まで進むこともなく止まってしまうのは、押しつづけないからではなく、岩と地面とのあいだに見えない摩擦力があるからだと彼は知っていた。摩擦力がなければどこまでも滑らせることが可能なのだ。また、拳で岩を叩いたとして、与えられた衝撃と返ってくる衝撃は等しいと彼は知っていた。岩は拳よりもはるかに固いというだけだ。

彼が知っていることはそんなものでは済まなかった。たとえば天の星々は大地を中心にして回っているのではなく、大地は金星や火星たちとともに太陽を中心にして回り、月は大地を中心に回っているのだと知っていた。星々がそうして太古から休むことなく動きつづけている理由も、神の意志が働いているゆえではなく、もともとの初速度にお互いの引力が加えられて、永遠の運動を可能にしているのだと知っていた。具体的にどんな計算をするかはわからないが、最低限の原理は理解していた。その知識の体系はいたるところ穴だらけで、完全とはほど遠かったが、それでもおおまかな枠組みは残っている。古の黄金時代が有していた輝きの最後の名残だった。

だがそれがなんの役に立つだろうか。かつてもっとも平易な部類の知識を部族の人々に説こうとしたことがあったが、戻ってきたのは嘲笑でしかなかった。古くは、記憶師は崇め奉られる地位に置かれていた。神からの言葉を預かっているものと信じられ、国王や皇帝のもとで大神官を務め、馬車や帆船、ガラスの製造を指導したものだったが、いまではツノウサギやクマネズミの捕らえ方すら知らないのだ。抽象的で高度な知識を役に立てることができるのは発展した分業社会だけで、対して彼は百人にも満たない小集団のなかで一生を送り、そのうちの多くは百まで数を数えることすらできないのだから——

だから部族の仲間たちが〝樹〟のような記憶師をしだいに見下すようになるのは無理もなかった。はるかな歴史を持つ伝統でなければ、記憶師という存在はとうに途絶えていただろう。それに、もし幼いころに片脚を損なっていなかったなら自分も勇敢な狩人となって、ごくつぶしの叔父に続いて記憶師になることも、そのせいで想いを寄せた娘を失うこともなかった——

この大地を数百、数千の部族が渡り歩いていることを彼は知っていたが、どれだけの記憶師がいるのかはわからない。去年、部族間の戦いが起きたとき、彼らは相手方の部族の記憶師、白いひげを生やした老人を捕虜にしていた。二つの部族の言葉はまったく異なっていたが、老人と彼はどちらも〝エグリス〟の古い言葉を多少話すことができ、書きとめることもできた。老人は彼の持っていない知識を大量に身につけており、シェ、なんとかアの古い詩をいくつかそらんじることさえしてみせた。彼は老人と一晩語り明かし、多くのことを学び、老人を生かしておくよう部族の人々に必死に頼みこんだ。しかし食わせる口が一つ増えることを周囲は受けいれず、つぎの日、老記憶師は生き埋めにされた——

「ねえ〝樹〟さん、もう寝たの？」柔らかい声が彼の名前を呼んだ。振り向くと、すこしさきの火の明かりに照らされた、こちらの心をときめかせるよく知った面差しが目に入る。〝実《果子》〟と呼ばれる娘だった。

歳は今年で十八、彼より一つ下で、ともに育った彼女はかつて部族においてもひときわ目を引く娘で、彼はこの娘を好ましく思い、彼女も彼を好いてくれていた。しかし記憶師に望む女を手に入れる資格はなく、三年前、十五になったばかりの彼女は、部族でもっとも勇猛な、〝大河〟と呼ばれた狩人の女となり、次の年には子供を産んだ。その男は去年の秋、近くの部族との戦いで殺され、三歳にもならない彼女の子供は、十数日ほどまえに剣狼に食われていた。息子の死のために彼女は何日も泣き明かし、この数日でやっと様子が落ちついてきた。こうして見ると、まだ若いその顔には幾筋ものしわが刻まれ、十は歳を重ねたような風情だった。

「まだ寝てなかったのか」〝樹〟は訊きかえす。

「眠れなくて」そう答えが返ってきた。「あの子を思い出すと……」目をこする。「それにこの場所に慣れなくて、すこし怖いの。ねえ、お話をしてくれる？」

「小さいころはよく、お話をしてあげたね」感慨を漏らす。「気づけばこんなに時が経ってしまった」鼻がつんとするような物悲しさに襲われた。懐旧の情は、黄金時代でしかありえない贅沢な感情と言ってよかった。

「ずっと考えているの、もしあたしを助けるために恐猫《ディノフェリス》に脚を噛まれて、記憶師になる羽目になっていなかったら、もしかしたら、あなたと……」

「やめてくれ」手を振った。憂いを追いはらうかのように。「もう過ぎたことなんだから」

「ねえ、小さいときのように、あたしにお話を聞かせてくれる？」

「いいさ」彼は答えた。「古代のダルクという部族の姫、ミリサのお話をしようか、これは三千年前……」

「もう聞いたわ」そう言ってさえぎられた。「それにあれは、悲しいお話だったでしょう。べつのを聞かせて」

「そうだね」すこし考えて続ける。「一万五千年前、東の大陸に永夏《えいか》という古の帝国があった。その皇帝には賢く情け深い皇太子がいて、その名前を後舜《ごしゅん》と……」

「その話も聞いた」またさえぎられた。

「ならこれか……さらに古い時代――どれだけ昔か、だれも覚えていない。五万年前かもしれないし、十万年前、もっと昔かも――そのころ大地は熱い灰に覆われ、空も黒雲ばかりで太陽は見えず、大地には恐ろしい獣がたくさん出没していた、そこにゴズーラという名の英雄が生まれ……」

「その話だって何回も話してくれたでしょう」〝実〟はそう言った。「ねえ、黄金時代のお話をしてくれない？　あたし、いまでも結局よくわからないの」

「黄金時代？」彼は続ける。「それはもっと、ずっと昔のことだよ。どれだけ昔かだれも知らない、歴史が始まるよりももっとまえのことで、そのころ人間たちは神々から祝福を受け、雲つく高くそびえる家で暮らしていたと……」

「高い家、というのはなに？」

「それは……こっちもよくわからない、たぶん人間が石を使って自分で作った……大樹《たいじゅ》だよ。だけれどとても背が高くて、ものによっては山よりも高い、中にはたくさんのほら穴があって、何千人と暮らすことができた……人々が暮らしているそんな木々が、まるで森のように一面にひしめいて、家々の森が一つあれば何百万人、ことによるともっと暮らせたんだ。人々は快適な暮らしを送っていた。

大地の血を抜き取り、空の電光を引き下ろして、数々の不思議な魔法で求めるものを満たしていた。機敏に動く鉄の鳥に乗って、太陽が沈まないうちに世界のどこにでも行くことができた。それどころか空の上に、月まで飛んでいくこともできた……」

「すばらしい話ね」ため息をつく。「そのころの人たちはきっと、剣狼に子供を連れていかれる心配はなかったんでしょうね」

「それでも問題はかかえていたんだ」急いで話を逸らす。「そのころ大地には一万の数万倍、いや、数百万倍の人々がいて、彼らは大地の豊かな恵みを使い果たして、世界をやせ細らせてしまい、そのうち自分たちも生きていけなくしてしまったんだ。はるか遠くの星々まで飛んでいこうと考えたのに、大地の穴ぐらを離れる決断もできなかった……彼らは残っていた収穫物をめぐって争った。いまのように木の棒や石ではなくて、恐ろしい稲妻や天の火を使ったんだ。一度の稲妻で丘一つが吹き飛び、一度の天の火で平原がまるごと失われた。彼らは大地を草一つ生えないようにしてしまって、自分たちも絶滅からは逃れられなかったんだ。残っていたわずかな人々は地下に身を隠して、数千年後にようやくふたたびそこを出た。黄金時代はこうして終わって、黒鉄の時代がやってきた」

「それなら」夢見るような口ぶりで尋ねられる。「黄金時代はまたやってくると思う?」

苦々しい気分で首を振った。「いや、もうやってくることはないよ」

「どうして?」〝実〟は納得がいかないようだった。「一度やってきたなら、どうして二度目がありえないの? 神々がまた人間に恵みを与えてくれるかもしれないでしょう」

「それは違う、黄金時代を取りもどすには、大地からの収穫がうんと必要なんだ。大地の黒い血に、もしくは山々のなかの鉱石、そこから数えきれないほどの複雑な手間をかけて、巨大な機械を作ってようやく、古の魔法は戻ってくる。そして必要な収穫物は、とくに動かすための力をもたらしてくれるものは、最初の黄金時代に目減りし、使いつくされてしまって、もう戻ってはこない。人間の数がたったの数倍に増えただけでも、大地は持ちこたえられなくなって、数千年のうちに新しい崩壊がやってくるよ。まえに暮らしていた谷で、獣を狩りつくしたのと同じように。部族は谷を出ていくことができたけれど、人間が大地を離れることはできないだろう。

黄金時代が潰《つい》えてから、人間はすくなくとも十三度は復興して、また衰退していった。新たに作られた街や帝国、商船は世界を覆いつくしながら、いまでは影も形もないだろう。このさきも数えきれないほどの復興と衰退が起きて、一年の四季のように間断なく巡っていくものなのかもしれない。記憶師は古くから、こうして昔の歴史を覚えて伝えていく責任を担ってきた。いまのような衰退の時代にも火種を残して、世界の復興を導く役目を果たすために。

しかしこの遊びがいつまでも続くことはない。黄金時代が崩壊したそのときから、この世界の結末は、この生命の遊びの最後の光景はもう決まっていたんだ。人間は自らの穴ぐら――地球――を離れられずに、滅亡するしかない。太陽だって寿命を持っているのだけど、老いたときにはあの火が消えるのではなくて、ますます狂暴になる。一万の数万倍の年が経つうちにみるみる熱くなって、海を干上がらせ、大地をひび割れさせ、すべての人と動物は息絶えて、大地には一つの命も残らない。

人間の末代の子孫は、地下の穴ぐらに深く潜り込んで、最後の食べものを、ネズミの肉か、そんなようなものを腹に入れて、飲むことができたわずかな地下水を飲みつくして、ひっそりと死んでいくんだ」

彼は、自分が知っているこの世界の最大の秘密を、叔父がその最期に伝えてきた秘密を口にし、すすり泣きながら〝実〟に顔を向けた。しかしその相手はこちらが話したことをまったく聞いていなかった様子で、目はどこかをまっすぐに見つめていた。

「どうした？」

声をかけると我に返る。「ああ、話が難しすぎて、よくわからなくて……それより見て、あれはなに？」手を上げて、なにかを指さした。

そして彼も、石の壁に描かれた、まだらになり色褪せた絵図を目にした。身体を起こし、興味を惹かれて眺めると、遠くの焚火の明かりに照らされて、数十の実物さながらの動物が見えた。ツノウサギらしいものも、クマネズミや恐猫らしいものもいたが、ひとつとして自分が知っているものはなかった。人間を除いては。一頭の獣が頭のない狩人を踏みつけ、その横から一人の男が先の分かれた槍を獣に向けて、その後ろで一人の女がまだ幼い子供を抱いているのが見えた。

続けてさらに多くの絵が目に入ってきた。手をつないだ人々が火を囲み、動物の肉を分かちあって食べ、また楽しげだが奇妙な踊りにみなで興じ、また巨大で凶暴な獣を協力して捕らえ……

人の手で描かれたものにはちがいないが、いつの時代の絵なのだろうか？　答えは思いつかない。ここにいる獣は見たことがなく、きっととてもとても古い時代のことだろう、ひょっとすると話に伝わるゴズーラの時代か……

すると、石壁のかたわらに傷んだ石標があり、古い時代の文字が刻まれているのが見えた。近寄ってみると、火の光に照らされて何カ所か、見覚えのある文字がどうにか読みとれた。〝石器時代……壁画……遺跡……四万年前……〟

息を呑む。黄金時代の古代文字ではないか。だとするとこの壁画は、黄金時代からさらに四万年前、それはいつのことだ？　きっと天地が開かれて間もない、人間が現れて間もない時代のことだ……

しかし壁画に描かれた人々は堅強に暮らしていた。原始の時代の人々は歴史も未来もなにひとつ知らぬながら、そんなことに構わずに生きていたのだ。生活し、奮闘し、それどころか喜びに満たされて……

「ねえ、この人たちを見て」壁画に描かれた男と女、その子供を指さして〝実〟は言う。「あたしたちに似ていると思わない？」

「よく似ているね……」感慨とともに口にした。「何万年かの時間を、数えきれないほどの文明の興亡を経て、こうして出発点に戻ってきたということ……」

「ねえ」耳元で声がささやいた。「この人たちのようになるのはどう？」

はっとして見かえすと、彼女は顔を赤らめ、うつむいて続けた。「あたしはまだ若いでしょう、もう一人子供を産みたいの、あたしたちの子供を……」

彼はしばらくの間ぽかんとしていたが、ようやく言葉を理解し、胸のなかはたちまち狂喜に満たされた。「そばにいてくれるって、そう言うのかい？　でも、自分は……」

口の端に笑いを浮かべながら〝実〟は答える。「あたしは、あなたが我も忘れて話をするのを聞いていたいの」

彼は狂喜におののいて、息ができなくなる寸前だった。いまこのとき、黄金時代も暗黒時代も、過去も未来も、なにもかもが重要ではなくなった。頭を占めているのは一つの考えだけだった――

〝実〟は自分の女になる。二人は子供を持つことになり、これからともに平凡で落ち着いた暮らしを送る。新たな未来が訪れることはもはやありえなくとも、生まれてくる人間たちは暮らしを続け、数万、数億年のあいだ、生命の定めと時間の残酷さのなかで、自らの些細だが満ち足りた幸福を求めていくのだ。この老いた惑星がいつか跡形もなく消えるとしても、すくなくとも人類という種族は、宇宙のなかのこの地球という穴ぐらで確かに生きてきた。広大無辺の宇宙において、ほかの穴ぐらで暮らす数々の命と同じように。

彼は震える手を伸ばし、柔らかく温かい身体をしっかりと抱きしめた。

三国献麵記

三国献面记

稲村文吾訳

1

物語はこんなふうに始まる――

赤壁の戦いにおいて曹操《そうそう》の大軍八十万は焼き殺され、一人逃げ出した曹操は、劉備《りゅうび》と孫権《そんけん》が追っ手を掛ける中その名を隠して、物乞いをしながらさすらい、飢え死にを待つばかりとなったのでございます。そうして曹操が長江《ちょうこう》のほとりの漁村に来たところ、姓を郝《かく》という一人の村娘がこの男を憐れんで、香り高い熱々の魚介麵を食べさせたのでございます。たまらず一息にむさぼり食った曹操は、生まれてこのかたこれほどうまいものは食べたことがないと思い、この魚介麵が曹操の命をつなぎ、許都《きょと》まで逃げ帰る気力がまた湧いてきたのです。のちに皇帝となった曹操は、郝姑娘《こじょう》の恩徳を忘れることなく、華容《かよう》の地から呼び寄せた郝姑娘を貴妃として娶り、郝家の魚介麵も宮廷の美食として供されその名を天下にとどろかせ、中華伝統の名物料理となったのでございます……

二〇四五年秋のある日の午後、自分の仕事場で、送られてきたばかりのこのわけのわからない文章を読みながらぼくは眉間にしわを寄せていた。なんだ、このでたらめづくしは？　どこもかしこも穴だらけだと言ってやりたい。赤壁で敗れた曹操が潰走したといったって、一人きりではないのだから、どうして物乞いまでするのか。そのあと華容道で、関羽《かんう》、関雲長《うんちょう》が曹操を見のがしたのはだれだって知っている歴史上の逸話なのに、郝姑娘だとか魚介麵だとかはどこから出てきたのだろう？　それに曹操が称したのは王位までで、皇帝位は追贈、ほんとうに皇帝になったのが息子の曹丕《そうひ》だというのは、『三国志演義』を読んでいればみんなわかることだ……

　軽く首を振って、スマートグラスに表示されていた資料を閉じ、向かいにいる女性に目を向けると、眉をしかめていた自分の顔が自然とやわらいだ。彼女は応接間のすみに立ち、壁に飾ってある天安門の開国大典（一九四九年に行われた中華人民共和国の成立宣言の式典）の巨大なカラー写真に見入っているところだ。髪は肩まで伸ばし、身のこなしはしとやかで、すらりとスタイルもよく、ぼくが見ているのに気づくと振りかえって微笑んでくれる。輝くような美貌だ。ふいに春風に頬をなでられた気分になった。

「その……」ぼくはどうにか話を切り出した。「郝思嘉《かくしか》さん、この話を読ませてくれたのは、うちの会社にこの……言い伝えの真偽を検証する手伝いをしてほしいと？」

　ぼくのいる時間旅行会社〈小時代《リトル・タイム》〉はわけのわからない要求をいろいろと受けつけてきた。今日は殷《いん》の艦隊がアメリカ大陸に到達したか検証したいと言われ（馬伯庸の小説『殷商艦隊瑪雅征服史』）、明日は玄奘《げんじょう》が西方への旅に猿を連れていったか見てみたいと言われ、明後日は宋《そう》朝に『射雕《しゃちょう》英雄伝』の郭靖《かくせい》と黄蓉《こうよう》がいたかを訊かれ……家族に伝わってきたでっちあげの話のたぐいとなるとさらに多くなる。タイムマシンを動かしてそういう得体の知れない言い伝えを確かめに行くのは、金を海に捨てているのと同じだ。〈歴史内時間保護法〉が登場してから、そういう悩みはずっと減ったが。

　郝思嘉は首を振っていた。「いえ、林《りん》さん、この話はただのでっち上げ。だれよりもわたしがよくわかっている」

「だとすると、これは……」

「三十年まえ」郝思嘉はソファに腰を下ろし、ぼくを見つめながら話す。「湖北《こほく》の農村生まれの郝二《かくじ》蛋《たん》という若者が、武漢《ぶかん》の街で努力して小さな麺料理の店を開き、手作りの魚介麺を売っていたの。魚のアラと特製のタレで作った濃厚なスープに、コシのある手延べ麺と旬の新鮮な魚介を入れてできあがる麺は、いちおう郝《かく》家に代々伝わるものではあっても、とくに知名度はなかった。自分の麺にいわれを用意してやろうと彼は頭をしぼって、ほかの店が料理の由緒の言い伝えを書いているのを真似して、このお話を考え出して、表装して店の壁に貼り出したの。小学校卒で学歴のない彼だから、もちろんこのお話も穴だらけで、すこしでも学問のある人間が見ればなんともいえない顔になる」

「そう、たしかにこの話はなかなか無茶です。『三国志演義』を読んだことがあったらこんなことは書かない」

「話の出来がこんなありさまだから、郝二蛋の店も当然たいして繁盛もしなかった。けれど塞翁《さいおう》馬を失う、いずくんぞ福にあらざるを知らん、というでしょう。彼がしょげかえって店を畳もうと考えていたとき、馬宝瑞《ばほうずい》というベストセラー作家（宝樹の長篇『時間之墟』の登場人物と同名）が偶然店にやってきて、壁にかかっていたこの話を目にして面白がって、写真を撮って微博《ウェイボー》に上げたら——微博は当時のソーシャルアプリの一つね、いまの脳博《ナオボー》と似ている——数十万人に拡散されて、郝二蛋の店は一気に名前が広まったの。その名に惹かれてあちこちから大勢が店主の書いた料理のいわれを見物に来たし、そのなかには魚介麺も頼んで、落ちぶれた曹操の恰好でコスプレしながら食べる人もいて、その結果店は繁盛しはじめたの。はじめは面白がることしか考えていなくても、そのうちかなりの人たちが、ほんとうに郝《かく》記《き》魚介麺を好きになっていった」

「その魚介麺、実際にかなりの美味だってことですか」

郝思嘉は笑みを浮かべた。「そうね、機会があれば食べてみて、ちょっとほかにはない味でしょうから。とにかく郝二蛋の店は一気に有名になって、儲けも十分すぎるぐらいに入ってきた。二年経つと、郝記魚介麺は店構えをきれいにして支店も開いた。もう五年経つとほかの街にも支店を開いて、二十年経ったら、郝二蛋は国外含めて百五十を超える支店を持って、アメリカでは株式が上場したの。いまでは、郝ブランドは飲食産業では国内有数の大手になって――」

「ちょっと待ってください！」ぼくは声を上げた。「つまり、その郝二蛋の店っていうのは……あのだれでも知ってる〈郝の味〉のこと？　その店だったらわかる、ぼくの住んでる部屋の下にもありますよ」

「そうね、わたしの名刺にも書いてある」郝思嘉がぼくに思い出させる。「さっき渡したけれど」

慌ててポケットから相手の名刺を出してよくよく見てみると、たしかに〝郝思嘉〟の三文字の下に、〝株式会社〈郝の味〉最高執行責任者《COO》〟という文字があるのが目に入った。さっき名刺を受けとったときは、この名前を見て『風と共に去りぬ』を思い出して（スカーレット・オハラの名前は郝思嘉［ハオ・スージア］と訳された）しかも彼女のすてきな容姿に見入っていたから、その下の文字には気を配っていなかった。そして不思議に思って見かえす。〈郝の味〉といったらだれでも知っている会社で、彼女は見たところまだ二十代、それでCOOになって、しかも名字が郝、まさか……

「郝二蛋はわたしの父親」ぼくの考えを見ぬいたかのようにいきなり答えが返ってきた。「そのうち郝偉《かくい》旦《たん》と改名して、もともとの名前を出すことは少なくなったけれど。実を言うと父はとてもプライドが高くて、面子を大事にする人で、他人から嘲笑されるのがなにより耐えられないの。かつての魚介麺の起源についての笑い話は、ひと財産築くためのきっかけを与えてはくれたけれど、心のなかではずっと引っかかっていたというわけ。でもとびきりの笑い話として広まってしまったのに、なにができると思う？　それで〈郝の味〉が成功してから、父はずっとどうにかしてこの件を抹消しようとしてきたの。会社の内部では一言も話題にさせなかったし、大量の特別費を使って、新聞や雑誌でもこの件には触れさせないようにした。だからここ十数年が経つうち、〈郝の味〉はどんどん大きくなったけど、この件はだんだん埋もれていったの」

「そうでしょう、ぼくも聞いたことがない」

「でも調べる気になればネットをすこし探せば出てくるから、知っている人間だって少なくない。だから父はいつになってもこの件への心残りを捨てられないでいたけれど、それが数年前、時間旅行が民間にも開放されると、大胆なことを思いついたの。この件を根本的に解決できる方法を」

「三十年まえに戻って、お父さんに魚介麵の話を書き換えさせるんじゃないでしょうね？」思わず苦笑した。「でもそれは郝家が成功したそもそもの原因でしょう、そんなことをしたら〈郝の味〉も存在しなくなるんじゃ？」

「もちろん違う」郝思嘉は首を振った。「父の考えは、三国時代に戻って、曹操にこの魚介麵を食べさせることなの！」

しばらく啞然としたあと、ぼくは首を振った。「それは無理だ」

「なにが無理なの？」むこうは考えがまとまっている様子だった。「三国時代に戻って、曹操に麵を食べてもらうだけでいいの。曹操がほんとうにこの魚介麵を食べたなら、父は適当なことを書いたんじゃないと証明される。せいぜい細かいところがすこし不正確なだけ。そうすれば父も心残りを手放せるし、しかもその場面をどうにかして撮ってくれれば、会社にとってもすごく有力な宣伝になるでしょう」

「郝さん、無理なのはわかってもらわないと」ため息をついて伝える。「時間旅行は量子干渉効果のせいで、時空のどの一点に時間旅行を行《おこな》ったとしても、もともとの時空の平滑度が壊されてしまう。だから旅行を行うと、その区間の時空が損傷されて、そのつぎにほかの人間が同じ時間に入ることができなくなるんです。いまのところ、この問題を解決できる有効な手段は見つかっていない。だから〈歴史内時間保護法〉の規定どおり、民間の時間旅行に開放されている時間はほぼ氷河期以前になるんです。ジュラ紀に恐竜を見にいくというのならなんの問題もない。しかし三国時代に戻るのは、それは……難しいな」

郝思嘉は笑った。「林《りん》さん、わたしは燕京《えんきょう》大学の歴史学科の修士を出ているんです。当然わたしなりの伝手《つて》があって、歴史研究のために上から特別許可を出して開放してもらうことができるの」

すこし驚いて相手に視線を向ける。たしかに歴史研究の目的のためなら、一部の歴史上の時間にも政府は旅行を許可しているが、それは数少ない特例で、まさか郝思嘉が許可を手に入れられるとは思わなかった。

「それでも問題は解決しない」ぼくは我に返った。「その許可があっても、歴史モニターを通して歴史上のできごとを眺められるだけで、歴史内の世界に入って改変することは絶対に許されないんです。でないと、ぼくらは歴史改変の罪を背負って、ことによるとこれからの人生を牢屋で過ごすことになる」

「やってみればすり抜けるのは簡単でしょう、だれにも気づかれはしない。わたしの知るかぎり、国内外のいろいろな会社がやってきていることなの。正直に言えば、あなたたちが行かなくても、べつの会社が行ってくれるでしょうね」

「でも万が一突きとめられたら……」ぼくはまだ怯えを消せなかった。

郝思嘉はほほえみながら訊いてくる。「林さん、おたくの会社で時間旅行をしたときの通常料金はいくらでしょう?」

「五十万」むこうがなにを言うかは予想がついた。「でも郝さん、百万元渡されたってこっちは——

——」

郝思嘉は右手を出し、白く細いその指五本をぼくのまえで広げた。

「五千万」そう口にする。「五千万出す」

ぼくが言葉に詰まっていると、耳元に顔が寄ってきて、悪魔のような誘惑の声色で言われた。「あなた個人に」

2

こう言うのはあんまり素直じゃないかもしれないが、ぼくを動かしたのはあの金額だけではなかった。あのとき理由はわからないが、なにかに導かれたように話を呑んでしまったのを改めて考えてみると、ひょっとするともっと郝思嘉《かくしか》と顔を合わせていたいという気持ちがあったのかもしれない。

しかもあの大金だって、おおかたぼくのものにはならなかった。〈小時代《リトル・タイム》〉という企業は管理がわりあいに厳格で、タイムマシンはぼく一人ではとても動かせない。郝思嘉からの最初の振りこみのあと、ぼくはその大部分を費やしてあちこちに話を通す羽目になり、自分のところにはいくらも残らないようなものだった。しかしその過程で、これまではよくわかっていなかったこともいろいろ理解ができた。

時間旅行についてなにより議論が激しいのは、歴史の改変の問題だ。大衆の多くは、時間旅行者が太古の昔に戻って一匹のアリを踏みつぶした結果、人類の文明が消滅するのではないかと心配している。しかし人類が時間旅行を始めてからというもの、純粋観察と呼ばれる行動であっても、熱放射だとか、電磁波の吸収だとか、周囲の環境にある程度の影響を与えるのは避けられない。いわゆるバタフライ効果が存在するなら、歴史はもう改変されていると考えておかしくない——もちろん、実際に改変は起きているけれど、ぼくたちは改変された時空に暮らしているというのもありえるわけで、それなら当然気づくことはない。

いずれにしても、ぼくたちがやることは純粋観察と比べても一歩踏み出すだけのことだ。実のところ、こういう禁じられた旅もときどき行われてはいて、用心していればなにも起きはしないのだ。あることないこと含めて、話はいろいろ聞いたことがある。たとえばタイムマシンの初期の試験段階で、前世紀にアインシュタインがピアノを弾くのを聴きにいったとか、項《こう》とかいう特殊部隊員を戦国時代に送りこんで、秦の始皇帝の即位を目撃させようとしたら、二度と戻ってこなかったとか（香港の作家、黄易の小説『尋秦記』）……もう一つ広く伝わっている話があって、どこかの人間が一八一五年のエルバ島にこっそり向かってナポレオンを解放し、その後復位させて百日天下を築かせたらしい。ぼくはどうしても納得がいかない——もともとナポレオンは復位していなかったというんだろうか。

　どちらにしろ、そんなことが起こってからも地球は変わらず回っていて、どこにも不都合なんてなさそうだ。ぼくたちが曹操に一杯の麵を食べさせるのも、たいしたことではないだろうと思う。だが火は紙に包んでいられないもので、ぼくたちの計画が動きだして早々に、上司の姚《よう》から呼び出しがあった。案の定どこからか話が漏れて、ことが明るみに出たらしく、ぼくは絶望して牢屋行きを待った。そこに郝思嘉が電話をかけてきて、なにもかも丸く収まってしまった。

　五千万が追加されたからだ。

　一億元という数字は魔力を持っていて、うちの会社はまるごと丸めこまれた。実を言えば時間旅行というのはうまい商売ではなくて、費用が高額すぎてふつうの人間は金を出せないし、できることといったら観察だけで、大部分の客は最初の盛り上がりが過ぎると興味を失ってしまう。しかも観察が可能な時空区間はかなりが損傷済みと化していて、これも業務に影響してくる。うちの会社は毎年数千万の赤字を出していて、郝思嘉からの金は溺れているところに差し出された藁《わら》そのものだった。ということで会社の上層部全体が、捕まるリスクを冒してこの依頼を遂行することになった。

　最終的に、各方面への見返りをあらためて調整した結果、ぼくは新設の〈麵操〉プロジェクト（〝麵を曹操に食べさせる〟の略だ）の実務責任者（つまりなにかあったらぼくが罪をかぶる）になり、ひきかえに五……万元を手にした。なかなかの額じゃないだろうか？

とにかく事態は動きだしていて、それから一年のあいだ、ぼくと郝思嘉はしょっちゅう顔を合わせ、プロジェクトの具体的な問題を議論した。むこうはさすが歴史学科の出身で、ぼくがごっちゃにしていたところをいろいろと整理してくれた。

「それじゃあ、関雲長《かんうんちょう》が曹操を逃がしたのはただの伝承で、史実じゃないって？」郝思嘉に会ったある日、ぼくは尋ねた。

「そう、『三国志』では劉備《りゅうび》が追手をかけたけれど捕まえられなかったとだけ記してあって、伏兵として関羽がさきにいたなんて書いていないの。考えてみればわかるけれど、戦いのあと曹操は自らの本拠地に向かって逃げたわけで、劉備が待ち伏せしようと思ったら、赤壁の戦いのまえに関羽と兵を曹操の後方に踏みこませていたってことで、とても危険でしょう。可能ではあったにしても、不確定要素が多すぎて、策として全然なってない」

「なるほどね」ぼくはうなずく。「それとわからないのだけれど、華容道《かよう》というのはどんな道だったんだ？　どうして曹操はその道を行かないといけなかった？」

郝思嘉はいちから話すことに決めた。「戦《いくさ》に敗れた曹操は曹仁《そうじん》が守る江陵《こうりょう》、つまり南郡《なんぐん》の中心地をめざしたけれど、広大な沼地を通っていかないといけなかったの。春秋戦国時代のこの一帯は一目では見わたせないほどの大きな湖、有名な雲夢澤《うんぼうたく》で、三国時代になると雲夢澤はほとんどの場所が干上がってしまったけれど、それでも巨大な湿地が広がっていて、かなり足元は悪かったの。華容道は、この沼地を抜けるための要道だった」

「なるほど」これで納得がいった。「ぼくはドラマに惑わされていたんだ、てっきり山のなかの小道だと思ってた。じゃあ今回、ぼくたちは華容道に麵を持っていくんだね？」

「そう、それが最良の選択。しかも、赤壁の戦いの最中は歴史学者たちを通して時間モニターを開いて観測してあるから、ある程度資料があって、それが使えるし」

「それで、曹操が華容道を敗走している時間区域にはまだ入れるんだね？」

「大丈夫、経費の問題で、ちょうど曹操が赤壁の戦場から逃げだしたところで観測は終わっているから。とはいってもその時間で観測した範囲には赤壁から江陵までの広い一帯も入っていて、華容道の地形ははっきりわかっているの」

時間モニターというのは要するに時空に開いたごく小さなワームホールで、周囲の環境の情報を電磁波のように受信し、データを分析して当時の姿を復元することができる。すこししてぼくは、赤壁の戦いの光景を目にした。モニターには赤壁の戦いのあと、曹操軍の部隊が赤壁近くで劉備と孫権《そんけん》の追撃部隊にばらばらにされ潰されて、曹操が残兵を連れて逃げまわる様子が映っていた。つぎの日は周瑜《しゅうゆ》率いる江東《こうとう》の精鋭軍と戦闘になり、ここでも大半の人馬を失って命からがら脱出し、そして華容道に足を踏みいれて、そこからの状況はわからないままだった。

それでも歴史上の資料と合わせてみれば、曹操軍は狭い華容道から江陵に逃げかえろうとしたところで、今度は地形に阻まれたと判断できる。ほどなく沼地に足を踏みいれそうになり、やむなく弱った兵士たちを地面に寝かせ、残った人馬はその身体を踏んで通り、ここでも大勢の死傷者が出て、最後に江陵まで戻ってきた人数はごくわずかだった。もちろん、ほかの方面から撤退していった兵士もかなりの数いる。しかし曹操みずから率いていたこの一隊については、恐ろしいほどの無惨さと危険さだったと言ってよかった。

でもこれではまだ足りない。実際に出発するまえに、こちらは曹操が華容道を通り、最後に江陵に到着するまでの詳しい時間上の座標を知っておかないといけない。この点は最新技術で解決した——超遠距離時間モニターだ。時空ワームホールを地面から数万キロ上の高軌道に開いて、これなら時空点近くの損傷が地上付近に影響しないようにできる。そして高軌道から観測できた映像をデータ分析と画像復元にかけて、数ヵ月を費やし、ようやく曹操の一行がうねうねと西をめざし、通っていった各地点の正確な時間を把握できた。ただし距離が離れすぎているのと、当時霧が出ていたせいで、細かい部分についてははっきりと見えていない。

資料を郝思嘉に渡すと、むこうはすぐに案を思いついて、ぼくに相談してきた。「華容道に、泥が堆積してできた名前のない沼洲を見つけたの。使われなくなった茅葺きの小屋がいくつかあって、もともとの歴史だと曹操軍は夜更けの十時ごろここに着いて、一時間半ほど休んだあと、あわただしく西に逃亡を続けた。この土地はあっという間に霧に覆われるから、曹操軍は夜道に迷って、行くさきを定めるまでにだいたい二時間かかっている。つぎの日の早朝五時、夜を徹して行軍してきた曹仁の迎えの部隊と行きあって、そこからは曹操一行はなにごともなく江陵城に入り、安全を手にしたの。

わたしたちの計画は、この小屋に潜んで、現地の住人のふりをして曹操がやってくるのを迎えるの。わたしたちは曹操を歓待して、小屋で休むようにさせて、郝記魚介麺を献上する。このとき曹操はほぼ一昼夜なにも食べていなくて、きっと飢えと寒さに苦しんでいるわけだから、きっとたまらずむさぼって、ものすごい美味だと思うでしょう。その過程はすべてピンホールレンズのカメラでこっそり記録して、時間モニターが古代を映した記録だということにして、世の中に公表するの。

曹操が麺を食べていると、その沼洲を出発する時間は史実よりも一、二時間遅れるかもしれないけれど、でも大丈夫。こっちが正しい方向を教えて曹操軍が道に迷わないようにすればいいんだから。それで食事と休憩のぶんの時間を取りもどして、曹操は最終的にだいたい同じ時間に曹仁の部隊と落ちあって、歴史への影響は最低限に抑えられるでしょう」

ぼくはその案をじっくりと確かめて、実行可能だと思った。このくらいの限られた接触ならほとんど歴史は変わらず、たいした問題にはならないはずだ。ただ多少の疑問も残っていた。「二千年まえなんて昔の人間のふりをするんじゃ、ぼろを出しやしないか？」

「プロの役者を連れてくるし、詳しい礼儀や服飾や生活の細かい注意点についても、歴史の専門家を呼んで指導してもらうから。大きな難点は言葉遣いそのものね。三国時代に使われているのは中古漢語で、現在の言葉とは大きく違うから、聞きとるのは訓練すれば難しくないとしても、本物そのままの話し方はかなり難しいでしょう」

「じゃあどうするんだ?」ぼくも不安になる。

「でも問題ない、当時は南北それぞれにいくつも方言があって、十里八郷のさきは違う訛りだったし、情報も閉ざされている。曹操の一行は北方の生まれで、もともと南方の人間の言葉はよくわからないから、だいたい話すことができればたいした疑念は持たれないでしょうね」

ぼくは考えをめぐらして、言った。「いずれにしても、これほどの接触になると危険はかなり大きいだろうね。リモコンを持っていって、もしなにか危険があれば、スイッチを一押しするとすぐにタイムマシンがぼくたちを現代に回収するようにしておくよ」

「あなたも行くの?」郝思嘉はすこし怪訝《けげん》そうだった。ふつうの時間旅行なら、プロジェクト統括者のぼくがみずから同行する必要はない。

「もちろん行くさ」苦笑いを浮かべる。「いかれた三国志マニアが万が一きみたちのなかにいて、曹操を殺しに出ていって〝滅曹興漢〟を目指したらどうするんだ? 会社のだれかが現地で見張っていないといけないんだ。上はふつうの社員じゃ不安だって言うから、そうしたらぼくしかいない」

3

半年後、もしくは一千八百三十八年まえ——これは考え方による——ぼくと郝思嘉《かくしか》ともう四人(それと赤犬が一匹）は、そろって顔を浅黒く塗り、ぼろぼろになった麻の服を着て、霧の立ちこめる闇夜、じっとりとした冷たい沼地が広がるなかに立っていた。

　ほかの四人は郝思嘉が集めてきた人たちで、ぼくたちはこの六人で協力して漁師の一家を演じることになる。金鶏奨をとった実力派役者の牛《ぎゅう》が一家の主を演じて、李《り》という役者がその弟役、〈郝《かく》の味〉の重役の楊《よう》は妻役を演じて、まだ若い役者の鄭《てい》は二人の息子役。ぼくと郝思嘉は、年長の牛《ぎゅう》の息子とその嫁を演じることになった。もともとは兄妹を演じるつもりだったが、よくよく考えてみるとぼくたちは二人とも三十近くて、古代ならこの歳には孫までいてもおかしくない。兄妹役はどうしてもなんだか違和感があって、夫婦を演じるしかなかった。ほんとうは小さい子供たちが何人かいればもっと自然だったが、こんなことに未成年を巻きこむわけにはいかなかったから、そこははしょることになった。都合のいいことに、このころのひどい医療環境なら、子供が歳を重ねられないのもよくあることだった。

　いまから十数時間まえ、ぼくたちはタイムマシンで建安《けんあん》一三年の真冬に送りこまれた。ちょうど問題の日の明け方で、そこから一年かけて準備してきた〈麺操〉プロジェクトが実行された。よくあるタイムスリップ小説に描かれているのとは違い、時代を経るごとに空間の膨張が進んでいるせいで古代の真空準位は現在よりもわずかに大きくなるから、ぼくたちは古代に留まるため一秒単位でエネルギーを消費する必要があって、与えられた時間はとても限られている。ぼくがリモコンで信号を送らなくても、タイムマシンは二十四時間後には自動的にぼくたちを回収してくれる。

　まずはいろいろな舞台装置の準備を進める必要があって、小屋を修繕し、鍋釜を並べ、敷物を整え、などとやってこれでまる一日がつぶれた。もともとこれだけの時間では足りなかったのだけど、芝居をする時間はすべて夜で、かなり明かりの少ない状況だから、わずかな手抜かりならそこまで気づかれにくいというのはぼくたちにとって有利だった。

あっという間に夜の十時が迫っていた。ぼくたちの働きはリハーサルのときよりかなり遅れていて、この瀬戸際になってもまだ仕上げのひと仕事が終わっていなかった。曹操《そうそう》はいつ来てもおかしくない時間だったからひとまずここはあきらめるしかなく、たいまつを吹き消して、家に入って休んでいるふりをし、曹操一行のお出ましを待つことになった。

郝思嘉と部屋に入り、立ちどまって内心の緊張を抑えられずにいると、郝思嘉が小さい声で言った。「早くこっちで横になって」そう言いながらもう奥の寝床で横になっている。この時代には高さのあるベッドはなく、あるのはごく低い寝台だけだったし、実際の漁師の暮らしぶりでは寝台すら出てこず、二枚の木の板にぼろぼろの茣蓙《ござ》をひとまずかぶせているだけだ。もちろん暖かい綿入れの掛け布団もなく、何枚か縫いあわせた布の中に藁を詰めこんだものを布団にするしかない。

この流れはリハーサルしていなかった。思わず固まっていると、郝思嘉が言う。「わたしたちは連中に起こされたふりをするの、もしあとで曹操がなかに入ってきて、寝床にだれも寝た形跡がないうえに冷たいとなったら、疑いを持たれるんじゃない？」

考えてみればたしかにそのとおりで、ぼくも夫婦の〝ベッド〟に上がった。自分のそばに郝思嘉が寝ているのを感じ、息づかいまで耳に届いてくる。だけどいまの郝思嘉の身体からは美女のかぐわしい香りなんてしてこなくて、真に迫った演技のためぼくたちは漁師らしく身体に魚のにおいを吹きつけているから、ものすごく臭かった。だとしてもぼくの心は揺さぶられていた。

しかし土壁のあちこちのひび割れからは蠟月《ろうげつ》（旧暦の十二月）の冷たい風がびゅうびゅう吹きこんできて、ぼろの掛け布団ではまったく役に立たない。身体を動かしていたときはまだよかったけれど、冷たい風に襲われたぼくは思わずくしゃみを連発して、苦笑いを浮かべた。「いま、すごく詩を吟じたくなった」

「詩を？」

「杜甫《とほ》の〝茅屋《ぼうおく》……茅屋、寒風《かんぷう》に吹き破られる〟ってやつ、やっとその気分がわかったよ」ぼくは言った。中学で習う文章だけれど、ほんとうはどんなことが書いてある詩だったかとっくに忘れていた。

『茅屋秋風《しゅうふう》の破る所と為る歌』ね」郝思嘉はそう正し、軽く吟じはじめた。「布衾多年《ふきんたねん》……冷たきこと鉄に似たり、驕児悪臥《きょうじあくが》して……踏裏《とうり》に裂く。床頭《しょうとう》は屋《おく》漏れて……乾く処無く、雨脚《うきゃく》は麻《あさ》の……麻の如く……」そこまで来て、歯の根が合わなくて先が続かなかった。

ぼくは郝思嘉を抱きしめたかったけどそうもできず、ため息をつくしかなかった。「ああ、カイロを貼ってきたらどんなによかったか……」

「自分で言ったんでしょう」郝思嘉は身体をさすりながら文句を言ってくる。「絶対に必要な物資以外は、現代のものはなにも持ちこんじゃいけないって。そんなこと言っても、タイムマシンに回収されたらなにもかも、曹操の麺だって未来に戻されて、ここには一つの分子も残らないのに、恐れることなんてある？」

「そういうわけにはいかないんだ」ぼくは弁明する。「そう決めておかないと、きみたちがＡＫ４７まで持ってきかねないから。このあと万が一衝突が起きて、曹操軍にだだだっと何発か撃って曹操を殺したら、中国の歴史がまるごと潰れるんだから」

「そんなの当然……」郝思嘉は言いかけたところで、突然あっと声を上げた。「音がする。来たの？」

その通り、はるか遠くから人の話し声と水をはね上げる音が聞こえてきた。だれかが沼地を通り、こちらにやってきているのだ。ぼくたちはたちまち気を奮いたたせ、身体を起こした。土壁に空いている穴から外を見ると、東の方角に、見間違えようのない炎の明かりが見えていた。古代の夜に光害はないから、一つひとつの光がとても明るく見えた。

「曹操が来たぞ！」父親役の牛《ぎゅう》が隣の部屋で言うのが聞こえた。連れてきた犬も吠えはじめる。

十分後、あかあかと燃えるたいまつが砂洲を照らし出した。戸のすきまから外を眺めると、茂みのむこうから馬に乗った数十人が現れたのが見えた。隊の左右の騎士は革の甲《よろい》に身を包み、たいまつを手にし、刀と弓を身につけて、中央にいる、明かりに輝く鉄の鎧をまとった中年の男を護衛している。男は長いあごひげを何筋も生やし、顔立ちには威厳があり、あたりを見回すその両眼はおそろしく鋭かった。しかし人も馬も全身に泥がへばりついて、威厳あるたたずまいとはずいぶん不似合いだった。

これが曹操だ――内心で洩らす。まえにも赤壁の戦いのときのモニターで姿は見ていたけれど、あれはすこし離れた場所からで、顔ははっきり見えなかった。実際に目のまえに現れた本人を見るのは、モニターで見るのとはまったく別物だった。心のなかでつぶやく――曹操は鮑国安《ほうこくあん》（一九九四年のドラマ『三国志演義』で曹操を演じた）にすこし似てるんだな。陳建斌《ちんけんひん》（二〇一〇年のドラマ『三国志』の曹操役）とはだいぶ違うな、何年かまえに王俊凱《おうしゅんかい》（一九九九年生まれのアイドル・俳優）がやったのとはもっと違う……

「ここな田屋《でんおく》に何人《なんぴと》か居《きょ》すか？　左右《さゆう》、之《これ》を覧《み》よ！」曹操が声を上げた。三国時代の人間が話すのを聞くのはこれが初めてで、さすが古典の香りに満ち満ちている。ここからぼくたちの会話はだいたいこうした半文語体で進んだけれど、この先は読者諸氏の理解の便のため、できるだけ白話文に翻訳してみる。

騎兵二人が馬を下りて様子をうかがったあと、声を張りあげて呼ばわる。そしてすぐに、〝一家〟を家から引っぱりだした。

「あなた……あなたさまは……」家長の牛《ぎゅう》は一行のまえに引っぱってこられ、目を見開き、震える声で言った。

「怯えることはないご老人、われらは平虜将軍朱霊《へいりょしょうぐんしゅれい》の配下である」曹操のそばにいた随従らしい男が言った。「急な軍務のため、夜を徹して江陵《こうりょう》を目指している」

ぶん殴られたような気分だった。平虜将軍朱霊だって？　いったいなんの騒ぎだ。まさかぼくたちはしくじったのか？

　歴史の専門家の郝思嘉に思わず目を向けると、むこうは横でうつむいたまま、抑えた声で言う。

「来《ライ》、来」

〝来《ほら》〟？　なにが〝ほら〟なんだ？　困惑して顔を上げ、相手を見ると、郝思嘉はしかたなくもう一言続けた。「イングリッシュ《英語》！」

lie か！　ぼくもそれでわかった。きっと曹操たちは、無知な下々のぼくたちに正体を明かしたくなくて、思いつきで嘘を言ってるんだ——

「この郝犇《かくほん》め、丞相《じょうしょう》さまにお目通りいたします！」かと思うと、牛《ぎゅう》がリハーサルしたとおり真っ先にひざまずき、高らかに声を上げていた。

　その瞬間、ぼくは全身の血が凍りつき、心のなかでは一万頭のこん畜生たちの咆哮が響いていた。おい牛《ぎゅう》さんよ、なんてことをしてくれたんだ！　あっちは朱霊将軍の配下だって名乗ったのに、丞相にお目通りだってほざいたか？　練習した台詞だからってそのまま使わなくていいだろう、もうちょっと臨機応変にやってくれよ！

　瞬間、双方ともその場に固まった。曹操の眉間に深いしわが浮かぶ。「一介の農民のそなたが、なぜこちらを目下《もっか》の丞相だと知っている？」

「それは……」牛《ぎゅう》も自分がまずいことを言ったと気づいて、うろたえてすぐに言葉が出てこないようだった。

　できることは限られていた。ぼくは慌てて膝を突いた。「丞相さまに申しあげます、先月われら父子は江陵《こうりょう》城に魚を売りにいったところ、丞相さまおん自ら大軍を引き連れて出陣されるのを運よく目にし、遠くから丞相さまのご威儀を目の当《ま》たりにしていたのです」こう言っているが曹操がどうやって出陣したかは知らない。もし馬車に乗っていたならぼくたちはおしまいだ。

手にはめた指輪にこっそり指先を置いた。タイムマシンに信号を送るリモコンスイッチで、これを押せばすぐに、ここにいるぼくたち全員が大量の品物とともに曹操の目のまえから消えうせる。歴史がどこかで変わってしまうことは、この状況では構っていられない。

しかし曹操はこの説明に納得したらしく、ふむ、と言うと質問をしてきた。「ここから江陵まではどれほど離れている？」

息をつく暇もなく、ぼくは頭を下げたまま答える。「およそ二百里（三国時代では約八七キロ）ほどでございます」

曹操は静かにため息をつく。「今夜のうちには着かないだろう。このまま進むか、それとも一晩足を休めるか」

横の随従が口を開く。「丞相どのは連日の行軍ですでに疲れきっておられます、くれぐれもお身体を大事にされますよう！　逆賊はもはや追ってこないと見えます。ここで一休みされてはいかがでしょう、それから向かわれても差しさわりはございません」

曹操は考えをめぐらし、うなずいて返した。「余《本相》は大事ない。だがみな疲れているのも確かだ、ここで一休みしてから発つとしよう」

将兵たちがつぎつぎと馬を下りる。こっそり視線を向けると、配下の大半はヒラの兵士らしい様子だったけれど、そのほかに十数人、兵士の恰好はしていても容貌も雰囲気もどこか特別なのは、おそらく張遼《ちょうりょう》や許褚《きょちょ》たち大将と荀攸《じゅんゆう》や程昱《ていいく》たち軍師だろう。歴史に名を残すことが決まっているうえ、後世にさまざまなスターたちが演じることになる歴史上の有名人たちがすぐまえに揃っていると思うと、思わず気が昂ってきた。

家長の牛《ぎゅう》もつぎの台詞を口にした。「丞相さまと将兵のかたがた、辛苦をくぐり抜け、なにも召しあがっていないことでしょう。鄙《ひな》の者につき、おもてなしするほどのものもありませんが、家には魚《ぎょ》羹《こう》の湯餅《とうへい》がございます。お気に召されるようなら、ぜひともご賞味くださいますか！」

4

ここまではどうにか無事に進んでいた。ところがそのつぎに曹操《そうそう》は、ぼくがちらりとも考えなかった言葉を口にした。「湯餅《とうへい》？　南方では米を食うというが、なぜ湯餅があるのだ？」

漢魏の時代には麺とは呼ばず、小麦の生地を茹でたものの呼び名を湯餅といって、後世の麺もここに入る。だから曹操の問いは、なぜ南方人も麺を食べるのかということで、これがぼくたちを困らせた。

もちろん、南方で麺を食べるのはどこもおかしくない。三国時代に戻るまえ、ぼくたちはこの時代の飲食の習慣を詳しく調べあげ、たとえば南方で小麦食はあったかという疑問だって何冊もの本に当たり、何人かの専門家にも話を聞いた。郝思嘉《かくしか》の話だと、『斉民要術《せいみんようじゅつ》』『荊楚歳時記《けいそ》』『太平御覧《たいへいぎょらん》』など過去の文献の記述によれば南方でも小麦は栽培され、小麦食もよくあることで、おかしな話ではないということだった。それもあってぼくたちは安心して準備を進めた。

しかしぼくたちは、曹操が『斉民要術』を読んでいない（『斉民要術』の成立は六世紀）のを忘れていた。北方生まれの曹操に好奇心から尋ねられたら、ぼくたちはどう答えたらいいのか。小麦粉は買ってきたのか、自分で挽いたのか。一升で何銖銭《しゅせん》か。麦はどこに植えるのか。どんな品種か。どれくらい収獲できるのか。こっちが知っていることはごくわずかで、万が一ぼろを出したら嘘を見抜かれるのは時間の問題だ。

牛《ぎゅう》のやつを当てにしたのはまったくの間違いだった。金鶏奨をとった有名な役者で、郝思嘉は八百万元もの大金で呼んできたというのに、すこしの機転も利かないで、ぼさっと膝を突いたまま一言答えた。「え？」

　曹操の眉間にしわが寄る。

「お許しください！」慌ててぼくが声を上げる。「父は田舎者で、都の正しい言葉づかいがあまりわからないのです。その……そのとおりここのあたりでめったに湯餅は食べないのですが、新年が近いではありませんか……それで市場に行って買いもとめ……まさかそれを丞相さまに召しあがっていただけるとは、まことにありがたきことでございます！」思いついた言葉を口にしながら、指輪のでっぱりに指を這わせ、いますぐにでも撤収する準備をしていた。

「丞相どの」そこに、曹操の横にいた豪傑風の将軍がどら声で言った。「荊州にもたしかに湯餅はありますぞ、すこしまえ江陵で兵を揃えていたとき市場で食ったが、味はずいぶんとひどいもので、北の湯餅にはとうてい及びませんでしたな」

「そうであったか」曹操は納得した。「仲康《ちゅうこう》、なにもかも食らう饕餮《とうてつ》（中国神話の怪物）のそなたでさえひどい味だと言うとはな……はっは……」

　仲康？　だれの字《あざな》だったか……思い出そうとしていたところに、曹操があまり食べたくなさそうなのにふと気づいて、ぼくははっとした。口を開くまえに、郝思嘉が割りこんできた。「丞相さま！　わが郝家で作る魚羹の湯餅はこのあたりではまたとない名物、許都《きょと》で食べる山海の珍味にも引けをとりません！」

　かなり不調法な言いぐさではあったが、それでも無知な田舎女の口ぶりには似合っていた。弱りきっている曹操軍の将兵たちからも笑い声が上がる。ぼくは慌ててあとを続けた。「丞相さまの恩沢はあまねく民のもとに届き、田舎育ちのわれわれといえども同じことで……長くお慕い申しておりましたお方と、こうしてお目通りが叶うとは、まことに前世……先祖代々徳を積んだたまもの（この時代はまだ仏教が広まっていないのをここで思い出した）、丞相さま、どうかわれわれの心づくしを受けとってくださいませんか！」

ぼくが思いきりおべっかを使っても曹操は丸めこまれず、黙りこんだあと、笑いながら訊いてきた。「それは妙だ、荊州がわれらの方に付いてから二月《ふたつき》にもならない、しかも戦《いくさ》は続いている。余の恩徳などどうやって民に届いたというのだ」

「それは……」すこしばつが悪くなった。「荊州は下って間もないとはいえ、中原《ちゅうげん》における丞相さまの威名は、われわれもよくよく聞きおよんでおります」

曹操は興味を引かれた様子だった。「ほう？　申してみよ、余にどのような威名がある」

ここまで詰められるとは思わず、一瞬軽くうろたえた。まともに学んだ分野でもなく、歴史書で読んだことを引っぱりだしてくるしかない。「その……黄巾の……騒ぎが起こり（あやうく口になじんだ起義（蜂起の意）と言うところだった）、天下は乱れ、丞相さまは西暦——」

「ごほん！」郝思嘉が何回も咳ばらいして、曹操は怪訝そうに目を見開いた。それでぼくは勢いにまかせて失言したのに気づき、どうにかとりつくろうしかなかった。「……立てつづけに、袁術《えんじゅつ》を攻め、呂布《りょふ》を捕らえ、袁紹《えんしょう》を破り、張魯《ちょうろ》を……いや、張繡《ちょうしゅう》を下らせ（張魯が配下になるのはもう何年かあとだった）……中国を統一し——」

出まかせがもう続かなくなったころ、曹操のほうは表情がずっと明るくなっていて、うなずいて言った。「この南の僻地にも、曹孟徳《もうとく》（孟徳は曹操の字）の功業を聞き知る者がいようとは！　赤壁ではすこしばかり仕損じたが、もはや取るにたらぬことだ」しばらく感慨にふけったあと、続けた。「よかろう、鄙のご老人の心づくしとあらば、こちらも受けなければ非礼というもの。しかし余は数十名の将兵を連れているのだ、ご老人、なにか腹に入れるものがあれば、彼らにもすこし分けてはくれないか。余が江陵に戻ったあかつきには、手厚い褒美を与えよう」

あんたの褒美だって？　あんたはすぐに北に逃げていって、曹仁《そうじん》も南郡《なんぐん》を守りきれないで、ここはじきに劉備《りゅうび》のやつの土地になるのに……頭のなかで暴れまわっている考えは、もちろん口に出すわけにはいかなかった。牛《ぎゅう》の野郎は、決めてあった台詞をようやくまた言うことができた。「もちろんでございます、我が家には米餅《べいへい》（米粉の生地を焼いた主食）に豆飯《まめめし》もありますので、微力ながら、みなさまのためせめて務めたく存じます！」

曹操はおおぜいの将兵を率いているわけだから、曹操に麺を献上するとなれば当然その部下にもなにか食べさせないといけない。ぼくらはちゃんと気づいていて、ここの家は六人家族だということになっているから、五十人に一食ずつ用意できるだけの食料を蓄えてあるのも一応説明がつく。もちろん上等なごちそうなんてわけにはいかないが、腹を満たすぶんにはたいして困らない。もちろん、ぼくらが現代に戻れば、ここで食べさせた栄養分はきれいに消えうせるわけだけど、それでかまわない。もともとの歴史でも、この人たちはここで食べものにはありつけなかったんだから。

「米餅と豆飯とはいいな」例の豪傑風の将軍が言った。「しかしここには犬がいるではないか……よく肥えている……いっそここでさばいて……」

「ええっ？」郝思嘉が仰天した。ぼくらはこの中華田園犬を、心を通わせるために半年まえから面倒を見ていて、みんなにもなつき、とくに郝思嘉はこの犬に惚れこんでいる。将軍の配下の大柄な兵士たちが四方から忍び足で犬に近づいていくのを見て、彼女は思わず声を上げた。「やめてください！丞相さま、ボビーを殺さないで……」

またひと波乱起きようとしているのを見て、ぼくはめまいがした。曹操も、神仙ですら落ちついていられないという香り立つ犬肉を味わってみたいと食指が動いているらしい。しかしそこに、さっきの随従が口を開いた。「丞相どの、犬を殺し皮を剝いで洗い流し鍋に入れて火を通すとなると、かなり手間取ることでしょう。万が一追っ手が迫《せま》ってきたら……差し支えがあるかと」

曹操ははっとした。「その通りだ！　仲康、その犬には手を出すな、大事を誤ってはならぬ！　ご老人、急ぎ奥で食事の用意をしてくれ。われらは食べおえたらここを発つ」

牛《ぎゅう》のおっさんは言われるがまま、曹操たち大物を部屋に連れていって休ませる。やっと計画が本筋に戻ってきて、ぼくらはほっと息をついた。事前の分担どおり、ぼくと郝思嘉には曹操のための魚介麺を作る仕事がある。これこそ要点中の要点だ。李《り》たちも別の部屋に向かい、ほかの将兵たちに供する保存食の準備をしていた。

「さっきはなんなの、〝西暦〟なんて言って！」にわかづくりの台所に入ると、郝思嘉が抑えた声で文句を言ってきた。「ばれるところだったじゃない！」

きまりが悪くなってうなだれる。「余裕がなくてつい口から出てきたんだって。中平《ちゅうへい》とか建安《けんあん》とかの年号はいつになっても頭に入らなくて、三国時代の年代はぜんぶ西暦で覚えてるんだから」

「それと〝中国を統一〟ってどういうこと。この時代の〝中国〟は中原地方のことだけだって知らないの？」そう責めてくる。「でもまあよかった、ああやってとんちんかんで文法もめちゃくちゃなほうが、ふつうの農民の知識水準には似合ってるから。筋の通った話をぺらぺら完璧にしゃべれたら、かえって曹操には疑われたでしょうね」

文化的水準が低いと嘲笑されて、ぼくはやりかえした。「そっちだって偉そうに言えないだろ。さっきはあの犬のためにボビーがどうとか言いだして、計画がだめになるところだったじゃないか」

「それは……なにを知ってるっていうの、いまは犬肉を食べない人ばっかりなんだから、曹操が犬のもも肉をかじりながら魚介麺を食べてたら、あとでどんなふうに宣伝を打てばいいの？」

むだ口をたたいて、張りつめた気分が多少落ちついたぼくらは、火を熾《おこ》してお湯を沸かしはじめた。いまここにある水や麺や魚やいくつかの調味料は、もちろんすべて〈郝《かく》の味〉から上等品を持ってきたが、この時代の銅釜や陶器の碗、木の器なんかの調理器具に入れてみると、むかしながらの製法で手作りしたように見えてくる。

郝思嘉は、郝二蛋《かくじたん》から奥義を伝授されている。ここの原始的な調理器具で麺を調理するには、火加減と時間をかなり正確に調整する必要があって、彼女の手に任せるほかない。ぼくは横から助手として手を貸す。二人で何十回と練習してきて、作業はよどみなく進んだ。しばらくすると、薪《たきぎ》の炎は燃えさかり、郝思嘉は洗ってさばいた切り身を鍋に入れていき、濃縮した汁《つゆ》と菜っ葉もそこに入れ、竹箸でかきまわすとたちまち魚の香りがあふれかえった。

魚介スープの完成は近く、いつでも麺を入れられると見て、ぼくはすこし安心し、麺を入れている竹の箕《き》器のほうに向かった。ところがそこで、台所に人影が忍びこんできた。ぼくらが反応するよりまえに、いやらしい手が見間違えようもなく郝思嘉の尻を触っていた。

「きゃっ！　林雨《りんう》、なにを――」ぼくの仕業だと思いこんで、郝思嘉は腹を立てながら振り向いたが、相手の姿が目に入った瞬間ぽかんとした。

「のう美女よ、さきほどわしはおまえの犬を助けたが、どのように礼をしてくれるのだ？」

5

かまどの火に照らされて、男の白い顔と、あごにうっすらと生やしたひげが見えた。それなりに整った顔だが、いまは郝思嘉《かくしか》の身体にまとわりつき、夢見心地で、顔にはもちろんこれ以上ないくらいにいやらしい表情を浮かべていた。着ている服の色使いは一般の兵士よりすこし上で、ここでようやくぼくは、男が曹操《そうそう》の横にいた随従で、さっき曹操にここで休むよう進言した当人だったと気づいた。

「な、なにをやってるんだ」ひとしきり啞然としてから、ぼくは問いただした。

ぼくの質問を受けて、男はすこしいずまいを正す。「ここで湯餅《とうへい》を作るおまえたちが、毒を盛ってこちらを害しないとなぜわかる？　丞相《じょうしょう》お側付きのわしが、とことん見とどけなければならないに決まっている……美女よ、行ってはならぬ！」郝思嘉が逃れようとしたとたん、男に両手をつかまれる。

ぼくは怒りをおし殺しながら答えた。「われわれの湯餅作りを副官どのがご覧になるのは、もちろん結構でございますが、しかしなぜ……」

男はにんまりと笑い、腰元から金色に輝く小さいなにかを取り出して、ぼくに放ってきた。「この黄金二両で、おまえたち一家が三年は食っていけるぞ、わかるか？」そう言いながらまた手足はいかがわしいふうに動きはじめ、口からはからかいの言葉が漏れる。「美女よ、これほどの山野のなかにも、おまえのような抜きんでた逸材がいようとはな……ここはわしに従えば……」

郝思嘉はもともとすらりとした美人だ。万が一曹操が妙な望みを持ったら災いを招きかねないとぼくらは心配して、だから今回は念を入れてメーキャップ係を呼んできた。顔を黒く塗るのはもちろん、しわやいぼを何カ所も足し、白くなめらかな手にもそれらしい見た目を貼りつけて、胸まで平たく潰してある。しかし曹操の周りのほうに、ここまでの色餓鬼《いろがき》がいたなんて。どうすればいいか、すぐには考えつかなかった。それにこいつが何者なのかもわからない、こいつをこらしめて万が一歴史が変わったら……

郝思嘉もそこに考えが至ったのか、男を全力で押しかえして訊く。「待って……あなたさまは……どなたでしょうか？」

首筋に唇を寄せながら、男は自慢げに答える。「娘よ、わしが名もなき雑兵《ぞうひょう》だと思ったか？　ふうむ、わしは丞相お側付きの宿衛《しゅくえい》、姓は二字の夏侯《かこう》、名は一字の傑《けつ》という者だ」

夏侯……傑？　夏侯傑《かこうけつ》？

ぼくは思わず声を上げた。「あんたは長坂橋《ちょうはんきょう》で――」その続きの言葉は口にできなかった。

ついさっきぼくは、例の豪傑風の将軍は許褚《きょちょ》、曹操直属の猛将で、〝虎痴《こち》〟の呼び名で知られていたと思い出した。ここにいる夏侯傑どのは名声をとどろかしてはいないが、その事績のほうは広く知れわたっている――長坂橋《ちょうはんきょう》のまえで張飛《ちょうひ》に一喝され、肝をつぶして死んだあの運の悪い野郎だ！

ぼくらは長坂橋の戦いはモニターで眺めていないが、どうやらあれは羅貫中《らかんちゅう》が『三国志演義』で作ったただのお話だったらしく、ほんとうの夏侯傑は生きのびたうえに、曹操に付いて華容《かよう》道にやってきたのだ。いまここでどうすればいい？　郝思嘉が辱めを受けるのを、むざむざ見ているわけにはいかないだろう。

またリモコンを押したくなったが、郝思嘉がぼくの目を見つめて軽く首を振る。そして腕を振りかぶり、服を引っぱっていた夏侯傑にぱんと一発びんたを食らわせた。

夏侯傑は顔を押さえて一瞬呆気にとられたが、すぐに目が殺気を放ち怒りが爆発しそうになる、そこに郝思嘉が厳しい声で言った。「われら郝《かく》家一同は丞相さまに心よりの忠心を抱き、その丞相さまと将軍のかたがたのお越しに、老少をあげて懸命に尽くしているのです。民たるこのわたしをこうして副官どのが辱めるようでは、天下の百姓《ひゃくせい》は曹丞相にどのような目を向けるでしょう？　以後、だれが丞相さまに忠を尽くすでしょう？」

夏侯傑がなにか言いかけたが、郝思嘉がさらに声を荒らげた。「いいでしょう、いまここに丞相さまと将軍のみなさま一人ひとりをお呼びして、ご裁断を仰ぎましょう！　それが丞相さまのお心かどうか、確かめましょう！　丞相さまがあなたの好きにさせるとおっしゃるのなら、わたしもこの身を預けましょう」

「やめてくれ！」曹操のところまで話を持ち出すと聞いて、ようやく夏侯傑は引き下がる。「ただ戯れを言ってみただけだ、おまえの気が進まぬというのなら、それでかまわぬ」

そう言いながら出ていこうとしたので、ぼくはまえに出て金を差し出した。「副官どの、このお心づけはいただけません、やはり副官どのがお持ちください」

夏侯傑は金をつかんで取り、一目ぼくをきつくにらみつけると、小屋を出ていった。ぼくは郝思嘉と目を見あわせる。二人ともとても平静ではいられなかった。

「なんで夏侯傑がここにいるんだ？」郝思嘉に尋ねる。

「わからない」首を振る。「もともと歴史上は、あんな人物の記録はなかったのに」

「いない？　張飛に一喝されて死んだって話じゃないか？」

「それは小説家の作り話で……でももしかすると、それにも典拠があったのに、そのあたりの記録が失われたのかも。戻ったら解明しないと。ひょっとすると歴史上の難題がいろいろ解決できるかもしれない」

歴史において、三国時代の曹氏と夏侯氏はつねに切っても切れない関係だったと聞いている。曹操の父親の曹嵩《そうすう》はもともと夏侯家の子で、大宦官《かんがん》曹騰《そうとう》の養子に取られたらしい。だとすると、曹操親子はそもそも夏侯姓だったということになる。だが二十一世紀の初めに、両家の子孫にDNA鑑定を行ってこの論はくつがえされた（二〇一一年の復旦大学の研究）。その後、曹家と夏侯家の親密な関係についてはいまのところ満足のいく答えはなくて、歴史学者もよくわかっていない。時間旅行の発明以来、彼らは研究するべき課題が山積みになって、こんな興味本位の話題にまで経費は回ってこないのだ。

危機を脱したとたんに郝思嘉の学究癖がまた顔を出したのを見て、ぼくは釘を刺した。「いまは学問的な話をしてる場合じゃないんだ、きみは夏侯傑のやつにびんたを食らわせたんだぞ、このままじゃ済まないって。まったく、なにをあそこまでがっついてたんだ？　これこそ〝三年軍隊にいれば、雌豚も貂蝉《ちょうせん》に並ぶ〟ってやつじゃないか」

「だいじょうぶ、あの人たちが麺を食べおわったら、わたしたちは退散すれば……待って、だれが雌豚ですって！」

「やめて、耳を引っぱるなって……」

一刻（十五分）後、あつあつの魚介麵が完成した。

さっきの夏侯傑の乱入のせいでスープの火加減が調整できなかったので、魚は煮えすぎているかもしれなかった。しかし郝思嘉もこれ以上曹操たち一行の機嫌を取りつづけたい気分ではなくて、大目に見てできあがりということにした。きっと連中はひもじさに腹を鳴らしていて、味の良し悪しなんてわからないはずだ。

魚介麵はだいたい十杯ほどできあがり、ぼくたちは盛りつけたあと、いちばん量の多い一杯を曹操に献上し、のこりは周りの将官や幕僚の面々、たとえば張遼《ちょうりょう》、許褚、程昱《ていいく》たちに渡した。一同は案の定おそろしく飢えていて、がつがつむさぼり食い、口をきいている余裕すらなかった。

ぼくらは服の胸元に付けた超小型カメラでこっそりこの光景を映像に収めながら、曹操にレンズを向け、熱に浮かされたように食べている姿が撮れることばかり願っていた。ところが曹操は魚に一度箸をつけ、スープを軽く一口すすっただけで椀を下ろしてしまい、眉間にしわを寄せて、どうやら毒を恐れている様子だった。

曹操が疑りぶかいというのはやはり本当だったらしい、とぼくは考えていた。夏侯傑を見張りによこしておいて、いまも毒を怖がってすこししか食べようとしないなんて。これじゃ、ぼくらの計画は根本から無駄にならないか？

ぼくは牛《ぎゅう》に小さい声で訊いた。「丞相はなぜあのように？」悲痛な顔で答えが返ってくる。すこしまえ、部屋に連れていって休ませたところ、曹操はなにかがおかしいと気づいたようで、この家はいつ建ったかだとか、一家はどうやって漁をしているかだとか、土地の役人はどのくらい税を取っていくかだとか、つぎつぎ質問をしてきた。もともと決めてあった受け答えで返したが、曹操からの質問はきりがなく、そのうちこちらも答えられなくなって、聞きとれないふりをして方言らしい言葉で返すはめになったという。話が通じなくなると曹操は部屋にとどまる気をなくした様子で、あたりを一回りしはじめたらしい。

「ううん、きっとどこかで気づかれたんだ」抑えた声でぼくが言うと、牛《ぎゅう》はさらにそわそわしはじめた。いくつか言葉をかけたあと、まだ箸を動かさない曹操を見て、ぼくは近づいていき笑顔を浮かべた。「丞相さま、なぜ召しあがらないのでしょう？　なるほど、われら下々の湯餅はひどい味で、丞相さまのお口には合わないのでしょうか」

しかし曹操はこちらを見ずに天を仰ぎ、ここにきてしかめられていた眉がすこしずつゆるんでいき、長々と息を吐いたあと言った。「美味だ！　この上ない美味であるぞ！　荊州の漁師に、これほどの美味を供することができようとは！」

ぼくと郝思嘉は顔を見合わせ、二人とも心のなかでは小躍りしていた。曹操は美食家で、時間をかけて魚のスープを味わっていたところだったのか。

そして曹操は訊いてくる。「これはなんという魚だ？　なぜこれほどに若やかな風味がする？」

〝大西洋鱈だよ、あんたはこのさき一生食べられないけど〟と心のなかで言いつつ、ぼくは答えた。「このあたりの湖で獲れる大きな魚で、われわれは銀線魚《ぎんせんぎょ》と呼んでおります。土地の名物で、ほかの場所では獲れません」

曹操は褒めたてる。「銀線魚、銀線魚……よい名だ！　〝南に嘉魚《かぎょ》有り、烝然《じょうぜん》として罩罩《とうとう》たり〟と詩にもある（『詩経』小雅）。荊楚の地はやはり広大にして産物豊かなのだな。いずれ天下平定ののち、かならずやこの地に戻り賞味しよう」

ぼくらは心から喜び、勢いよく食べはじめるのを待ちかまえていたが、しかし曹操は背後を向いて呼びかけた。「この湯餅はたいへんな美味だ、そなたにも分けてつかわそう」

ぼくらは仰天し、視線のさきをたどると、そこにいたのは夏侯傑だった。湯餅を下げあたえるという言葉に、言われたほうもずいぶんといぶかって尋ねた。「丞相どの、これは……なにゆえわたくしめなどに？」

曹操は笑った。「先ごろ赤壁の船において、黄蓋《こうがい》の老いぼれめに攻め入られ、余は燃える船に閉じこめられてしまった。そなたは我が身を顧みずに、余の命を救ってくれたであろう。余はかねて功には賞を、罪には罰をもって応えてきた。そなたは褒美を受けてしかるべきだろう。まして今日はわれらみな苦難をともにしてきたのだ、尊卑などもはやかまわぬ」

夏侯傑は飛びあがり、平伏する。「丞相どのには厚恩を賜っております！　たとえ肝脳《かんのう》地にまみれようとも、報いぬことがありましょうか！　この湯餅はわたくし一人のものにできるはずもございません、将兵みなと分かちあい、天地の広さにも劣らぬ丞相どののご聖徳《せいとく》を崇め称えましょう！」

曹操は顔をほころばせ、何度もうなずいた。「あっぱれだ！　われらの軍がこれほど団結しているなら、逆賊の力も興復の成否も、案ずることはない！　この幾日か、退却する余を守ってきた、この場の者みなに功労があるのだ。この湯餅は軍の上下で分かちあい、これをわれらの興復の第一歩とするぞ！」

周りの兵士たちはもともとほんのすこしの野菜と冷や飯しか与えられなかったところに、曹操がここまで自分たちを重んじ、湯気の上がる湯餅を分かちあおうとしているのを見て、のこらず滂沱《ぼうだ》の涙を流し、喜びのおたけびを上げた。

ぼくと郝思嘉はそれを呆然と眺めていた。一杯の麺で人心を掌握してみせる、まぎれもなく曹操は絶代の奸雄《かんゆう》だった。

6

曹操《そうそう》の演説が終わると、夏侯傑《かこうけつ》は麺の入った椀を両手にささげもち、ほんのわずかだけ口を付けて、近くにいたむさくるしい身なりの大柄な兵士に手渡した。兵士は勢いよくスープを口に入れ、麺をすすりこむと、どこだかの方言でもごもごとなにかつぶやいている。きっと恩義に感謝するとかそんなところだろう。

腹をすかせきった兵士の群れが、一杯の麺を分けあって食べるとどんな光景になるか。考えてみればわかる。丞相《じょうしょう》から授かった一杯とあって、最初の何人かはまだ多少遠慮があってすこししか食べないようにしていたが、そうしているうちに、兵士たちもそんなことはかまわなくなった。いっせいに器を取りかこみ、汚らしい手で麺や魚をつまんで口に運んでいて、近づいて映像に収めようとしたぼくは、たちまち一面真っ黒に染まっていくスープを目にした。泥や垢がどれだけ混ざってるか知れたものじゃないのに、物乞い同然の丘っ八（兵隊）連中は嬉々として食べている——

吐き気をもよおしたところに、背後からもえずく声が聞こえてきた。郝思嘉《かくしか》だ。胸を押さえ、眉間にしわを寄せて、いまにも吐いてしまいそうに見える。

そばに寄ってぼくは小さく声をかけた。「この場面、どれぐらい宣伝になるかな？」

「冗談言わないでよ」とげとげしい声が返ってくる。「最初のあたりはまあいいとして、そのあとは……これを放映したら、うちの〈郝《かく》の味〉は破産するしかないでしょ！」

郝《かく》家は十億を投じてこの広告を打つのに、こんなありさまになっていると思うとぼくはおかしくなってきたが、それでもなぐさめの言葉をかける。「先走っちゃいけないよ、最初の場面はすごく感動的だったから、そのあとはこっちでちゃんとカットしておけば、たぶんたいした問題はないと……これでもいちおう任務は果たせただろう？」

曹操は魚介麵をほとんど食べなかったが、粥をすすり、お焼きをかじって、それなりに腹を満たしていた。すこしすると、夏侯傑が曹操を連れて、ぼくらが暮らす小屋に向かうのが見えた。きっと休みに行くのだろうから、わざわざ尋ねはしなかった。そのしばらくあと。小屋から出てきた夏侯傑の目はおかしな具合にぎらついていて、うっすらなにかが変だと感じたそのとき、郝思嘉に話しかける声が聞こえてきた。「娘よ、丞相どのが着替えの世話におまえを呼んでいる。ついてこい」

耳にした近くの将兵たちが、なにか察した様子で笑い声を上げた。もう慣れっこになっているらしい。

これにはたちまち郝思嘉もへたりこみそうになる。「ええっ？　丞相さまが……その……」「なにがその、だ」夏侯傑は心のこもらない笑みを浮かべる。「お考えが変わって、今晩はここで休んでいかれるのだ。お世話の役目を命じられるとは、この上なく喜ばしい巡りあわせではないか！　早くこちらに来ないか」

そんな言葉を聞かされたぼくは頭がくらくらして、小さくつぶやく。「どうしてそんなことを？」「そう、どうしてこんなことを……こんなのひどすぎる！」郝思嘉も歯を食いしばる。「どうして、今晩ここにとどまるなんてことになるんだ？」ぼくは続ける。「ここで一晩過ごすとしたら、歴史が変わってしまうかもしれない」

「なに言ってるの？」郝思嘉が血相を変える。「あいつが来てるでしょ！　時間はないの、早くわたしたちを戻して！」

さっき夏侯傑が邪心を抱いたときは曹操を盾にできたが、こうして曹操自身まで暖衣飽食して劣情を催すとなるとこっちに手はなくなってしまう。曹操の恩知らずを、不義理を真っ向からなじってみるか？　死ぬのが早まるだけだ。

まさか本当に、いますぐ引きあげるしかないっていうのか？　ほかの手はないのか？　もし歴史を変えてしまったら、ぼくらはどうなる？

逡巡しているぼくらをまえに、夏侯傑はせせら笑うと大股に近づいてくる。これには郝思嘉もいよいよ怯えて、ぼくの背中に隠れ、袖を引っぱってきた。内心ため息をつき、親指の先を、もう片方の手にはめた指輪の内側のでっぱりに当てて、声高く叫んだ。「みなよく聞け、われらは――」

これがぼくらの用意した緊急の方策だ。ぼくらは西王母《せいおうぼ》が遣わせた〝天より降り来たる神人《しんじん》〟で、曹公を危難から救うためにやってきたのだとかなんとか叫んで、ただちに撤収するのだ。曹操軍はそれなりに信じてくれるはずだ。ところがそのとき、また予想外のことが起きた。

ぼくのうしろで郝思嘉が悲鳴を上げ、どうしたのかわからないうちにぼくは猛烈な力で押しのけられ、そばの泥水のなかに突き飛ばされた。顔を上げると、鉄塔のごとき人影が、まるで鷲がひよこをぶらさげるように郝思嘉をつまみあげ、どかどかとまえに向かって歩いていく。

許褚《きょちょ》のくそったれが！

ボビーは飼い主が危ない目に遭っていると気づき、飛びかかって許褚のふくらはぎに咬みついたが、許褚は振りかえりもせずに足をうしろに蹴りあげ、犬を吹っ飛ばした。地面に落ちたボビーはぴくりともしない。許褚の一蹴りで、大きな犬が即死してしまったのだ。

許褚は郝思嘉をぶらさげたまま、にんまり笑って夏侯傑のところに歩いていく。夏侯傑が笑った。「仲康《ちゅうこう》、そなたは丞相どののお考えをわかっているのだな！」二人は連れだって小屋に入っていく。

許褚に馬鹿力で突き飛ばされ、転んでしばらく頭がふらついていたぼくは、気を取りなおすよりもまえに左手を遠慮なしに踏みつけられて、痛みに悲鳴を上げた。踏んできたのは兵士の一人で、顔を上げて見てみると、相手の目は残忍で冷酷な光を放っていた。

「丞相どのがおまえの女と遊ぼうってんだ、なにをここでうだうだ言ってやがる」兵士は上官に取り入ろうと、大声でがなる。「そこをどきやがれ！」今度は腹を蹴りつけられて、ぼくは痛みに思わず背を丸めた。

この時代、人命は塵芥《ちりあくた》も同然で、兵士が庶民をいたぶるのはいくらでも見られる光景だった。英雄豪傑たちの涙を誘う立派な事績も、すべて無数の庶民の血と涙、命の上に築かれていたのだ。曹操は自分の部下には気前よく、寛大でいられたが、もう利用価値のなくなった庶民が相手では話が変わってくる。

踏みつけられたぼくの手はあやうく骨が折れるところだった。いますぐ指輪を押せるものではない。それでも危機が迫っていると見て、右手を伸ばし、もう一回押そうとすると——

「なにをしやがる」ぼくの妙な動きに兵士が気づき、その視線がまだ指が届かない左手に吸いよせられる。問題の指輪が目に入ってしまったらしい。

「なにも……」あわてて指輪を隠そうとしたが、とても間にあうものではない。兵士はさっき踏みつけたぼくの左手をつかみあげ、ぞんざいに指輪を抜きとると、目のまえに持ってきて気になる様子で眺めまわした。

「それは……金にはならない……返してくれ……」慌ててぼくは言った。この指輪はリモコンでしかなかった。大きい宝石をはめて装飾品にするなんてのは問題外で、偽装の結果、輝きもなくさびの浮いた鉄の輪っかにしか見えないようになっている。

「金にはならんな」兵士はつぶやいて、適当にそこらに投げすてる。かすかにぽちゃりと音が聞こえて、その瞬間目のまえが真っ暗になった——投げすてられた指輪が、小屋の周りの沼に落ちてしまった。明かりなんてどこにもなく、どの方向に飛んだかも見えなかったのに、どうやって探せっていうんだ？

それにいまは、とても探しにいける場合じゃない。郝思嘉は許褚の手で小屋に連れこまれ、夏侯傑もなかに入った。まさかやつらは三人で……三人で……

こうなると郝思嘉は万事休すだ。もうこの時空を好きに離れることはできなくなっている。もちろん、事前に対策はしてあって、明日の朝六時、つまりぼくらがタイムスリップしてきて二十四時間後には、タイムマシンが自動でぼくたちを回収してくれる。ただそのときには、きっと郝思嘉はもう……

でもぼくらは、助けるわけにはいかないんだ。さっきのやつらのふるまいからすると、向こうはその気になればいつでもぼくらを殺せる。だれも情けなんてかけないし、だれも止めやしない。もしここで殺されたら、未来に回収されたとしても死体が積みあがっておしまいだ。いまはとにかく辛抱、なんとしても辛抱、明日の朝まで待って、そうすれば……

でも、小屋からは郝思嘉の泣きわめく声がとぎれることなく聞こえ、曹操と夏侯傑がめいめいいやらしく笑う声も混じっている。心ひそかに想っていた女の子が、人面獣心の連中にぼろぼろにされるのを黙って見ているっていうのか？　でもここで動いたら、自分と牛《ぎゅう》たち四人の命を差し出すってことじゃないか？　これは……どうしたらいいんだ？

怒り、恐怖、焦り、心配、後悔、恨み……そのなにからなにまでを、ぼくは固い意志のこもった、威勢よく毅然とした言葉に変えた。

「ぜひとも愚妻を丞相さまに差し出しとうございます！　丞相さま、どうか心ゆくまでお愉しみくださいませ！」

7

さっきまでずっと頭を下げ、声を出すこともできなかった牛《ぎゅう》や鄭《てい》たちもあきれかえって、顔を上げてぼくをにらみつける。その目はこう語っているようだった――林雨《りんう》よ、郝思嘉《かくしか》を見捨てるのはしょうがない、みんな考えてることは同じだ。でもそんなに大々的に言うことはないだろう?

郝思嘉は小屋のなかからぼくの宣言を聞きつけ、もう抑えがきかなくなって、声を張りあげて罵倒してきた。「林雨、あんたなんか××にしてやる! なにもかも安心だって言ってなかった? この大馬鹿野郎! 早くわたしを連れ出しなさいよ――」

いまの郝思嘉は見境がなくなっている。わめいている言葉は普通話(現代標準語)で、もちろん曹操《そうそう》は一言も聞きとれない。このまま実際のことを言いすぎないか心配で、ぼくは慌てて言葉を続けた。

「この愚かな女のでたらめをお許しください、丞相《じょうしょう》さま! 今晩はここでお愉しみくださいませ、もう空は暗く、劉備《りゅうび》たちの追っ手がここまで進んでこないとお考えになるのももっともかと存じます」最後の方の言葉は、それと気づかれないくらいに語気を強めた。

思ったとおりこの言葉は効いた。曹操と夏侯傑《かこうけつ》のいやらしい笑い声がぴたっと止む。きっと敵軍に生け捕りにされたときの悲惨を想像して、一気にそんな気分ではなくなったのだ。

しばらくして、服が乱れたままの曹操が出てきた。表情がくるくる変わって落ちつかない。その後《おこ》ろから出てきた許褚《きょちょ》ががなりたてる。「三軍はただちにここを発つ! 行軍を続けるぞ! 火を熾したのはだれだ? いますぐに消せ!」

何人かの兵士が火を熾して、ボビーの死体を引きずっていき、皮を剝いであぶり焼きにしようとしていた。命令を聞いてひどくがっかりしていたが、しかたなく犬の死体は放っておき、火を消してぱらぱらと立ちあがる。

いちばんうしろから夏侯傑が郝思嘉を引きずって出てきた。姿が見えた郝思嘉は髪が乱れ、両目を赤く腫らし、服は何カ所も破けて白い肌が覗いてしまい、将兵たちの一隊が野獣のような視線を送っていた。ぼくに気づいた郝思嘉がきつくにらみつけてくる。どうしてすぐに未来に還《かえ》さなかったのかと聞いているようで、ぼくは急いで、踏みつけられてどろどろに汚れている手をまえに出し、指輪がなくなっているのを見せたあといくつか身ぶりで伝えようとする。郝思嘉のほうも賢く、すぐにこっちの言いたいことを察して、目に浮かんでいた怒りが狼狽《ろうばい》に変わる。

曹操は郝思嘉をどう扱うか迷っている様子で、なにかつぶやきながら逡巡していると、夏侯傑がなにかこそこそ耳打ちする。曹操は笑顔になった。「すばらしい、それでは連れていくとしよう！」

郝思嘉はうつむいて、なにも言わなかった。いまなにを言っても役に立たないと、向こうもわかっているらしい。時間を稼ぎさえすれば、明日の朝六時になるとこのとち狂った恐ろしい世界にはおさらばできるのだ。

「こやつらはいかがしましょう」べつの将軍が言った。張遼《ちょうりょう》だろうか。

夏侯傑が口を開いた。「こやつらはどうも、ちとどこか怪しい気がするのだ、もし残していけば、劉備や周瑜《しゅうゆ》がやってきたとき、われらの行方を知られることに……」

こいつらの性根の悪さが、まさか口封じに及ぶほどとは思わなかった。慌てて割って入り、曹操に語りかける。「丞相さま、それには及びません、ぜひとも丞相さまがここを引きあげていかれるのに付き従いたく存じます」

「余が引きあげるのに従うと？」曹操は、ぼくらにろくな価値はない、連れていったらかえって邪魔になると考えているらしく、ぼくは急いで言った。「丞相さま、このさきはまだ百十里の沼地が続きます。このあたりはおそろしく道が悪く、いたるところでぬかるみに足を取られ、その深さ数十丈、いったん足を踏みいれれば二度と抜け出すことは叶わないのです。ここを抜けるための唯一の道は、我が家の者どもしか知りません。ぜひともわれわれで丞相さまをご案内し、無事に江陵《こうりょう》までお連れしたく存じます」

こう説明はしたが、誇張がないわけでもない。このさきはぬかるみといっても命を取られるようなことはないのだが、地形をよく知らない曹操たちはこの説明でもはっきりと顔色が変わった。となれば、曹操が無事に江陵までたどり着くにはぼくらに頼るほかない。もちろん案内にたいした人数は必要ないから、曹操はぼくらを皆殺しにしたあと、郝思嘉を脅して案内させるというのもありえる。でも考えてみれば曹操はぼくらと対立するようなことはなにもないわけで、こちらから付いていきたいと言っておけば、そう乱暴な手段に出たりやっかいな事態になったりはしないはずだ。

案の定曹操は考えを変えた様子で、なにか言いかけた。しかし夏侯傑の笑い声が割って入る。「この若僧めが、女房を丞相どのに差し出して、恨む気にはならないのか」

ぼくはすぐにへらへらと笑って媚びる。「〝為《な》す無かれ、窮賤《きゅうせん》を守り、轗軻《かんか》して長く苦辛《くしん》することを〟（『文選』古詩十九首其四。矜持のために貧しさを守り不遇のまま苦しみつづけるのはよくない、の意）とはよく言ったもので（郝思嘉に暗記させられた漢代の古詩だ。ここで役に立つとは）。無知の身ではありますがわかることはございます、愚妻を丞相さまがおそばに置いてくださるというなら、これでわれわれ一家も引き立てられ天に昇り、ええと……あれも、わたくしめもいい感じ（滋養強壮薬のCMのもじり）、喜ばないことがありましょうか！　しかしあれは頭の回らない田舎女で、頑固なたちなもので、これが丞相さまのご恩顧だとわからないのです。ここはわたくしめからよく言いきかせましょう、あれも以後文句を言わずお仕えして、かならず丞相さまにはご満足いただけることでしょう！」

これを聞いて曹操と将軍たちはどっと笑い、夏侯傑がからかってくる。「若僧、そなたはずいぶんと物をわかっているな！　使えるやつだ！」

曹操がひげをなでながら言う。「たいしたものだ、大局を知り、行儀に頓着しない。そなたは……名はなんというのだ？」

すぐに答える。「郝建《かくけん》と申します。村の先生と何日も書物にあたって、字《あざな》を大通《だいつう》と名乗っております」

「郝大通《かくだいつう》……そなたはなかなか頭が通る。見込みのある者だ。余はこれまでも卑しい身ながら秀でた者どもを引きあげ、才ある者であれば取り立ててきた。そなたも余とともに許昌《きょしょう》まで来るといい、いずれ余のもとで役目を任せてもよいぞ。悪い話ではないはずだ」

「丞相さまの大いなる恩徳、わたくしめのこの身が砕けようとも返しきれません！」ぼくはすぐにひざまずき、なんども叩頭した。「太君《タイジュン》（戦中の和製中国語が広まった単語）……いや、丞相さま、どうぞこちらへ！」

ぼくから〝言いきかせる〟ために、郝思嘉はぼくのところに戻された。曹操はもうすぐ美人を手に入れられると考えて心躍っているらしく、〝寛大に〟ぼくらに最後の一晩を過ごさせてやれば、ぼくらは曹軍の先頭で道案内する以外ないはずだと考えているのだろう。牛《ぎゅう》たちはうしろに追いやられていて、おそらく人質扱いになっている。ぼくの横にやってきた郝思嘉が、声を抑えて話しかけてくる。

「林雨、早く手を考えて、このままだとあのくそ野郎たちを八つ裂きにしそうだから！」

ぼくは仰天した。「なに言ってるんだ？」

「あの畜生どもはわたしに無礼を働いて、ボビーまで殺したんだから。ぜったいになにかこらしめてやらないと！」歯ぎしりしながら言う。たしかに郝思嘉からすれば、これは味わったことのない恥辱だ。

「軽はずみに動くのだけはやめてくれよ！」念入りに言いきかせる。「逃げるのだって考えちゃいけない。曹操の軍が厳重に見張ってるんだ、すこしでもおかしな動きをしたら、死ぬのはこっちなんだぞ」

「でも……」

「こいつらは死んで千八百年経って、とっくに骨になってるんだよ。そんなのとぶつかってどうするんだって」彼女のことを思って、必死でなだめようとする。「もうすこし我慢して二〇四六年に戻ったら、新しい三国志のドラマに投資して、曹操をけちょんけちょんに撮ってやればいいじゃないか」

「ふん、董卓《とうたく》と袁紹《えんしょう》と呂布《りょふ》と劉備に掘られるところを撮ってやるんだからね」腹を立てながら言う郝思嘉。突然腐女子の性分を出してきたな。

しばらく毒づいて発散すると気分が落ちついてきたのか、また尋ねてくる。「なんで指輪を落としちゃったの？」

「最初に許褚《きょちょ》に泥水のなかに突き飛ばされて、そのあとでかい兵士に手を踏まれて、指輪を外されてね……ああもう、こうとわかってれば、リモコンは音声入力にしておけばどんなによかったか」

当時の状況を知って、郝思嘉もくりかえしため息をついた。ぼくは気休めの言葉をかける。「でもいまのところ、状況はそんなに悪くない。歴史の改変は最低限のままだから、曹操と曹仁《そうじん》が合流したあとで撤収しても間に合うよ」

ぼくらは進みつづける。曹操軍の道案内をする可能性はもともと予想していたから、この一帯についてそれなりに把握していたのだ。はじめのころの道はまだよかったが、そのうちどんどんぬかるみがひどくなっていく。曹操に質問されて、ぼくは、これでもこの一帯ではいちばんましな道で、べつの場所を選べばすぐに足が沈んでしまうと答えた。さっきのぼくの嘘を裏書きする答えだったので曹操も恐れを感じ、部下たちにはすぐ後ろに従って歩き、好き勝手に動かないよう命じていた。実際は、左右の状況も特別変わりはしなかったが。

一時間かそこら歩くと、歴史上で起きたとおりの霧がやはり立ちこめてきて、あたりは暗く冷えきり、視界はおそろしく悪くなった。歴史の記録では、曹操の軍隊はいまからこのあたりで一晩迷いつづけるのだ。『英雄記』にいわく、〝曹公の赤壁の敗、雲夢《うんぼう》の大澤《だいたく》に至り、大霧《たいむ》に遇《あ》い、道に迷う〟。

霧がかかってくると軍隊は落ちつきをなくし、曹操に大丈夫なのかと訊かれたので〝丞相さま、ご安心を〟と面の皮を厚くして答えた。実はぼくも、どっちに向かえばいいのかわからなかった――この時代にＧＰＳの案内はないのだ。頭が痛くなってきたところに、郝思嘉が小声で、小型のコンパスを持ってきたからいまこそ使いどころだと教えてくれ、ぼくはやっと安心できた。

なのでそこからの道は、実際にぼくらを導いているのは郝思嘉だった。すこしだけ遠まわりをして、曹操と曹仁が合流するまえにすこし時間を使わせるようにぼくは頼んだ。そうすれば、曹操が郝思嘉にこれ以上なにかしでかそうとするまえに確実に逃げ出せる。実のところ、郝思嘉本人もおびえていて、ぼくの手を取りながら訊いてきた。「林雨、わたしたち、生きてここから帰れると思う?」

「あとはせいぜい二時間しかないんだ、きっと大丈夫だよ」そう答える。とはいえぼくも具体的な時間はわかっていないが。

「林雨、さっきは……どうもありがとう」しばらく沈黙があって、抑えた声で続けた。「わたし、誤解してたの、てっきり……」

「しょうがないよ。リモコンを失くしたのだってぼくの責任なんだ、あのとき死にものぐるいで取りもどしてボタンを押していたら、間に合ったかもしれないのに」

「林雨、もしああやって言っても曹操が聞かなくて、わたしを……わたしのことを……そしたらどうしてた?」

とたんに血が沸騰する。「だったら飛びこんで助けに行ってたよ! いちおう空手を習ってたんだ、許褚に二発も技を食らわせてやれば、あんなやつ、倒れてもおかしくない」

「すごい自信」静かに笑い声を上げると、ぼくのほうを見てくる。軍隊のたいまつの光に照らされて、笑みを浮かべるその顔が見えた。魅力的だと心から思った。そのすてきな二つの目でぼくの目を見つめながら、郝思嘉は口を開く。「林雨、わたしのことが好きなんでしょう?」

その瞬間、心臓が激しく高鳴った。ずっと温めてあった無数の甘い言葉が口元まで駆けつけてきたが、口ごもるばかりで言い出せない。緊張の結果として、出てきたのは最低きわまりない答えだった。

「そんなとこかな?」

しかし郝思嘉が気を悪くした様子はなく、いくぶんの恥じらいと、いくぶんの昂ぶりがこもった声で、ぼくの耳元で言った。「わかった、もし無事にここから戻れたら、あなたと……つきあってあげる」

わあああ！　美人の重役が、ぼくとつきあうと言ってくれた！　大出世だ！

魂が天まで飛んでいきそうになり、うしろにいる軍隊のこともきれいに頭から消え、ここで叫び散らして心のなかの喜びを発散したくなった。まずいと気づいた郝思嘉が急いでつねってきたので理性を保つことができた。

しかしそれから一時間あまりは雲の上を歩いているような気分のままで、なにもかもに現実味を感じなかった。郝思嘉に纏綿《てんめん》と胸に迫る甘い言葉で語りかけられ、まるで蜜を口にし春風に吹かれるがごとく、あたかも宝樹《バオシュー》のＳＦの最新作を読んだときのような夢心地だった。

早朝四時過ぎごろになると、足元の地面はしだいに水を含まなくなっていく。もうすぐ沼地を抜けられるらしく、立ちこめた霧も薄くなりはじめていた。前方からうっすら人の声と馬のいななきが聞こえる。ずいぶんとやかましかった。人馬の一隊がぼくらのほうに向かってきているようだった。曹操はあわててぼくらの足を止めさせ、疑念を口にした。「前にいるのは何者だ？」

張遼がすこし考えて言う。「ご安心ください、このさきはもう江陵の手前、朝廷の軍勢が押さえている土地です。逆賊がここで待ち伏せている恐れはございません、征南《せいなん》将軍どのが兵を率いて、丞相どのを迎えるため夜を徹してやってきたのでしょう」

征南将軍というのは曹仁のことで、ぼくらの予定どおり、いまから曹操は曹仁と落ちあおうとしている。一時間もすれば、ぼくらはこのくそったれな時代にバイバイして、そうしたら郝思嘉とデートもできて、うちの台所で、ぼくのため手作りしてくれた魚介麺にありついて……

頭に次々と想像が浮かんでいるところに、薄もやのなかからちらほらとたいまつの光が見えはじめた。どれほどの軍勢なのか、向こうも遠くからこちらに気づき足を速めてくる。双方はしだいに近づき、まもなく一人の指揮官の馬が進み出てもやを破ると、その男の屈強な身体つきが見えた。赤みがかった毛色の立派な馬にまたがり、鎧に身を包み、吊りあがった丹鳳眼《たんほうがん》で、ほおひげを胸まで伸ばし、ぎらりと光を放つ大刀《おおがたな》を手にしている。

ぼくは内心考えをめぐらしていた――これが曹仁か？　なんだか妙に見覚えがあるような……いや……違う気がする……まさかこいつは……

男の背後に何棹かの軍旗が現れた。後から来ていた旗持ちが追いついて、将軍のうしろで旗を振っているのだ。たいまつの光に照らされて、ぼくにははっきりと見えた。最前列にひるがえる旗は、まわりに漢の帝室を表す赤い炎の図案が描かれ、その中央には、隷書で大きく〝關《かん》〟の一字が書かれている。

8

この時代に姓氏が〝関《かん》〟といえば明らかに、確実に、間違いなく、それが意味するのは一人の男、一つの名前、二千年言い伝えられることになる伝説の人物しかいない。

関羽《かんう》、関雲長《うんちょう》。劉備《りゅうび》の軍団にそそり立つ中流の砥柱《しちゅう》。

「なんだって！」「関羽か？」「どうしてだ？」「もうおしまいだ……」その魁偉たる姿を目の当たりにして、曹操《そうそう》軍の将兵たちのあちこちから驚きの声と悲鳴が上がった。

驚いたのは、本物の関羽は後世に伝わっている姿かたちとおおかた違っていないと言えることで、赤兎馬《せきとば》にまたがり、長いひげを垂らし、身じろぎもせずに、時間の止まった彫像のごとくたたずんでいる。

「まさか、ほんとうに劉備が伏兵を忍ばせてたのか？」ぼくは口のなかでつぶやき、直後にその考えを否定する。「いや、ありえない！」

はじめに郝思嘉《かくしか》が説明していたように、華容《かよう》の一帯は曹軍の後方、しかも赤壁の戦場と江陵《こうりょう》とをつなぐ要地で、赤壁の戦いのまえに、劉備の軍が入りこんでくるのを曹軍が許すはずがない。戦いのあとでも、こんなに早く進軍してこられるはずがない。

しかも〈麺操〉プロジェクトのまえにぼくらは、空に開けた時間モニターを通して、曹操、孫権《そんけん》、劉備の三勢力の軍の配備と転換についても研究していた。わかったのは劉備側の追っ手は曹操の数十キロ後ろにいて、しかもこの夜は、同じく雲夢《うんぼう》周辺の濃霧と沼地のために追撃をあきらめているということだった。孫権の軍となるとそれよりさらに後ろにいる。ぼくらの介入で歴史が変わってしまったとしても、関羽が曹操のまえに飛び出してくるなんてことにはならないだろう。

「いったいどういうことなんだ」大騒ぎになった曹軍に余裕などなく、ぼくら下々の存在は目に入っていなかったので、郝思嘉《かくしか》をわきに連れていって尋ねた。歴史の専門家がここにいるのだ。

「ええと……その……」口ごもる郝思嘉はどこかそわそわしているようだったが、ぼくのようになにもかもわけがわからない様子ではなく、なにかうしろめたいように見えた。その瞬間、脳内に閃光が走り、なにが起こったのかを理解した。

「きみの仕業だな！　わざと曹操を引きかえさせたのか？」

「わたし……ちょっとだけあいつらをこらしめようと思っただけなのに、まさかこんな……」そう言ってうつむく。

「まったくきみは……」全身から力が抜ける。「それじゃあ、さっきぼくにささやいた甘い言葉は……あれは全部……」

「ごめんなさい、林雨《りんう》、あなたの注意をそらそうとしただけだった」

不意の一撃を食らった気分だった。さっきの濃霧のなかではぼくも方向がわからず、郝思嘉がコンパスを持っているだけだった。ということは、どの方向に進めばいいのか知っていたのは郝思嘉だけだった。きっとそのとき、曹操に仕返しする方法を思いついたのだろう――曹操軍を連れて大回りさせ、西でなく東に向かわせるのだ。とはいっても、横にいたぼくがコンパスを一度でも見ればこれは露見してしまう。だからぼくにあんなことを言って、しばらく頭の動きを止めさせた。方角のことなんて考えられるわけがない。

「もういいだろう、曹操は関羽に出くわして、きみの思い通りになったんだ」ぼくは気がめいっていた。

「わたしだって、わざと関羽にはち合わせさせたわけじゃないの！」郝思嘉は反論してくる。「ほんとうはあいつらを大回りさせて、多少むだに歩かせたかっただけなの、それならわたしたち、朝六時に確実にここから逃げられるでしょう！　それがすごい偶然で、ちょうど関羽の正面に出るなんてだれが思うの？」

「いまからどうするんだ？」

「曹操は自分の身が危ないんだから、わたしたちのことまでかまう暇があると思う？　そろそろ夜が明けるみたい、いますぐにでも二〇四六年に戻れるんだから」

「そんな簡単な話か？」ぼくは泣きも笑いもできない。「曹操の身になにかあったら、ぼくらの二〇四六年は存在できるのか？」

ぼくらの存在は過去の無数の因果関係が積みあがった結果だ。そのうちどの一つの要素でも違ったらぼくらはもう存在しない、すくなくとも現在の形では存在できない。そこまで大きくないできごとならたいした影響を与えるには至らないかもしれないが、曹操の存在は中国の歴史でも要《かなめ》の一角で、もし曹操がいなければ当然、三国鼎立《ていりつ》もなく、そして両晋、南北朝も、唐、宋、元、明、清もない……歴史の大枠は変わらないのだとしても、具体的な事象はことごとく変化して原形をとどめなくなる。ぼくたちが残っていられると思うか？

「そうか……」郝思嘉にこの理屈がわからないはずはない。真っ青になったぼくの顔を見て、しでかしたことを自覚している。「わたしがしてあげられるのは、二人とも無事でいられたら、デートの約束はかならず果たして、麺を食べさせるぐらいだけど……あなたに魚介麺を作ってあげるってこと、いいでしょう？」

〝魚介麺なんかどうだっていい！〞心のなかでそう吼《ほ》えながら、ぼくは力なく言った。「それは……また今度話そう、目のまえの危機も乗りきれるかわからないのに……」

曹軍の騒ぎはどんどん広がっていて、なかにはうしろに逃げはじめるやつらもいた。関羽一人を恐れているわけではない。この時代にはまだ、のちの万人に崇拝される〝関帝爺《かんていや》〞にはなっていないわけで、しかし少なくとも数千の劉備の追撃部隊に囲まれれば、それだけでこちらに残った兵士数十人など軽くつぶされてしまう。

「なにを逃げておる！」味方の混乱をまえに、許褚《きょちょ》が大音声を上げた。「ここで逃げるのか？　戦陣から逃げる者は、関のやつめを待つまでもなくこのわしが始末してくれるわ！」

おそろしい剣幕の許褚に、曹操軍の離脱はわずかにおさまったが、関羽率いる兵たちが迫りはじめていた。張遼《ちょうりょう》や許褚たちは大将の曹操を守ろうと進み出たが、曹操は身振りでそれを止めた。自ら数歩歩み出て、低い声で呼ばわる。「関将軍、白馬《はくば》での別れから八年、久しく会っていなかったが、変わりはないか」

関羽は馬を数歩進めたが、なにも答えない。どうふるまうか逡巡しているようだった。

「関羽、わしがだれかは覚えているか？」夏侯傑《かこうけつ》も前に出て声を張り上げる。自分がいっぱしの人物だと心から信じているようだった。「あのころ許都《きょと》で、丞相どのとわしが貴様をどうもてなしたか、もう忘れたのか？」

あちらから関羽が呼ばわる。「曹公よ。この関め、主公の命を受け、これまでこの場を守っていた。公らがわしとともに来るのであれば、ことは穏便に済むのではないかな」その声は雄渾《ゆうこん》にして憂いを帯びていた。

しかし曹操は笑いだした。「はっは、雲長よ、そなたに従えば、劉備はわたしの命を取らないか？」

関羽はわずかにためらう。「ことによれば……あるいは……」

曹操は悲しげに首を振る。「そなたも心の奥では知っているのだ、劉備がわたしを見のがすはずがない。もし孫仲謀《そんちゅうぼう》（仲謀は孫権の字）の手に落ちたなら、ことによれば命は残して、わたしを役立てて中原《ちゅうげん》を奪うかもしれない。しかし劉備は……ふっふ、あやつはわたしをこの上なく恐れている、盛りかえす機会を与えることなどありえないぞ。雲長、わたしを殺せ！　劉備の手にかかるよりも、そなたの手にかかるほうがまだいい」

一同はのこらず動揺した。「丞相どの！」夏侯傑が満面に涙を流してひざまずき、関羽に向かい言う。「関将軍、『春秋』の正義はよく知っているはずだ、庾公之斯《ゆこうしし》が子濯孺子《したくじゅし》を追ったいきさつ（『春秋左氏伝』襄公十四年、『孟子』離婁下。子濯孺子の射術の孫弟子であった庾公之斯は、戦場で彼を見のがした。『三国志演義』では曹操自身がこの逸話を持ち出す）を知らぬはずがないであろう？　どうか……わしから伏して頼む、どうか丞相どのを生かしてくれ！」

曹操の軍隊はそろって泣きくずれる。関羽は黙りこんでいて、心を激しく揺さぶられているのはぼくにもわかった。まえにドラマを見たときには、関羽は曹操を殺したほうがいいとしか思わなかったのに、曹操一人の身が中国じゅう、世界じゅうの未来の運命を左右するいまこのときには、関羽が『三国志演義』のようにこの場で曹操を見のがしたらいいのにと思えてしかたがなかった。郝思嘉に尋ねる。「どうだろう、関羽は曹操を見のがすかな？」

　郝思嘉はなにも言わず、そっと首を振るだけだった。なにが言いたいかはぼくにもわかる。歴史は演義とは違う。ロマンのある語るべき逸話があんなに起こることはない。関羽の下にはあれだけの将兵がいるのだから、もし注進があれば、劉備も諸葛亮《しょかつりょう》も放っておかないだろう。

　曹操もきっとそれに気づいたのだろう。「雲長、この命を取るなと高望みをする気はない。しかしかつての誼《よしみ》に免じて、ひとつ頼みたいことがある」

　関羽は深く息をついた。「言ってみろ」

　曹操は言った。「劉玄徳《げんとく》が欲するのは、この曹操一人の首級《しゅきゅう》のみ。わたしはこの命を差し出す、ほかの者たちは行かせてやってくれ！」

　関羽は仰天した。「そ……それは……」

　夏侯傑も愕然として振りかえる。「それは……丞相どの……」

　曹操はそれをさえぎる。「心は決まっているのだ、あれこれ言わずともよい。雲長、わたしたちはいっとき親しくした間柄であろう、いまこうして一つだけ頼んでいる。呑んでくれるか？」

　天を仰いで長々と嘆じた関羽は、涙を流しているようだった。長い間があって言う。「いいだろう、話を呑む」

　張遼や許褚たちがなにか言おうとするが、曹操は彼らを呼びよせた。「みなこちらに寄れ、すこし言い含めておきたいことがある。雲長、もうしばし待ってはくれないか」関羽は黙ってうなずいた。

　曹操が諸将と軍師たちを呼びあつめ、小さい声でなにか言うのを見たぼくは、自分の死後のことを伝えているのだろうと予想する。まもなく、将兵たちがそろって泣きだした。張遼や許褚たちは悲憤を抑えられず、顔を上げて関羽をねめつける。猛り狂った許褚が声を張りあげる。「関よ、丞相どのに手出しするのなら、わしの屍を乗りこえねばならんぞ！」

突如、関羽が大喝一声した。あたかも天地が雷に揺すぶられたかのようで、ただちに馬に鞭を打つと、赤兎《せきと》馬《ば》の疾駆でまたたくまに許褚の眼前まで躍り出て、関羽は大刀《おおがたな》を振りおろした。許褚はとっさに長戟《ちょうげき》を揮《ふる》って受けとめたが、大刀はそれを巧みにからめとって真っ二つにし、切っ先が正面から胸を突いた。許褚は鎧に守られてはいたが、それでも傷は軽くなく、悲鳴を上げて馬から転がりおちる。それでも関羽は一瞬たりとも止まらず、さらに赤兎馬を走らせた。

もはや逃れるすべはないと知り、曹操は高笑いを上げた。「来い、雲長！ 酒に対して当《まさ》に歌うべし、人生幾何《いくばく》ぞ、譬《たと》えば朝露《あさつゆ》の如し、去る日は——（『文選』楽府上・曹操「短歌行」）」

言いきらないうちに、眼前に迫っていた関羽が大刀を揮った。光刃《こうじん》が通りすぎたかと思えば、曹操の頭は首から下と分かれ、髻《もとどり》をつかんだ関羽の手にぶらさげられていた。身体はまだ馬の背にあり、首からは二メートル上まで鮮血が噴き出していて、すこしすると馬から転がり落ちはしたが、たえず痙攣していた。

9

曹操《そうそう》が、死んだ？

曹操が死んでしまった！

ぼくの目のまえで、世界のすべてが崩壊した。曹操が死んだら、西暦二〇八年以降の歴史はここからそっくり書きかえられて、なにひとつとしてもとの姿のまま残ることはない。ぼくらの世界も、ぼくらの国も、ぼくらの友達も家族も、ぼくら自身も、すべてだ。

ぼくの魂は曹操の首といっしょに身体を離れてしまったらしく、肉体だけがぽかんとその場に立ちつくして、その後の変化をすべて眺めていた。

曹操軍の将兵たちもしばし呆気にとられたあと、たちまち散り散りになっててんでに逃げ出した。曹操の首を提げた関羽《かんう》は味方の陣に馳せもどったが、追うことはしなかった。部下の兵士たちは興奮して、高く歓呼の声を上げた。

夏侯傑《かこうけつ》の野郎はだれよりも逃げ足が速かった。さっきまで曹操に忠心を捧げていたほかの文武の家来たちも、両親が足をもう二本付けてくれなかったのが惜しまれる様子だった。ついいま関羽の力量を目の当たりにした許褚《きょちょ》はそれでも承服しかねるらしく、声を張り上げる。「関羽、貴様はせいぜい生きのびるがいい、この許褚、今日死ぬにはまだ早い。この血の恨みはいつか晴らしてくれようぞ！」

関羽は冷ややかに返した。「この関め、謹んで待とう」

許褚は曹操の死体を抱きかかえ、哭きわめきながらその場を去って、残ったのは張遼《ちょうりょう》一人になった。関羽が言う。「文遠《ぶんえん》よ、われらは友と認めあう仲だ、ここで告げておきたいことがある。いまや曹氏は先行きがわからぬ、わがほうの劉使君《りゅうしくん》は才ある者を欲しておられる、ここはひとつ――」

張遼は力なく言った。「雲長、そなたの好意には、この張遼も心より感激するが、忠臣が二君に仕えることなどできるものか。まして丞相どのからは、令息の継位を補佐する重任を託されているのだ、従えぬが許してくれ」関羽は静かにため息をついて手を振り、張遼も馬に鞭をくれ去っていった。

曹軍は全員逃げ去ってしまい、いまではぼくたち数名の現代人だけがその場に立っていた。そこでようやくぼくは、いまのところ自分がまだ存在し、呼吸をしていて、予想外の変化はなにも起こっていないらしいのに気づいた。横にいる郝思嘉《かくしか》もなにひとつ変わっていない。

「わたしたち、まだ生きてる！」郝思嘉がつぶやく。「どうやら消えてないみたい……これってどういうこと？」

「ぼくだってどういうことかわからない」そう答える。「もしかしたら、二〇四六年に戻ったら変化が起きるのかもしれない」

「でも……」郝思嘉が訊いてくる。声がすこし震えていた。「二〇四六年には戻れるの？」

はっとする。郝思嘉の言うとおりなのだ。なにもかもが変わってしまったのなら、未来に〈郝《かく》の味〉や時間旅行会社の〈小時代《リトル・タイム》〉も存在していない、とするとぼくらは二〇四六年に戻れるのか？　戻れないとしたら、その一瞬にぼくらは跡形もなく消えてしまうのか？　もしくはその手の都合のいい小説みたいに、この時代に留まって新しい歴史を作り出していくのか？

ふいにある可能性に気づいて、言葉が口をついて出た。「もしかするとぼくたちは無事かもしれない、だって――」言いかけたときには劉備軍がやってきていて、ぼくらは関羽のまえに連れていかれた。「うぬらは何者だ、なぜとどまっている」

ひとまずもうしばらくこの時空に存在していないといけないのだから、ぼくらは関羽にそれらしい話をするしかなかった。「関将軍、わたくしどもはこの土地の漁師で、曹操に捕まって道案内をしていたのです……」事情をおおまかに話す。もちろん重要なところはいくつか省いて、ぼくらを責め苦から救い出してくれたと感謝も述べた。関羽の表情がゆるみ、うなずいて言う。「そうであったか。ときに、わが軍もこの霧で、道を見定められぬのだ。主公のもとに戻り戦果を報告せねばならないのだが、そなたら土地の者が道案内をしてはくれないか？」

ということで今度は関羽の道案内をすることになった。よくしたもので、そこから南東に数里歩くと、さっきの砂洲に戻ってこられた。ここが自分たちの住んでいる場所だと関羽に伝える。劉備軍の将兵たちも一晩の追撃で疲れきっていて、砂地のその場で休憩を取っていた。これから戻れば主君からどれだけの褒美がもらえるか、めいめいに話しあっている。

ぼくと郝思嘉、牛《ぎゅう》たちはどうにかころあいを見計らい、劉備軍の兵士たちの目を避け、にわかづくりの台所で顔を合わせた。牛《ぎゅう》のおっさんが涙声でぼくに寄りすがってくる。「林《りん》よ、どうするんだ？　曹操が死んでしまったんだ、おれたち……おれたちも……」

「林雨《りんう》、さっきなにか望みがあるって言ってなかった？」郝思嘉が訊いてくる。

苦笑いで返す。「理論上の可能性が一つあるってだけだよ。そうだね、量子人間原理っていうのは聞いたことあるかな？」

全員ぽかんとして首を振る。「これはいいちから話さないといけないな、並行宇宙論を前提にすれば……並行宇宙論は量子不確定性がもとになっているから……量子不確定性は……光の回折の実験から話さないと……」

「よけいな話はいいから」郝思嘉が話をさえぎる。「わたしも物理学の本は何冊か読んできたの、並行宇宙がなにかはわかってるから！」

「わかった、背景になる知識は長々と話さないよ。要するに、宇宙がたどる経過は不確定で、同一の宇宙でも量子状態の崩壊の違いにつれて、違う経過を見せることになる。無数の並行宇宙が派生しうるんだ。

曹操が殺されたのは改変不可能な事実だとして、ぼくたちが存在していることも事実、しかも曹操が殺された直接の原因だ（そう言って、ぼくは郝思嘉をにらみつけた）。それならぼくらは必然的に、この二つの事実が同時に存在している宇宙にいることになる。つまり、曹操がずっと早く死んだとしても、歴史の軌跡は最終的に大きくは変わらない、だから結局ぼくらは存在できるんだ」

「でも、そんなことありえる？」郝思嘉が疑問を口にする。「こうやって曹操が早く死んだら、まず息子の曹植《そうしょく》、曹丕《そうひ》、曹彰《そうしょう》たちが権力争いを始めて、つぎに西涼《せいりょう》の馬騰《ばとう》と韓遂《かんすい》、遼東《りょうとう》の公孫康《こうそんこう》あたりの軍閥が機と見て攻めいってくるでしょう、それに漢朝の献《けん》帝と一部の公卿《こうけい》や皇族の勢力も、この機に許昌《きょしょう》を押さえて、漢の皇室を復興しようとするはず。曹操の権威なしに曹氏がこの状況を乗りきれる見込みなんて微々たるもので、もし奇跡的に立ち直ったとしても、将来皇帝の位に就くのが曹丕だとはかぎらないし――」

「わかってないな。微々たる見込みでもかまわないんだ、その可能性がありさえすれば、あらゆる並行宇宙のなかにはかならずその宇宙が存在する。そしてぼくらが存在しているとすれば、その宇宙に生きている以外はありえない。これが、すべてに筋を通すための唯一の方法なんだ」

郝思嘉は考えをめぐらす。「なんでありえるのか、やっぱりわからないけど……でも多少は筋が通っているように聞こえる」

「そうだろう！」

「歴史が勝手につじつまを合わせてくれるんだったら」郝思嘉がくるりと目を回した。「また急いで麺を用意しましょうか」

「えっ？　麺なんか作ってどうするんだ？」

「関羽に食べさせるの」郝《かく》思《し》嘉《か》は明るい気分を取りもどしていた。「ねえ、関二哥《義次兄》がうちの魚介麺を食べてくれたら、これから世界じゅうの裏社会の華人がみんな食べてくれるでしょう、ものすごい商機なんだから（神格化された〝関帝〟は広く信仰され、裏社会では特に熱心に崇拝される）！」

ぼくは同意した。どうせ、もうここまで歴史はめちゃくちゃになっているんだ。さらに多少変わろうが気にならない。

万が一に備え、もともとぼくたちは予備の海鮮と麺と調味料を持ってきていて、ジップロックに入れ、大きな壺のなかに隠していた。それを取り出すときがやってきて、みんなで協力して湯気の立つ、魚介の香りあふれる麺を用意し、関公に差し出す。向こうも断ることはせず、受けとるとうれしそうに勢いよく食べはじめ、食べながらしきりにほめ言葉を口にし、これほどうまいものは食べたことがないと言っていた。その場面をぼくは映像に収め、将来の〈郝《かく》の味〉の広告が頭に浮かんだ――関公は国賊曹操を斬り殺したあと、一杯の魚介麵を食べたのでございます……いや、ここは逆にしたほうがいい。関公は一杯の魚介麵を食べおえると何倍もの力が湧いてきて、とうとう曹操を追いつめ、その首を斬り飛ばしたのでございます……これこそ永らく語りつがれる絶唱だ！

西暦二〇八年での最後の一時間は、こうして過ぎていった。関羽はとても機嫌よく食べ終え、ぼくらを義兄の劉備のところに連れていき料理人にしたいと言っていた。こちらがごまかして断ると、向こうも無理は言わずに、金《きん》のかけらをいくつか無造作に渡してくると、東を目指して発った。

関羽の軍勢が勝利の歌を歌いながら、早暁の薄明のなかに消えていくのを見送っていると、どうやら身体の内側からのような、妙な引っぱられる力を感じた。新しい一日の太陽が現れるよりもまえに、ぼくらは持ちこんだものすべてとともに、形のない巨大な力によって二〇四六年の時間転送場に引っぱりもどされたのだった。

エピローグ

さっきまでのあたり一面暗い世界に、唐突に目にまぶしい照明の光が割りこんできて、そして雷鳴のような拍手が響く。同時に、よくわからないでかいものが無数に空から降ってきて、郝思嘉《かくしか》の頭に降りかかろうとしていた。内心まずいと思い、慌てて駆けより覆いかぶさると、それはぼくの頭に落ちてきて、服を汚してひどいありさまにし、腐ったようなにおいを放ってきた。

これはもちろん、回収された食べ物だ。曹操《そうそう》や許褚《きょちょ》たちの胃で消化された結果、どろどろのべちゃべちゃになった反吐《へど》だ。ポビーの死体もいっしょだ。

ほかのみなと同じく不格好に起きあがり、顔を上げた——うちの重役の姚《よう》と沈《ちん》、羅《ら》秘書、上司の盧《ろ》と同僚の武《ぶ》、〈郝《かく》の味〉の代表何人か……大勢の人たちが、時間転送場のガラスの壁の向こうでぼくらの帰還を歓迎している。一日前にぼくらを送り出したのと同じ顔ぶれだ。壁の時計を見るとまだ午後三時、出発したときの時間とまったく同じだった。向こうからすれば、ぼくらは消えてすぐにまた現れたようなもので、生死の危機をひととおり――いや、nとおりくぐってきたなんて想像するはずもない。

突然犬の吠える声が何度か聞こえ、振りかえって見ると、ボビーは死んでおらず、現代に放りもどされてまた息を吹きかえしていた。骨が何ヵ所か折れているらしく立ちあがれないが、それでも郝思嘉に向かってがんばって尻尾を振っている。大喜びの郝思嘉は、自分が汚れているのも気にせず駆け寄って、しっかりと抱きしめた。

ぼくは時空区分線を越えて出ていき、まずはトイレに飛びこんでこの身をきれいにする。どうにか汚れを落としてみなのところに戻った。うちの重役の姚がやってきて握手をし、喜色満面で話しかけてくる。「林《りん》くん、このたびは――」

おしゃべりをしている場合ではない。急いで訊いた。「姚さん、漢朝のつぎはなに時代ですか？」

「林くん、わたしをからかっているのか？　三国時代だろう」

「じゃあ、三国時代のつぎは？」

ぼくがふざけているのではないとわかり、なにか察したのか、笑顔がしだいに消えていく。「三国時代のつぎは……晋《しん》に統一されただろう」

「晋朝のつぎは？」

「晋朝のつぎといったら……それは……そうだ、五代十国だよ」

おしまいだ。ぼくの心は沈んでいく。やっぱり歴史は変えられてしまったんだ。十六国も、南北朝も、隋朝も、唐朝もなくなって……

「姚さん、五胡十六国です……」羅秘書がやってきて、耳元で小声で訂正した。

「はっは、そうだった、五胡十六国だ……」

いいかげんにしてくれ。資料室に駆けこんで、本棚から『中国史概説』を一冊取り出し、目次から見ていった。「秦漢……三国……両晋南北朝……唐……宋……元、明、清……」なにも変わっていないように見える。

本を放り出して、今度は本棚から分厚い『三国志集解』を取り出した——そもそもこの本の存在自体が、歴史の根本的な変化など起きていないのを証明しているのだ。それでも安心できずに、本文の一ページ目を開く。『魏書《ぎしょ》』武帝《ぶてい》紀だ。〝太祖《たいそ》武皇帝、沛《はい》国譙《しょう》の人なり、姓は曹《そう》、諱《いみな》は操《そう》、字《あざな》は孟徳《もうとく》、漢の相国参《しょうこくさん》の後《のち》……〟

細かく読んでいく余裕はない。すぐに武帝紀の最後を開くと、そこにはこう書いてある。


二十五年春正月、洛陽《らくよう》に至る。権《けん》、羽《う》を撃ちて斬り、その首を伝《つと》う。庚子《こうし》、王洛陽《らくよう》に崩《ほう》ず。年六十六……諡《し》して武王と曰う。二月丁卯《ていぼう》、高陵に葬る。


間違えようはない。曹操はやはり建安二五年、つまり西暦二二〇年に死んでいる。以前とまったく変わっていない。こんなことがあるのか？

曹操の伝記の途中までページを戻ったが、赤壁の戦いの前後の歴史も、どこも変わっているようには見えない。華容《かよう》道の場面について、裴松之《はいしょうし》の注は『山陽公載記《さんようこうさいき》』を引いていた。


公の船艦は備《び》の焼く所と為り、軍を引いて華容道より歩帰《ほき》するも、泥濘《でいねい》に遇い、道通ぜず、天又《また》大いに風あり。悉《ことごと》く羸兵《るいへい》をして草を負い之を塡《ふさ》がしめ、騎乃《すなわ》ち過ぐるを得る。羸兵、人馬の蹈藉《とうせき》する所と為り、泥中に陥り、死する者の甚だ衆《おお》し。

ぼくの記憶とまったく同じだったが、ぼくはこの目で曹操が関羽に首を斬られるところを見ている。いったいなにが起こっているんだ！

郝思嘉は手厚い世話を受けられるようボビーを人に任せたあと、服を着替えてやってきた。同じ文章をじっと見つめ、こちらの顔にも深い困惑が浮かぶ。ぼくは尋ねた。「さっき、きみも曹操が関羽に殺されるところは見てただろう？」

「もちろん、あんな恐ろしい光景、忘れられるはずがないでしょう」

「でも歴史書にはいっさい書いてないんだ。どういうことなんだ、まさかぼくらが幻覚を見てたのか？」

「あんなにはっきりした幻覚があるはずない」郝思嘉は眉間に深くしわを寄せる。「この裏にはきっと、わたしたちが気づいていない原因があるはず」

ぼくたちが議論していると、重役の姚がやってきて、いったいなにがあったのかと訊いてきた。実際に起きたことをそのまま言えるはずもなく、うっかり歴史を改変してたいへんな結果を招いていないか心配だったのだとだけ答えた。出発以前の観測資料を出して突きあわせてみるようにぼくは頼んで、さんざん比べてみたが、どこにも違いは見つからなかった。曹軍と劉軍が対面したころのあの付近は、ちょうど深い霧に覆われていて、空中高くからはなにも見えなかった。

姚はまだ物問いたげだったが、郝思嘉が手早く小切手に書きこんで渡し、残っていた後払い分の手続きを頼むと、ほくほく顔で出ていかせることができた。ぼくはソファにへたりこみ、ため息を漏らす。「歴史がまるごとひっくりかえるような変化が起きたっていうのに、どうして歴史書にはちょっとの変化もないんだ？」

「いや、変化ならある」郝思嘉が唐突に言った。

「えっ？」

『三国志』の華容道について書いたページを指さす。「気づいてない？」

わけがわからず首を振ると、郝思嘉は説明してくれる。「さっきの文章のあとは、ほんとうはまだ続きがあるの。わたしははっきりと覚えてる。〝軍既《すで》に出ずるを得て、公大いに喜ぶ。諸将之を問う、公曰く、劉備は吾《わ》が儔《ともがら》なり、但だ計を得ること少《すこ》し晩《おそ》し、向使《もし》早く火を放てば、吾が徒《と》類無きかな。備、尋《つい》で亦《ま》た火を放つも及ぶ所無し〟。つまり、曹操は華容道を逃げのびたあと、劉備の追撃が遅かったのをからかってるの。曹操の軍が沼地にいるあいだに追いついて、また火攻めを使っていたら、曹操は一巻の終わりだった」

「そうだよ」ぼくも思い出した。「出発のまえにその文章を見てる。なんで消えてるんだ？」

「説明は簡単でしょう」郝思嘉は言う。「曹操はこの言葉を言えなかったの。劉備の軍隊が実際に曹操軍に追いついて、接触が起きてるんだから、そんなことを言ったら自分にも嘘をつくことになる」

「つまり、ぼくらは確かに歴史を改変したってこと？」ぼくは訊く。「でも、そんな小さい改変だけで済むなんてありえるか？　曹操が関羽に首を斬られたのはどうするんだ」

「まだわからないの？」郝思嘉はなにかに気づいているようだった。「わたしたちが見たことがすべて実際に起きていて、そのあとの歴史が改変されていないのなら、論理的な結論はただ一つだけ、曹操は死んでいないってこと」

「でもあいつの首は――」

「あれはたぶん、曹操ではなかったの」

びっくりして口が開きっぱなしになる。「そ、そ、曹操じゃなかった？　じゃああれはだれだったんだ？　もしかして平虜将軍朱霊《しゅれい》？　でもあいつはずっと丞相《じょうしょう》だって名乗ってただろう」

郝思嘉は眉間に深くしわを刻み、必死に頭を働かせている。「曹操はもともと機転が利いて、狡知に長けていたでしょう。匈奴《きょうど》の使者と対面したときには別人に代わりを務めさせたし、七十二の疑塚《ぎちょう》を作って、本物の自分の墓が見つからないようにもした……赤壁の戦いのあとで危機が迫っていたあのとき、突発事態に備えた策略を立てていなかったと思う？　もしあの男が曹操でなかったら。曹操があの男でなかったとするると、つまり……もしかして……」

するると急に、郝思嘉は大きな笑い声を上げ、身体を揺らして笑い出した。「あっはっはっは、そういうことか、そういうことだったんだ！」

「どういうこと？」そう言われても、ぼくはさっぱりわけがわからない。

郝思嘉は腹を押さえて、笑いすぎて息ができなくなっている。「本物の曹操は……本物の曹操は……」

「だれなんだ？」

「あの夏侯傑《かこうけつ》だったの！」

ぼくはぽかんとして、ひとしきり経ってようやく言葉を返した。「なんでそうなる？」

郝思嘉の笑いはやっとおさまって、まじめな顔になって言った。「あのときの映像をひととおり見返してみましょうよ、これまで気づかなかった手がかりが見つかると思うの」

そのとおり、映像を見てみると、真実につながる手がかりは増えていった。曹操の行動すべて――砂洲で足を止め休んだこと、麺を兵士たちに与えたこと、郝思嘉を強奪していったことなどは、よく考えればどれも夏侯傑が言い出したことだ。曹操も夏侯傑に対して丁重に接し、魚介麺を食べさせていたし、それどころか夏侯傑が女を連れこむのに力添えしていた……曹操軍の真の司令塔は、あの夏侯傑だったのだ。

「夏侯傑が曹操本人だったなら、にせの曹操のほうは何者だったんだ？」しかしぼくは疑問が残っていた。

「わたしの考えが間違っていなければ」郝思嘉は苦笑いを浮かべる。「にせの曹操こそが、本物の夏侯傑だったの」

「ええっ？」

「曹操になりすますのはそう簡単じゃないでしょう。ある程度の文化水準と性格の適性が必要で、粗野な人間では務まらないし、曹操に心から忠誠を誓って、曹操自身からも信頼を得ていないといけない。だれにでもできることじゃないけれど、夏侯傑はちょうどこの条件を満たしている。

それに、入れかわるための人間は曹操の身近に同行していたはずで、緊急事態にはいつでも曹操になりすませたと思うけれど、だったら曹操はだれになればいいの？　存在しない人間をまたひねりだしてくるのも面倒でしょう。だったら身元を入れかえてしまうのがいちばん。曹操と夏侯傑はたぶんもとから見た目が似ていて、だから頻繁にお互いのふりをすることができたの。服装のほかに、いちばん重大な違いはあのひげね。ふつうの人間は先入観で、ひげを長く伸ばしているのが曹操で、ひげが短いのが夏侯傑だって思うから。賭けてもいいけれど、あのひげは偽物でしょうね」

「でも曹操は自分の軍隊といたのに、なんで入れかわりなんかするんだ？」

「理解できることね。逃亡の最中で、いつ敵に追いつかれるかわからないし、それに曹操軍は大敗して、このさきどうなるかもわからない。欲をかいた中級、下級の兵士が謀反を起こして、曹操を拘束して劉備《りゅうび》や孫権《そんけん》のもとに向かわないとも限らないでしょう。だからああいう事態では、だれが本物の曹操かは絶対の秘密にしておく必要があって、信用して身近に置いている将官や幕僚をのぞいて、ほかの将兵には知らされていなかったの。曹操のことはふだん、せいぜい遠くから目にするぐらいで、似た人間と入れかわっても当然気づけなかったんでしょう」

「でもおかしいよ」急に気づいたことがあった。「関羽《かんう》はかつて曹操に下ったことがあるんだ。曹操は顔を知られてるはずなのに、どうして見破られなかったんだ？」

郝思嘉はすこし考えこむ。「可能性は二つあるけれど。一つ目は、関羽と曹操の関係が『三国志演義』で言うほど親密でなかった場合。当時関羽が対面した曹操も、実は夏侯傑がなりすましていたの。そ曹操はいちども関羽を心から信じていなくて、だから当然身の危険を冒して対面することもない。そうでもしないと、関羽がもし邪心を持っていたら、あの実力なら曹操は難なく殺されて、だれにも止められないんだから」

「それはたしかにありえる……じゃあ、二つ目の可能性は？」

郝思嘉の口の端に、謎めいた微笑みが浮かぶ。「曹操に手厚くもてなされた関羽は、もしかするとほんとうに無情にはなれなかったのかも。そのために気づかないふりをして、入れかわった夏侯傑を斬っただけで、曹操のことは逃がしたのかもしれない」

かくして、物語はここに終わりを告げた。考えてみれば、今回の冒険で歴史にはごく細かい改変しか起きていない、ろくに名前も伝わっていない夏侯傑一人が死んだだけなのだ。曹操になりすまして泰然としていられたのだから、きっとこちらもひとかどの人物だったのだろうが、歴史にはなんの事績も残していない。歴史は改変されてしまっているから、もともとの歴史で夏侯傑がなにをしたのか、後継ぎはいたのかどうか、ぼくらにもわからないが、たぶんたいした影響はないのだろう。でなければ歴史書に記述がないなんてことはありえない。

あの出来事がなぜ歴史書に記されていないのかというと、たぶん曹操が生き延びるために身代わりを死なせたことも、関羽が〝策にかかって〟身代わりを斬ったことも、両者にとってあまり体裁のいいことではないから、魏と蜀どちらの歴史書もひた隠しにしたのだろう。

しかし、郝思嘉がまたなにか気づいたようで、口をとがらせて言った。「待って、でもおかしい」

「なにがおかしいんだ？」

「考えてみて。もともとの時間線で、わたしたちは三国時代に戻って、歴史を改変した。もともとの歴史は上書きされて、新しい歴史が創造された、そうでしょう？」

「その通りだ」

「だったらこの新しい歴史にも、もとからわたしも、あなたも、牛《ぎゅう》さんたちもいたってことでしょう。

そのわたしたちと、このわたしたちがぴったり同じなわけはない。たとえば新しいほうの歴史の郝思嘉は、さっきわたしが暗唱したあの古典の文章を知らない……じゃあその郝思嘉と林雨《りんう》たちはどこに行ったっていうの?」

その問題はいいところを突いている。時間旅行について物理学者も議論を続けている点なのだ。ぼくは説明する。「その点についてはいろんな理論が出ているところなんだよ。たとえばパウリの排他原理によれば、そっちのぼくらの意識は、このぼくらで置き換えられて、結果消えてしまうことになる」

「えっ、じゃあわたしたちは殺人を犯したことにならない?」

「ただの理論の一つだよ、ほかには歴史の改変のたびに、タイムトラベラーは新しい並行宇宙に入るって理論もある。だから向こうのぼくらも歴史を違ったかたちで改変して、べつの並行宇宙に行っているのかも……でもいちばん面白い理論は、ぼくらが融合してるというやつだ」

「融合?」郝思嘉は魅力的な目を見開いてぼくを見つめた。

「量子人間原理にもとづけば、タイムトラベルを行うと宇宙は崩壊の過程をやりなおして、ぼくらは、ちゃんとぼくらが存在する宇宙に帰ってくる。でもこの宇宙におけるぼくらの状態は、もともとの宇宙とはすこし違っているはずだろう。その場合、同一の宇宙が並行宇宙に分裂するときとは正反対のことが起きる——二つの違う宇宙から来た人間が、一つに合わさるんだよ」

「でもわたし、もう一人のわたしが存在したなんてちっとも感じなかったけれど!」

「もちろん感じないだろうね、そのきみはきみとほとんど同一だから、すべての記憶は再構築されるんだ、二つのファイルの書類を合わせるみたいに。時間旅行の任務そのものに関わる情報は変えられないけれど——それはこの宇宙が存在している根幹だからね——ほかのすべては新しい宇宙によって置き換えられてしまう」

「面白い理論だと思う」考えをめぐらしながらそう言う。「だとしたら、わたしたちがなにをしようと——たとえ秦の始皇帝を暗殺しても、もしくはルイ十六世に肩入れしてフランス革命を鎮圧しても、わたしたちは自分を生みだしうる新しい宇宙に戻ってくるし、潜在記憶も置き換えられるってことか。じゃあ、わたしたちは歴史がまるごと引っくりかえるような激変が起きているのを永遠に意識できないってこと？」

「かもしれないね」肩をすくめる。「でもこれはただの理論の一つだよ。改変があまりに大きければ、多少の痕跡は残るものだろう？　今回は夏侯傑一人が死んだだけで、ほかの歴史はいっさい変わってないから、確証が得られないけれど」

郝思嘉は真剣な顔で考えこんでいる。歴史改変が起きたと突きとめるための痕跡を見つけようとしているらしかったが、それは徒労に終わった。「教えてくれたとおりね、確かにそのあとの歴史は変化していないみたい」

「そうだよ」ぼくは答える。「三国、両晋、南北朝、唐、宋、元、明、清……」

「宣統《せんとう》朝の内戦……第一次世界大戦……」郝思嘉が続ける。

「宣統帝の暗殺……祥瑞《しょうずい》帝の立憲……第二次世界大戦……」

「キューバ戦争に……第三次世界大戦……明光《めいこう》帝の新政……」

「もういいよ」ぼくは言葉をさえぎった。「どうせなんにも改変されてないんだ。さて、こんなあてにならない理屈の話はまた今度にしようか。きみの家で麺を食べるって話はまだ残ってる？」

「もちろん」郝思嘉は笑顔を浮かべる。「二つの宇宙をまたいだ約束ね」

「いつにしようか？」

「明日かな。慈永《じえい》皇太后のお誕生日じゃない？　うちの会社は休みだから……」

成都往事

成都往事

阿井幸作訳

1

高く険しい祭祀台に立つ私の眼前には、きらきらと光を反射する清江《せいこう》が帯のように横たわり、空の果てにある万年雪をいただく山々が延々と連なっている。私は冷たい青銅の面をかぶり、魚と鳥の彫刻が施された金の王笏を手にし、東から上る朝日を迎え、蚕叢《さんそう》王が残した古の祝詞《のりと》を小声で読み上げた。貴重な金器、銅器、玉器や象牙の数々が足元の祭祀坑に投げ込まれ、ぶつかり合い、引っくり返り、破壊される。

まるで我が蜀国のようだ。

激しい洪水が東方の古き都を滅ぼし尽くし、敬愛する父王は大水に没した。私は廃墟となった王宮で王笏を受け継ぎ、残った親族を引き連れて西の平原に遷り、千里にも及ぶ広野に新たな都市を築き、名を広都《こうと》とした。だが洪水はなおも度々来襲し、新たな都市も滅亡の危機に瀕していた。

百人に上る男女やまだあどけなさが残る子どもが生贄として坑に追い立てられる。兵士たちが彼らを一人ずつ坑の中に押し込み、這い上がろうとすると、取り囲む兵士たちが一人残らず矛で底に追い落とす。人々は絶望の悲鳴を上げ、神々に憐れみを乞う。彼らの王にも哀願するのは言うに及ばない。私は目を背け、彼らを見ないようにする。我が子同然の民を生き埋めにするのは忍びないが、これは必ず執り行わなければならない祭祀であり、人間を捧げることのみが天地の神々の怒りを鎮められるのだから、王であっても無力だ。

河辺に白くまばゆい光が現れ、目を焼くような輝きが太陽を覆い尽くす。私は祝詞を止め、呆然とそこを見つめた。光は徐々に消え失せ、細身の人影が浮かび上がった。それは痩せこけた長身の少女だった。髪を後ろに丸くまとめ、見たこともない衣装をまとい、黒い上衣には真紅の波紋が波打ち、左手には燦然《さんぜん》と輝く銀の腕輪を着けている。

神人の降臨だ。私は臣民たちとともに額ずき、匍匐《ほふく》し叩頭《こうとう》した。神女は階段沿いに祭祀台へ歩み、私のそばに来ると私の顔を指差し、全く聞き取れない言葉を口にして、また何度か手振りをした。私はしばらく身を強張らせながら考え、やっとその意図をつかんで突き出した目を持つ面を外した。早朝の川風が頬をなでた。私を見つめる神女の顔は若いようにも老けているようにも見え、目は星のような光をたたえながら淵のように深く、私の心を弾ませ、戦慄させた。

死を待つ生贄が狂ったように泣いて訴え、神女の注意を引くと彼女は彼らを指差し、また私に手振りをすると、銀の腕輪が陽光で光った。彼女の考えを理解し、心が軽くなったのを感じ、全員を解放するよう命じた。これは神の命令であり、祈禱師たちはもちろん異を唱えようとしなかった。神女は岷山《みんざん》に積もる雪のように真っ白な歯を見せて笑った。

神女は「朱利《ジューリー》」と名乗り、もしくは「朱利」と聞こえる言葉を述べた。なぜなら彼女は神の言葉しかしゃべれず、蜀人の言葉を話せないからだ。彼女は私の王宮に住み、私たちと同じ服装に着替え、私たちと同じように米や魚介類を口にし、私たちの言葉も学んだ。私たちはすぐさま基本的な意思の疎通をとれるようになり、私は蜀国を代表して彼女に私たちの国から水害を取り除く力添えをしてもらいたいと頼んだ。彼女は奇妙な背嚢を開け、姿を変えられる青い鳥を放ち、空に飛ばしてまた呼び戻し、王宮の帳《とばり》に大地や山河の縮図を投射した。朱利は図を指差しながら、玉山《ぎょくざん》を切り拓き、岷江《みんこう》と沱江《だこう》の二本の河を結び、分流に流すよう言った。途方もなく大規模な工事だったので、彼女が神力で山を移し、河の流れを変え、蜀人が今後洪水の苦しみに遭わないようにすることを私たちはあてにしたのだが、彼女は、数十年の歳月を要するとしてもこの世界のことは人間自身によって成し遂げるしかないと言った。

私は朱利と朝夕話し合った末に決意し、各村落から民を動員して山を切り拓いた。神女の励ましの下、人々は当初意気軒昂だったが、工事が無駄に長引き目先の成果が見えなくなると心に疑念が湧いた。流言が至るところで飛び交うようになり、朱利は河魚が化けた女妖であり、杜宇王《とう》をそそのかして蜀国が誇る山河を破壊し蜀そのものを壊滅させようとしていると噂になった。暴動が各地で発生し始めると、私は精鋭の兵士を派遣して厳しく弾圧し、また朱利の意見に従って各村落の領地を改革し、地方官を任命して分割統治制にした。朱利の強い働き掛けで祭祀を減らして生贄を廃止すると、今までの地位を失った祈禱師たちが先王の定めた法を変えれば必ずや災難が降りかかると口々に言ってきたが、私は取り合わなかった。

実際私も密かに疑問を抱いていないわけではなかった。蚕叢王、魚鳧王《ぎょふ》から今日に至るまで続く蜀国が昔から揺るがすことなかった不変の旧法を、一朝で改めるのは凶と出るか吉と出るか。

私は内なる憂いを朱利に伝えると、彼女は岷山の下に滔々《とうとう》と流れる河の水を指差した。「杜宇、永遠に変わらないものなんかない。時の流れは永久に止まることなく、歴史はよどみなく前へ、この東へ流れる水のように昼も夜も勢いよく進む。私たちがこれまで盤石だと考えていた全ても、無限の時の中では泡のようにあっという間に消えてしまう。いつか、あなたにもわかる」

私はわかったような素振りをしながら彼女の言葉を咀嚼し、革新の決意を固めた。私の踏ん張りの下、新たな政策は徐々に効果を見せ、反対の声は次第に引いていった。

三年後の春、糸繰りが無事に終わった祝いの席で蚕娘たちが歌と踊りを披露し、私と朱利のために新しい絹糸で織った豪華な服を献上した。私たちは玉石が縫い込まれた絹の衣に着替え、姿を見合って笑った。その時、私は朱利の心震わせる美貌にたった今気が付いた気がした。彼女が女神でないなら、戦争を起こして国を滅ぼし地位も名誉も失ったとしても彼女の寵愛を自分のものとしたいという考えが頭をよぎった。

厨師が献上した新鮮な魚の汁物を一気に飲み干した私は、しばらくして腹を絞られるような痛みを覚え、たまらず床に倒れ込んで大声で痛みを訴えた。そばに駆け寄った朱利が私の上半身を抱き寄せ、これまで彼女の体に触れようとしなかった私は、こんなにも温かで柔らかいと知って激痛も幾分か和らいだ。

周囲の祈禱師たちが取り囲み、不気味に押し黙りながら狡猾に目を光らせている。彼らが毒を盛ったのだと悟った時にはすでに遅かった。

「河の妖女が大王に毒を盛った。殺せ！」最初に叫んだのが誰かはわからない。この言葉が全員を勇気づけ、彼らは取り繕うのをやめて私たちを包囲して斬りかかってきた。忠実な数人の兵士が彼らの包囲攻撃に力の限り抵抗するものの、一人また一人と倒れていく。

激しい戦闘の最中、朱利が風変わりな半透明の丸薬を私の口に放り込んで飲ませた。

「杜宇、あなたは死なない」彼女の瞳に涙が光った。「でも今後、私はもうあなたに会えない。体を大切に」

私はしゃべろうとしたがもう声が出なかった。彼女は私の額に口づけをし、あの複雑で精巧な作りの銀色の腕輪を動かした。それは何層にも重なっていて、表面には規則的な呪文が隙間なく記されていたが、何の用途かは今まで想像もしなかった。すると彼女はまたたく間に光に包まれ、輝きながら空中に消えた。現れた時と同じように神秘的だった。

驚愕した祈禱師たちは散り散りになってしばらく身を隠していたが、光が消えても異常がないことがわかるとまた寄ってきて、瀕死の私を中心にして取り囲んだ。私を見下ろす彼らは冷たく怨嗟の混じった視線を私の体に注ぎ、それは獲物の死を待つハゲワシのようだった。朱利の丸薬は全く効果がないようで、私は痙攣しながらゆっくりと最期のため息をつき、意識が朦朧として魂は死の淵に沈んでいった。

2

三日後に目を覚ました私は、自分が豪奢な船棺に横たわっていることに気付いた。瞬時に意識が覚醒し、頭はこれまでにないほど澄み切っており、体もかつてないほど活力にみなぎっている。半分ほど閉じられた棺の蓋を押し開けて一気に身を起こすと、祭文を読んでいた巫祝が驚きのあまり逃げ出した。数人の忠実な将校が歓喜の声を上げながら私を取り囲み、大王の復活に喝采した。私は軍隊に守られながら王宮に戻り、王位に就いたばかりのいとこを引きずり下ろし、陰謀に加担した祈禱師を全員捕まえ、彼らを容赦なく河底に送って水神に仕えさせた。

情勢が落ち着くと今までにないぐらい朱利《ジューリー》のことが懐かしくなったが、彼女がどこにいるのかわからない。私の目の前で消えた彼女はどこに行けたというのか？　彼女について私は何一つ知らなかった。人員を割いて蜀の各地を探すという最も浅はかな方法を取るしかなかったが、朱利の情報は一向につかめなかった。

実入りのない捜索は三年間続き、東方の巴人《はじん》、南方の滇人《てんじん》、西方の羌人《きょうじん》、北方の周人《しゅうじん》のところにも人を送って調べさせたが収穫はなかった。私は諦めざるを得なかった。彼女はもう天界に戻り、死んでからなら会えるかもしれないと思った。

それからは私たちが初めて会った河辺にいつも行き、ある日彼女が再び現れることを期待したが、そこには物悲しい風が嗚咽のような音を立て、広大な河が流れるだけだった。詩人に命じ、彼女のために心を打つ歌を書かせ、彼女の名前を永遠に残そうとした。それから私は脇目も振らず一心に治水事業に打ち込み、二十年後に工事は初めての成果を上げ、広都はしばらくの間水害を免れ、国力が日増しに高まった。そして私は、同じように朱利が私に残した神秘的な贈り物に気付いた。

あの仙丹のおかげで私は老いることがなくなった。顔にはしわが浮かばず、髪には一本の白髪もなく、永遠に病気にかからず、最も恐るべき疫病にも倒れることがなかった。

三十年、四十年、五十年が経ち、いよいよ時間が恐ろしい洪水となって押し寄せ、私の周囲のあらゆる人間を巻き込んで押し流した。親族や家臣が一人また一人と船棺に横たわり大地に沈んだが、私はなおも太陽神鳥の装飾に囲まれた王座に端座し、容貌が変わらず、跡継ぎだけが一向にできなかった。新たな臣民は陰で議論を重ね、私のことをホトトギスの化けた妖魔だから永遠に老いず、また人間とも結ばれないのだと口にした。

私はこのような単調な統治に飽きつつあった。当時朱利は、山々が世界の果てなのではなく、その後ろにさらに広大な天地があると語ったが、興味がない話だった。蜀人は代々山々に囲まれ天から与えられたこの肥沃な大地に住んでいるのだから、外界の蛮族が何だというのか？　だが長い年月を経て、山や川を越える商人がますます増えて、山の外の情報が持ち込まれるようになり、彼らから山の外には文明が開けた国が数多くあり、岷江よりも広い河、広都よりもさらに雄大な都があると告げられた。私は自分の目で確かめに行くことを決めた。もしかしたら外の世界で朱利の足跡が見つけられるかもしれない。

私は王位を丞相の鼈霊《べつれい》に譲り、治水工事を継続させて、広都を後にし、南方の河に沿って東に向かった。激しく流れる大きな河は「海」と呼ばれる広大無辺な水に集まると朱利は言った。私は海の姿を見てみたいと思った。

山の外側は思った通り、いろいろなものが入り乱れきらめく世界だった。彼らは自身を諸夏《しょか》と称し、蚕叢王と同じ太古の時代に全く異なる国家を築いた。現在は洛陽の周王朝が天下のあらゆる国々を統制している。

数え切れない歳月が流れ、私は名前を使い分け、霧が立ち込める雲夢澤《うんぼうたく》の湖から果てしない水面にさらにもやがかかる東海まで、賑わい栄える臨淄《りんし》から質朴で荘重な雰囲気をたたえる薊《けい》の都まで各国を遊歴し、数十年ごとに名前と身分を替えた。私は華夏族《かかぞく》の言語と文明を学び、かつて蜀王だったということを忘れ、ほとんど中原人《ちゅうげん》になった。

長い年月の中、斉《せい》の桓公《かんこう》の軍隊に加わったこともあれば、晋《しん》の文公《ぶんこう》の流浪に付き従ったこともあり、孔子の三千弟子の一人になったこともある。経書を吟唱し、周易の奥義を得るべく研鑽を積み、諸子百家を渡り歩く中で多様な知識を吸収して自分の身に起きた事の顛末を探ろうとしたが、一向に手掛かりがつかめなかった。

それから列国の戦争は激しさを増し、私は斉国の稷下《しょくか》の学士として幾年か身を隠し、斉王に不老不死だと勘付かれて神仙と思われたため、自分は海外の仙山から来たのだとでたらめを言ったが、不老の術を伝授するよう散々まとわりつかれたので楚国《そこく》に逃げた。そこに荘周《そうしゅう》という智者がいると聞き、会ってみたいと思った。

荘周はとっくに田舎に隠居して世俗との関係を断っており、ようやく彼を探し出した私は自分が元は稷下の学士であり、官吏の学について話し合いたいと説明した。荘周は興味がないと首を横に振った。彼の傲慢さに私はたまらず、長生の道を知っているかと唐突に尋ねた。

「知らない」と彼は静かに言った。

私は心中得意になって彼に、八百年を生きた彭祖《ほうそ》のように長生きした者は常人と何が違うかわかるかと聞いた。

彼は笑って、「何も違わない」と言った。

「どうして違わないと？」私はこの人物は物知らずにもほどがあると思った。「一人は八百歳生きられ、一人は八十歳しか生きられないのですよ！」

彼は南方のはるか先を指差して言った。「楚から南へ数千里のところにある冥霊《めいれい》の木は、五百年をもって春となし、五百年をもって秋となすのは知っているか？　これはたいしたことじゃない。上古には大椿《たいちん》の木があり、八千年をもって春とし、八千年をもって秋とした。これら造物はどのくらいの年月を生きられるだろうか？　これらと比べれば、彭祖は夭折した赤子と何も変わらない」

「だとしても」私は納得しなかった。「普通の人と比べ、彭祖は数百歳長生きし、たくさんの知見を得ました。おそらく百越や代北、蜀といった、常人なら生涯かけても行けない遠方の各地に足を運んだでしょう」

「それは確かだ」と荘周は落ち着いて言った。「彭祖は間違いなく豊富な知見を得たが、彼はさらに多くの知恵を持てただろうか。彼の知恵は老子や孔子と比べてどうだろう？」

私は一瞬言葉に詰まった。この二人の哲人とは会ったことがあり、彼らの叡智には自分など足元にも及ばないと身をもって知っていた。事実私は、孫子の兵法や商鞅《しょうおう》の治国術などの知識を半分しか理解していない。そうすると、長い歳月を生きてもいたずらに年を重ねるだけで、知恵にとって無益だ。

「それに」と荘周は私にまたもや重い一撃を与えた。「長生不死であったとして、彼の人生は常人よりどれほど満ち足りるだろうか？」

私は常人より満ち足りているのか？　私は身を震わせた。おそらく悲しみや苦しみがさらに多いだけで、心から愛した人もすでに永遠に失った。そして私は喪家《そうか》の狗《いぬ》のようにあちこちに逃れ潜み、いっとき幸せで落ち着いた暮らしをすることがあっても、親族や仲間が次から次へ、世代を追うごとに私のもとを去り、私だけがなぜだかこの無情な人の世を行くあてもなくまだ漂っている。こんな人生にどれほどの意味があるのだ？

　自信が根底から瓦解した私は荘周の前にひざまずいて人生の道への教えを請うた。それから庵を結んで彼のそばに数年就いたが、彼の知恵の薄皮の部分しか学べなかった。ある日私は自身の秘密と苦悩を師に洗いざらい打ち明けた。彼は聞き終え、長い沈黙のあと口を開いた。「彼女は神人ではない」

「え？」

「神人は人の世との別れに泣くことはない。お前が恋慕する女はただの俗人、あるいは神秘的な力を持った俗人だ」

「しかし彼女はなぜ忽然と現れ、またなぜ消えたのでしょうか？」

「それは私にはわからない。天地の間には数多《あまた》の不可解な謎がある」荘周はため息をついた。「だがこの件は、お前がやって来た土地と関係があるように思える。それともそこに答えがあるのかもしれない。天地は広いが、お前は近きを捨てて遠くを求めてしまったのかもしれない」

　私は何かわかった気になり、しばらくして荘周に別れを告げて故郷へ帰る長く果てしない道のりを踏み出した。その後、彼と会うことがなかったのは言うまでもない。

3

　私は中原の遊説家という身分で巴国の商人に付き、山中の隠し道を通って蜀国に戻った。五百年前の杜《と》宇《う》王朝はあやふやで荒唐無稽な伝説となっており、この時の王は鼈霊《べつれい》の十二代目の子孫で、号を開明といった。彼は中原各国の内情を知るために私と接見し、私を懐柔しようとし、来る日も来る日も私を宮中の討議に招いた。彼の力を借りれば朱利《ジューリー》の手掛かりを見つけられるかもしれないと思い、十分に協力して、どうやって彼に助力を請おうか頭をひねった。

結果は全くと言っていいほどあっけなかった。ある日の宴席で、開明王が新たな夫人を披露して賓客へ酌をさせた。頭を上げた私の目に、数百年間片時も忘れることがなかった面貌が飛び込んできた。私は呆気に取られ、火矢で胸を射られて全身の血液が沸騰するかのごとくたぎった。朱利は相変わらず美しかったが、若干やつれていた。彼女は合図するように私に笑みを見せて首を振り、目には深い憂いをたたえていた。

開明王は私が木彫りの鳥のように呆然としているのを見て、夫人の美貌に心を奪われたのだと思って大笑いした。この夫人はおととし北方の武都山で見つけたのだと彼は言った。開明王が狩りをしていると女が突然山林から現れ、衛兵たちに間者だと間違われて捕らわれた。しかし調べても何も見つからず、彼女を気に入った開明王が後宮に入れ、山精夫人というあだ名をつけた。

私は歯を食いしばり、王に一撃食らわせてやれないのが悔しかったが何もできなかった。不老の身とはいえ、首を斬り落とされれば二つ目は多分生えてこない。私は作り笑いを浮かべ、大王が美しい山中の精霊を得たことに祝いの言葉を述べた。

半月後、私はどうにか機会を見つけて王宮に忍び込んで朱利に会った。何があったのか尋ねると彼女は、ここに来たばかりの頃に総掛かりで捕らえられて宮廷に連れて来られ、開明王の後宮でしぶしぶ付き従っているのだと言う。私は惨憺たる気持ちになり、この間どこにいたのだとまた聞くと、彼女は首を振った。「どこにもいなかった。腕輪を回せば瞬時に数百年の時を超えられるの」

私はよく理解できなかった。まさか朱利は五百年前のあの宴の席からそのままここに来たのか？　そんな奇妙なことが世の中にあるのか？　彼女に、その不思議な腕輪を使って逃げないのはなぜかと聞くと、山林に出現した時に鹿にぶつかって倒れたところを衛兵たちに捕らえられ、開明王に奪われてしまったのだと言う。

他にも質問したいことが山ほどあった。彼女は結局何者なのか。どこから来たのか。そんな不思議な腕輪と霊薬をどうして持っているのか。だが開明王が突然やって来て、逃げるひまもない私は朱利にかくまってもらった。帳の後ろに潜んでいたが、開明王は私の上着の裾を見つけるや肥えた肉体を怒りに震わせながら大声で衛兵を呼び、私を捕らえようとした。

差し迫った状況の中、私は反撃に打って出て彼を制して、衛兵が包囲する中、国王を人質に取って王宮を出て、すきを突いて内河に飛びこんで水路から逃走した。数日後、「山精夫人」が蜀王に監禁されているという知らせを耳にした。しかもむごたらしいむち打ち刑にあって瀕死の状態だという。

朱利を救う方法は一つしかない。私は再び北方の峻厳な山々を踏破し、秦の都咸陽《かんよう》に来て、斉人の張《ちょう》若《じゃく》という名前で秦王に謁見し、彼が日夜思い願う征蜀の大業を成し遂げる手伝いができると告げた。

三年後、私は司馬《しば》錯《さく》とともに十万の秦軍を率いて隠し道から複雑に入り組んだ蜀山を乗り越え、葭《か》萌関《ぼうかん》を打ち破り、一路広都へ攻め込んだ。立ち遅れた武器と訓練不足の蜀の兵士たちは最初から秦国の虎狼の強者の相手ではなく、五百年前に私が建てた都市は私自身の手により攻め落とされた。

私は軍を率いて王宮に突入し、開明王を捕らえて朱利の居場所を聞いた。彼は顔を歪め、狂ったように笑った。「ははは、俺を倒したところでそれがどうした？　それでも彼女を手に入れることは永遠にないぞ」

「賢いのであれば彼女がどこにいるか吐け」私は語気を強めた。「貴様と貴様の家族を赦免するよう秦王に頼んでやらんこともないぞ」

「それはいい」と彼は調子外れな声になった。「わかった、教えてやる。お前がさんざん恋い求めた山精夫人はあそこだ」彼が指差したのは西北にある小さな山だった。あんな山、前回私がこの国を出ていった時にはなかった。

胸騒ぎを覚えた私は宮廷の侍従を数人捕まえると、彼らは震えながら説明した。三年前に私が逃走して間もなく、山精夫人は開明王の残虐きわまる体刑により死んだ。後悔の念を覚えた開明王は、彼女のために武都山から大量の土を運び、高くそびえる墳墓を建造したのだ。

私が五百年待って会えた人は、こうして亡くなった。

猛烈な怒りが頭のてっぺんまでのぼりつめた私は、皮膚が裂けて肉が見えるほど開明王を打ち据え、配下の兵士に命じ、彼の体でぜい肉が付いている部分を一ヵ所ずつ削ぎ落とし、できる限りの苦痛を与えて彼を死に至らしめた。まだ怒りが収まらず、王族全員および宮中にいる数百人もの侍従と宮女を処刑した。私の目には、彼らも朱利を殺した共犯者だった。

朱利の陵墓の前までやって来た私は配下の者を全員下がらせ、一人で声が続く限り泣き、彼女への五百年もの思いを吐露した。

どれぐらい経ったかわからないが、誰かが私の袖を引っ張るので鬱陶しくなって振り返ると忽然と世界全てが消えた。目の前にはみすぼらしい身なりの、しかし輝かんばかりに美しい少女がいるだけだった。

私は信じられず、ただの幻影ではないかと恐る恐る手を伸ばして彼女に触れた。しかし彼女の頬は触れることができ、しかも涙で濡れており、明らかに本物だった。自分は本当に愚かだと悟った。私が棺から出てこられたのだから、朱利も死ぬことなどあるだろうか。

朱利は語った。予想通り、あの時の私のように、仮死状態を装って危機を逃れ、数日後に墳墓から這い出てから私が秦軍とともにやって来たという情報を知るまで、ずっと山野に身を隠していた。私が介抱する中、朱利はすぐに昔日の容貌を取り戻したが、自身の来歴については頑なに口を閉ざし、私が何を聞いていても、持ち物は見つかっていないかと逆に私に聞くのだ。

王宮で見つけた朱利の腕輪と荷物は兵士によってとっくに届けられている。開明王がずっと隠していたのだ。私は当初朱利に返すつもりだったが、この不思議な品物や朱利の態度にそこはかとない不安を覚え、彼女がまた数百年後に行ってしまえばどう見つければいいのだろうかと怖くなった。考えた末、これらを屋敷近くの五つの大きな石のそばに埋めた。これらは私が広都を造った時に建てた記念碑であるが、現在はもう碑文が薄れ、これらの石の由来を知る者はいない。完全に人知れず事を済ませ、知る者は一人もいないはずなのに、数日後、何も見つからなかったと朱利に告げようと会いに行った時、彼女の腕に銀色の腕輪がまぶしく光を放っているのを見た。

「どうして隠していたの？」彼女が責める口調で言う。

「私は……君にどこにも行ってほしくなかった」とばつの悪い思いで答えた。「でも、それの在りかをどうしてわかったんだ？」

「教えてもらったの」

「誰だ？」私は怒鳴った。「一人で誰にも見つからないよう埋めたんだ。まさか見ていた者がいたのか？」

「また人を殺すの？」彼女の頭が軽く揺れる。「その人は永遠に殺せない。杜宇、私は行かなきゃ」

「会ったばかりなのに、どうして行ってしまうんだ？」私は恐怖に包まれた。

「因果の環を完成させるため」

「なに？」

「あなたにはとても感謝してる」と言ってから彼女はため息をつき、話を変えた。「でも私はあなたの財産じゃないの。私のために罪のないたくさんの人を殺し、さらに多くの人たちを巻き添えにした。これでどうしてあなたのそばにいられると思う？」

私は言葉がなかった。確かに私は自分から災厄を振りまいた。ここ数日、秦軍が広都で殺戮や略奪を繰り広げ、蜀の民を虐げており、私も数多くの凄惨な光景を目の当《ま》たりにした。とっくに悔やんでいたが、それはあまりに遅かった。

「でもあなたにはまだ埋め合わせる時間がある」朱利は窓の外を見ながら言った。「とてもたくさんの長い時間、あなたはとても多くのことができる。私たちは、また会える」

彼女は腕輪を動かし、まばゆい光に包まれながら消えていった。

ふと既視感を覚えた。まるでずっと前にもこんな光景を見たことがあったような。でもどこで見たのだろうか。あまりにも長い時間が過ぎ去り、私はどうにも思い出せなかった。

4

朱利《ジューリー》が去ったあと、私は秦王によって蜀郡の太守に任命され、破壊された都市を三年で再建した。都市が修復されると秦王は満足し、「三年で都を成した」という意味で名前を成都《せいと》に改めた。新たなこの都市の中、秦人と蜀人は私の治下で徐々に融和していった。数十年後、李氷《りひょう》という官吏に郡守を引き継がせた。彼は私よりはるかに優れた治水の天才で、広大な貯水池を建設し、田畑に水を引き、水害を根本から解決しただけでなく、耕地に水を与えて土地を肥沃にさせた。

退任後、私はまた名前を改めて遠くに旅立った。今回はさらに遠くまで足を運び、遼東《りょうとう》から義渠《ぎきょ》、黔中《けんちゅう》から閩越《びんえつ》まで行った。大秦の天下統一を目の当たりにし、その滅亡も見届けた。劉邦《りゅうほう》が新たな王朝を建て、董卓《とうたく》が洛陽を焼き、幼い献帝が無理やり長安に遷される時代を生きた。朱利の言葉は正しかった。永劫不変なものなどこの世にない。

数百年の間、私も少しは知られる名前で何度も蜀に帰った。この時代、人々は神仙の世界を熱狂的に想像し、追い求めた。私の不死身が里の者に知られると、彼らに長生不老の道術を知っていると隠すことなく言い、老子や荘周の教えを表面だけ変えて彼らに話した。あっという間に大勢の人間が私に付き従うようになり、彼らは私を師と呼び敬った。

朱利が再び私の前に現れてからもう五百年が経った。その頃私は成都ではなく綿竹《めんちく》の山中で教えを説いていたが、関係なかった。私には多くの忠実な信奉者がおり、私の言いつけを守って成都の各地を見張っており、彼女が現れれば彼女を私のもとに送り届けることになっている。

「師君」と、天幕に入ってきた彼らが興奮気味に報告する。「神女が本当に成都の空から降りてきました。彼女をお連れしました」

私は咄嗟に立ち上がって朱利の方を見た。五百年が過ぎたが記憶の中よりも若く美しく、芙蓉のかんざしを挿し、胸高までのざくろ色の裳裾《もすそ》をはき、浅緑色の薄織物を羽織り、この世のものとは到底思えない出で立ちで、まさに天上の仙女だった。それもそのはず、彼女はもともと仙女だ。

「杜宇《とう》」彼女が小さく会釈した。「やっぱりまた会った。今はなんていう名前なの？」

私は彼女の手を引き、自分の名と号を告げた。この時の私はもうだいぶ変わっていた。道教で人々を教化し、二十四の拠点を設立し、五斗米道《ごとべいどう》で被災民を救済した。今では呼び掛け一つで大勢を従え、忠誠の念に燃える数十万の教徒を有し、巴蜀北部を手中に収め、益州牧《えきしゅうぼく》の劉璋《りゅうしょう》からも恐れられるほどだ。朱利を連れて砦を見回り、配下である白頭巾姿の兵士を見せた。武力操練し、勇ましく整然とした隊列をつくる彼らのよく通る掛け声が山々にこだまする。

「考えてわかったんだ」私は誇らしげに胸をたたいた。「あの頃私はもともと蜀王だった。秦王と漢王が天下を取れて、どうして私が取れない？　こんなに長い間潜伏しているうちに、大漢は実質滅び名ばかりとなり、群雄割拠の混戦状態にある。私が天下を取る時が来たんだ！　天下を取れば、私は庶民を幸せにし、万民のための幸福を実現できる。朱利、君がこの時再び舞い降りたのはきっと天の配剤だ。君こそ道教の書にある九天玄女《きゅうてんげんにょ》だ、そうだろう？　君の神々しさは果敢に突き進む兵士たちをきっと鼓舞するはずだ」

「でもあなたは天下を取れない」彼女が静かに言う。「今は英雄が輩出される時代。でも私は今のあなたの名前を全然覚えていないもの」

「覚える？　どうして覚えているんだ？　まさか未来を予知できるのか？」

彼女はため息を漏らし、「私は未来から来たの」と言った。

私は息を呑み、何かを悟ったようになってまた混乱した。未来とはまだ現れていないものなのに、どうやってそこから人が「来られる」のか？

「未来から来たのなら」私は問い掛けた。「誰が天下を取るのか知っているのか？　袁紹《えんしょう》か？　劉表《りゅうひょう》か？　それとも曹——」

「言えないの。歴史を変えられない。そうしたら私たちが二度と存在できなくなる」

この態度にかえって彼女が確かに未来から来た人間であると納得し、私は動揺した。「早く言うんだ！　未来の天下の大勢を教えてくれ。重要なことなんだ！」

朱利は首を振り続ける。「無茶を言わないで。本当にだめなの……」

私の命令に反対しようとする者など長らくおらず、私は激情に駆られて彼女の肩を掴んだ。「聞いてくれ。私の軍は間もなく張魯《ちょうろ》と決戦し、奴を討ち滅ぼして漢中を手に入れる。奴に負けるということがあれば、さんざん苦心して手に入れた何もかもが水の泡になるんだ。君の手には確実な勝利の秘訣が握られている。どうやって奴を滅ぼせばいいのか教えてくれ。早く！」張魯という逆賊はもともと私の忠実な教徒だったのだが、私の教義を奪い、自らが王になって大勢の教徒を呼び寄せるということをするなど、誰がわかっただろう。ここ数日、私はどうやって奴を始末しようかひたすら考えていた。

朱利は力を込めて私を押し返し、小さくため息をついた。「わかっていない。今のあなたはまだ何もわかっていない。まだ時間が必要なようね」彼女の手が腕輪に伸びる。

「やめろ――」彼女がしようとすることに気付き、慌てて叫んだ。「行くな！　無理強いしないから、これでいいか？」

だがもう遅かった。彼女は腕輪を動かし、またしても私の目の前から消えた。

朱利はまた言い当てた。二カ月後、張魯との決戦に負け、部下を併呑《へいどん》された私は大慌てで逃走し、名前を隠すことを余儀なくされた。これ以降、私のかつての名前「張修《ちょうしゅう》」は歴史書の短い注釈の中に一度しか出ず、長きにわたる歳月を経て、これは張魯の奴の別名だとまで言われた。

5

血で血を洗う争乱の六朝時代、私はほとんどの時間を道観や寺院に潜んで過ごしたが、それでも安寧の日々は数日もなかった。しかし唐朝は居心地のよい時代で、その数百年間四川からほぼ出ず、成都に滞在して李白と酒を飲み交わし、杜甫と詩を詠み合い、薛濤《せっとう》の寝室にもお邪魔した。心には常に朱利《ジューリー》がいたが、百年また百年経っても彼女が再び現れることはなく、比類なき隆盛を誇った大唐も内憂外患のなか存亡の危機に立たされ、廃墟と化した。

唐朝滅亡後、蜀の太平が何年も続いた。ある日、花月楼の女将の謝《しゃ》が私の医館に駆け込んできて、たった今外で怪しい光が出現し、矢の刺さった女が楼の前で気絶して倒れていると話した。彼女は、花月楼の妓女が何者かに怪我をさせられたと思い込んだが、よく見ると違ったと言う。

私の心臓が高鳴った。二人の雑用係がその女性を運び込んだ。彼女は奇怪な衣服を身に着け、髪は乱れ、顔中血や泥まみれで、顔立ちははっきりしない。しかし身に着けている腕輪から、彼女こそ七百年以上待ちわびた人であると断言できた。

数百年ぶりの再会がこんな形になるとは全く思いもよらなかった。幸い私はいま医者なので治療法はわかる。彼女の背中に刺さった矢は肺にまで達しているのに、まだ呼吸している。私は矢を抜き、傷口に薬を塗って包帯を巻いたが不安でいっぱいだった。医者になってから百年にもなるが、ここまで深い傷を負った人間が生き延びられるのは見たことがなかった。

しかし朱利は持ちこたえ、三日後、目を開けた。

「朱利？」私は彼女に声を掛けた。

彼女は驚いた表情で私を見つめ、唇を震わせた。「どうして……私の名前を……知ってるの……」とても奇妙な発音だ。

心臓が強く打ち、奇異極まりない仮定が裏付けられた。「私と会うのは、初めてということか？」

「私が……会ったなんて……ありえない……」

「ありえないとは限らない。まだ君の身に起きていないだけだ」

彼女は若干混乱しながら頭を振り、また別の疑問を口にした。「じゃあ……今は……いま……」

「今は何時代かって？　大唐が滅び、再び乱世となってから、中原で朝廷が何度代替わりしたか覚えていない。一昨年、趙匡胤《ちょうきょういん》が黄色い衣を身にまとって大宋を打ち立てたけど、この辺りじゃ蜀を割拠した孟氏が宋朝の正朔を奉じていない。年号は広政二五年だ」

「それって五代の末年……」彼女の瞳に驚愕の色がさらに濃くなる。「でもどうして……どうして知ってるの……」と言い、息を詰まらせてまた咳き込んだ。

「落ち着いてから話そう。もうこんなに長い歳月待ったんだ。今の私たちにあるのは時間だ。そうだ」と出掛ける前に私は振り返り、私の言葉の意図をつかみかねている彼女から目を離さずに言った。「君は正しかった。私は最初から天下を統べられる器じゃなかった。天下なんて何の意味もない。君に再び会えることが何よりも素晴らしい」

　朱利はあっという間に完治し、体には傷一つ残らなかった。これは不思議なことではない。当時の彼女は開明王の墳墓からも生き返ったのだ。

　一ヵ月余り経ち、朱利は自分の身に何が起きたのかと執拗に尋ねた。私は彼女と成都の城壁の下へ散歩に出掛けた。城壁の上には数年前に後蜀の皇帝孟昶《もうちょう》が妃である花蕊《かずい》夫人のために植えさせた芙蓉の花が雲霞のごとく咲き誇っている。私が知る千年余りで、今がこの都市の最も美しい時代だ。

「君の腕輪ははるかな時を超えられる」私は長い間考えていた秘密を口にした。「でも普通の人のように過去から未来へ行くのではなく、未来から過去へ、逆流し続けるんだ」

「どうして知ってるの？」と彼女が驚く。

「私は君が過去に知り合うことになる人間なんだ。過去に私たちは三度偶然出会った。君の服装は毎回次の時代のもので、私が会ったのは毎回いずれも一つ前の君だった。君が現れる場所も次に会った時に消えた場所だった……あまりにも常識外なことで、はじめはどうしても理解できなかった。でも千八百年という歳月は理解するのに十分だった」

「千八百年……」彼女は驚愕の眼差しで私を見、ふと思い至ったように「まさか永生カプセルを飲んだの？　私があげたの？」と聞いた。

「そうだ。私が初めて君に会った時——」

「言っちゃ駄目！」彼女が私の言葉をさえぎった。「その通りよ。未来では人類が神よりも強大な力を手にしていて、過去に戻ることができるの。私はもともと初の時間旅行実験をしていて、過去をちょっと見たら帰るはずだったんだけど、時間の調整を間違ってしまって誤った時代に着いてしまったの。私の腕輪——実際の名前は腕時計式時間遡行装置——がどういうわけか壊れてしまって、前進する方向を変えられなくなって、さらに遠い過去にしか行けなくなったの」

「でもどうして失敗したんだ？」

「千六百四――」彼女は数字を言い掛けた途端、口を閉じた。「駄目。過去の人間に未来のことを漏らせないの。あなたが未来を知れば、歴史を改変できる。そうなれば私は戻れないばかりか消滅してしまうかもしれない。もしかしたらあなたも」

「私が？」

「あなたの人生はもう私によって改変されている。私がいなければ今日のあなたもない。あなたは千八百年前にとっくに死んでる。同じように、あなたも過去に起きたことを私に言えない。過去に変化が生じれば、あなたは永生カプセルを手に入れられなくなる。そしてあなたが私を助けてくれなければ、私も多分ここで死ぬ」

ちんぷんかんぷんだったが、一点わかったことがある。本来数千年を隔てている二人の運命はすでに不可思議にも一つに結ばれているのだ。

だが彼女は私に未来を告げられず、私も彼女に過去のことを告げられない。私たちはこの瞬間巡り合えたのに、結局は互いに通り過ぎていき、一人は過去に戻り、もう一人は未来に進んでいく。人生、相見ざること、千秋、万年を繰り返す。

どれぐらい経ったか、朱利がつぶやいた。「とっても変な感覚」

私たちは長い間向かい合った。はるかかなたの過去と果てしない未来の出会いのように。彼女の眼差しは柔らかくうつろで、芙蓉の花びらが春の微風に吹かれて彼女の鬢《びん》と肩に落ちた。

「でも、今の君はとてもきれいだ」

私はそう言い、首を曲げて口づけをした。花びらの深海で、時間の奥底で私たちは固く抱擁した。

私たちは五代末期に三年間連れ添い、摩訶《まか》池《いけ》に小舟を浮かべ、浣花《かんか》渓《けい》をそぞろ歩いた。この時代で何年も過ごせればと思ったが、三年後に宋軍が大挙して蜀を攻め、また混乱が生じ、乱世の中では自分たちの身を守るのは困難だ。私は朱利に、時間遡行装置を起動させて、さらに前の過去へ行って因果の環を完成するよう断腸の思いで促した。

「絶対に知っておかなきゃいけないことがある」別れの際、私は彼女に言った。「君の時間遡行装置の腕輪は、五つの石のうち四つ目の東側の三尺掘ったところに埋められている」

朱利は疑わしげに自分の腕輪を見た。「何を言ってるの？」

「覚えてくれたらいいんだ」と私は優しく声を掛けた。「きっとわかるさ。君が以前、あるいは、やがて言おうとしていたようにね。これは因果の環の一部だ。きっといつかわかる。君がかつて、あなたにもわかる、と私に言ったように」

彼女が再び私と会うことは知っていたが、私にとってはそうではない。今回の巡り合わせで、彼女は私のことを知らなかった。では未来の私はもっと前の彼女に再び相見えることになるのだろうか？

もちろんない。だが希望はなおも無限の時間の中で私をさいなんでいる。

6

六百八十一年後の清の順治三年冬、私は成都に戻った。

千百年間、朱利《ジューリー》が何年後の未来から戻ってくるのか気に掛ける中で、王朝が滅亡しては交替していき、一つ一つの朝廷が走馬灯のように替わっていき、人口が潮の満ち引きのように増減した。しかし人々の生活に大した違いはなかった。ときには新たな制度や発明が生まれることもあったが、大部分は具現化せず長い時間の中で忘れ去られていった。未来の人間は本当に時間を超越する力を持っているのだろうか？　ならばあと何万年後なのだ？

　明の天啓年間に私は侍郎《じろう》の徐光啓《じょこうけい》の屋敷に招かれ、西洋の宣教師数人と知り合った。金髪碧眼の西洋人たちに好奇心を掻き立てられた。彼らはこれまでの夷狄《いてき》の輩とまるっきり異なり、精密な暦算の技術を習得していた。彼らは、大地は球体だとか、世界には五つの大陸があるとか、聞いたことのない数多くの新たな知識を教えてくれた。彼らの話の真偽を確かめることはできなかったが、賢明で博学な徐氏が彼らをたいそう信頼していたので、だいたいの理屈は通っていたのだろう。私は彼らが朱利と何かの関係があるとかすかに感じていた。朱利は白い肌と青い目の西洋人ではないし、彼らも時間を制御する能力を持っていないのは明らかだったが。

　それから徐氏は魏忠賢《ぎちゅうけん》に排斥されて老いた身で故郷に戻った。私は機を見て数人の宣教師と船に乗って西洋のポルトガルに行き、この時代の海外では多くの土地が西洋人の天下となっていることにようやく気付いた。彼らはすでに大地を包囲し、大陸ごとに土地を略奪し、彼らの教義を広めていた。無限の海洋には帆を三重に張った西洋の商船と戦艦がひっきりなしに往来している。私は喜望峰に打ち付ける波の上でため息をついた。時の流れは永久に止まることなく、歴史はよどみなく前へ進む。八方から朝貢が来る雄大な中華も古蜀のような閉鎖された王国になるまでいくばくもなく、太古の歴史を有し完璧だと信じて疑わない文明の中に溺れ、より煌々と輝く外の世界に対して無知なのだ。

　私はパリやローマなどに長く住み、きらびやかで力強く栄える西洋諸国について見識を広め、彼らの知識と文化を真剣に学び、耳目を一新した。だが西洋でも私の容姿が年老いないことは徐々に周囲の人々から怪しまれ、私も故郷が恋しくなり、他の商船に付いていって地球を半周して首都に戻り、新たな知識を広め、明の空気を一新させようとした。だが戻ってみると天下はすでに大きく乱れ、天子は煤山で首を吊り、八旗兵が首都を占拠し、明は清となり、王朝がまた交替した。

「千六百四……」忽然と私はあの時の朱利の言葉の意味を理解した。彼女が口に出したのは西洋で使われているグレゴリオ暦だ。私も欧州に来てやっとこの暦法を知った。
朱利――もっと前の、私と出会ったことがなかった朱利――はかつてこの時代に現れた。おそらく今年――一六四六年――この時、満州の粛親王《しゅくしんのう》ホーゲは大西軍の張献忠《ちょうけんちゅう》の軍隊と蜀で激戦を繰り広げていた。

自分が歴史を改変できないことはわかっていたが、やはり朱利のことが気に掛かり、長い逡巡の末、それでも成都に向かう決意を固めた。またもや乱世と出くわし、明軍の残党や農民軍、地方の武装勢力や清軍が殺戮と略奪を繰り広げる中、私は何度も死体の山の中を這うようにして成都に到着した。

この時、張献忠は城を捨てて逃走したばかりで、出て行く際にさらなる殺戮を加え、入城した清兵もまた虐殺と略奪の限りを尽くし、街の至る所は引き取り手のない死体と返り血の痕であふれ返り、数百年の栄華を誇った成都はほぼ空城と化し、人々の命は虫けら同然であった。二千年間、幾度となく乱世を経験してきた私だが、今回は最も血腥く、酷《むご》たらしかった。

記憶を頼りにかつての花月楼の跡地に着き、そこは少し前までとても賑わっていた通りであったはずなのに、今では血痕と生首が辺り一面に散らばっていた。付近を数日見張り、乱暴狼藉をはたらく兵士から身を隠す策を講じたが、いつまで待てば朱利に会えるのかわからず、多分すれ違ったのだと考えた。そもそも前回の出会いで私と会ったことがないと言っていたのだから、どうして再び彼女に会うことができるだろうか。

三日経ち、この死体の山と化した都市に耐えられなくなった私は、翌日ここを出ることを決めた。だがその夜、うとうとしているところに不思議な光が突然目に飛び込んできて、若い朱利が茫然とした様子で街頭に立っているのが見えた。体にぴったりした銀色の不思議な服を着ており、小さな荷物を背負い、西洋人のような真っ直ぐで長い髪が風にたなびいている。

私は喜びで震えが止まらず、数百年ぶりに会った恋人を貪欲に凝視した。彼女が最初にしたこととは腕を上げて腕輪を見ることであり、腕輪から発せられる燐光が呆然と固まる彼女の顔を照らした。時間の表示を見て、この時代に着地したことにきっと驚愕しているのだとわかった。その時私は歴史に一切関わってはいけないという教えを忘れ、彼女に会って何も知らない彼女を守りたいという一心で行動した。

「朱利！」私が大声で叫ぶと彼女がびっくりして私の方を向いた。数丈の距離を隔てているだけの私たちの視線がほぼ交差した。しかし深夜のかすかな月明かりだけでは、私の姿がはっきり見えず、彼女はかえってひるんで数歩下がった。

声を掛けようとした刹那、鏑矢《かぶらや》の鋭い音が鳴り響き、よろめいた朱利が前のめりに倒れた。一瞬背中に羽根のついた矢が見えた。彼女の百歩後ろには、辮髪《べんぱつ》の騎馬兵数人が声を上げて向かってきていた。

私は急いで朱利のそばに近寄ったが、彼女はもう気を失っていた。辮髪兵が大声で叫びながら馬を走らせ、何本もの矢が音を立てながら体をかすめる。切羽詰まった状況の中で記憶にある彼女の動作を思い出しながら、あの腕輪を代わりに動かしたが、操作が間違っているのかそれとも力を入れすぎたのか、腕輪は変な音を発し、表面の光の点滅が不規則になった。しかしどうにか力を発揮し、八旗兵がやって来る前に彼女は光と化して私の目の前から消えた。

即座に身を翻して逃走すると、数人の騎馬兵が私の方に向かってきて、矢が何本も背後から飛んできたが、深夜で見えにくいことが幸いし、当たることはなかった。入り組んだ小道を逃げ回り、危うく追いつかれそうになった時に西洋から持ち帰った火打石銃を懐から取り出し、振り向きざまに一発発射した。銃声が耳をつんざき、命中した一人が崩れ落ち、他の数人が慌てふためいて馬を戻して去っていった。

周囲は再び静寂に包まれた。寒さと暗闇の中、唯一の温もりである光はすでに消え去った。六百年以上後――いや、前だ――にならないと光らない。

この場に長く留まりたいとは思わず、廃墟に身を隠した。そこには天井の梁から首を吊って死んでいる女がいて、足元には赤ん坊の死体があり、どちらも死後何日も経っており、辺りには呼吸もできないほどの死臭が立ちこめている。とうとう我慢できなくなった私は嗚咽を漏らした。会いそびれた朱利のためばかりではない。この時代の尽きることない苦難のために、世界の裏側の人々が全く新たな歴史を切り拓いている時に、三千年間風雨にさらされ、今もなお一度また一度と歴史が繰り返す災禍から逃れられない私たちのこの国のために。いつになったら、いつになれば本当の未来を見つけられるのか……。

長い間泣き、すっかりくたびれてまどろみ眠ろうとしたが、眠る前にさっきの些細な出来事がふと頭をよぎった。一つわかったことがある。因果の環の最も重要な部分がはまった！

私こそが朱利の腕輪を壊し、彼女を未来に帰れなくさせた張本人だったのだ。

7

旧時代が過ぎ去り、新時代がまた訪れる。人類は地下の石炭や石油が持つ驚異的エネルギーを放出し、科学技術と工業によって摩訶不思議な新世界をつくり上げた。この間は花束と拍手のみあるわけではなく、相変わらず血腥さと罪悪に満ちており、これまで以上ということさえあった。しかし人類は初めて、安定と動乱の終わりのない繰り返しから抜け出る希望を持てた。そして東方にある悠久の歴史を持つ国は苦難を経て傷だらけになってから、新たに生きる希望を燃やしていた。

私はまだ生きていた。世界の移り変わりや変遷を幾度となく味わったが、二千年前と同様に若々しく、遙かに長い歴史を乗り越える旅が最終的な時代に到達し、私の人生において最初で最後の秘密が解き明かされるのを辛抱しながら待っていた。

科学が発達し、社会の管理が日に日に厳しくなるこの時代において、永遠を生きる人間が目立たずに生きていこうとするなら、ほとんど残されていない深山幽谷に身を隠すか、調査しようと考えなくさせるほどに強大な力を持つかだ。私は後者を選び、十九世紀に南洋を下ってそれからアメリカに行った。以前、朱利《ジューリー》が知らず識らずのうちに漏らした未来に関するささやかな情報——たとえばアメリカの勃興や自動車の出現——のおかげで私は商機を摑み、二十世紀初めに広大な商業帝国を打ち立てた。私の名声は表に現れることはないが、何人もいる名だたる家族は私の代理人に過ぎない。

二十一世紀になり、私は科学技術の研究開発に巨額の資金を注ぎ込んだ。使い道は主に二つ、一つは不老不死の薬、もう一つはタイムマシンだ。その世紀の中頃、両方の分野で重要なハードルをクリアしたが、それでもまだ実験段階だった。いわゆる不老不死薬は、実は極小のスマートナノマシンであり、人体のさまざまな損傷を修復しテロメラーゼを活性化させ、全身の細胞が分裂し続ける状態を維持することで不老不死を実現できるというものだ。一方、時空のワームホールもすでに発見されていたが、あらゆる障壁を通過できる時空の歪みの力はタイムトラベルを本当に行う上でかえって死の壁となった。

両者は最終的に、予想もしない形で結び付いた。不老不死薬を服用して人体を改造すれば、時空の歪みによる体への巨大な衝撃に耐えることができる。しかし永生カプセルは全ての人間に対して効果を発揮するわけではなく、人体に存在する非共通の拒絶反応によって何人もの被験者が服用後に目覚めることがなかった。更に恐ろしいことに、永生カプセルを服用すると生殖能力が失われた。これでなおさら尻込みさせたのは言うまでもない。

そのため、タイムトラベル実験には多くの申し込みがあったが、総合的に考えた結果、時空理論を研究して人体改造も受けた一人の女性大学院生が候補に挙がった。

彼女の名前は——朱莉、またはJulieという名の若い中国系アメリカ人女性だ。

ニューヨークのマンハッタンにある新ワールドトレードセンターのオフィスで、私はパソコンに表示されている朱莉のファイルに目が釘付けになった。そこには小さな顔写真しかないが、若くあどけない顔に、優しいが意志の強さを感じさせる瞳だ。この顔に見覚えはないが、懐かしくてたまらなくもある。

私は長い時間腰を下ろしたまま、ようやくペンを取って承認のサインをした。

少し調査すると朱莉のあらゆる経歴が判明した。私は彼女の家族の歴史を知り、彼女がSNSにアップロードした写真と文章全てに目を通し、彼女のルームメイトにボーイフレンドが何人いるか、彼女のお手伝いさんが猫を何匹飼っているかまで把握したが、彼女に会おうとはしなかった。それは因果の環の中にない。

三ヵ月後、中国成都。

私が投資し建設した「武侯院」の時空実験センターで、私は片側からしか見られないマジックミラー越しに、知り合って二千八百年になる少女を再び見据えた。現在の彼女は若々しく、実験スタッフに囲まれながらホールに入ってきた腕には腕輪、背中にはリュックを背負い、ホール中央にあるあの当時の祭祀台と酷似した円形の高台に近付き、まだ何も知らない帰ることのない旅の準備を始めた。

朱莉の任務はとても簡単だ。四十年以上前の成都で数時間過ごし、二〇一七年に行われた国際SF大会を見学するというものだ。たとえバレたとしても、大会の特別なパフォーマンスだと思われるだろうし、本物のタイムトラベラーだと気付かれたところでそこにいるSF作家もさほど驚かないだろう。

しかし私は知っている、この旅行にきっとトラブルが生じるということを。少し強張ってはいるものの自信に満ちた朱莉の顔を見ていると、目に映るもの全てが、目の周りがうるむ中で徐々にぼやけていった。朱莉はこの旅で何が起こるのか知っているのか？　遥かなる時間の辛い旅の中で、静かで幸せな日々を過ごすこともあるとはいえ、歴史の残酷さと運命に翻弄されることの方が多く、その都度傷つき、捕らえられ、死にさえする。彼女はこれらをどのようにして受け止めるのか？　さらにさかのぼった先の見知らぬ歳月の中で、自分がいた時代や家族のことを考えないのか？　自身の選択を悔やむことはないのか？

私は涙をぬぐった。「因」があれば「果」があり、「果」があれば「因」もあるが、本当にこれを完成させなければならないのか？　どうしてこの全てを阻止しない？　もう良いだろう、私は塵と消え、この研究センターも無に帰さないとは限らないが、三千年近く生きてまだ足りないというのか？全てが朱莉から借りたものであるなら、彼女に返さなければならないのも道理だ。結局全てがゼロになれば、朱莉は二十一世紀を平穏に過ごしていき、彼女の長い人生は未来にあるのであって、過去に展開してはいかない。

往事を思い出した。二千年以上前に楚国を出る時、知者の師にして友人の荘周はこう言った。「彼女に会いに行くことが良いこととは限らないと考えたことはないか？」

「しかし必ずや会いに行かなければ！　私の全ては彼女から賜ったもの。彼女と私の間にはある種の……切っても切れない関係があると思うのです」

「切っても切れない？」彼は意味ありげな笑みを浮かべ、静かに首を振った。「以前話したあの故事を覚えているか？　二匹の魚が干上がった水たまりの中、あぶくを立てて互いの体を濡らし合うより、広大な江湖や海の中で互いに忘れ合うことのほうが、真の自在なのだ」

荘周は正しかった。しかし私は二千年以上経ってようやくこの道理がわかった。だが因果の環がまだ閉じていない今ならまだ間に合う。今こそ、江湖に相忘れる時だ。

実験のカウントダウンが残り十分を切った時、私は意を決して武侯院の院長を呼び、「あの娘を替えて他の人間にしてくれ。彼女は不適切だ」と告げた。

「え？　それは……こんなに時間をかけて準備をして、もう始まるというのに……」

「だから今すぐ止めるんだ！」と私は声を尖らせた。

院長は私というスポンサーに敢えて逆らおうとせず、実験エリアに走っていき朱莉に実験台から下りるよう大声で呼び掛けた。朱莉が反論しているのが見え、信じられないとばかりに泣き出した。私は全てが終わったと悟った。

胸をなでおろした私は椅子に倒れ込み、目を閉じて次の瞬間に自分の魂が飛散し虚無に帰すのを待った。しかしいくら待っても体には何も起きず、聞こえてくる騒ぎがますます大きくなり、院長がまた走って戻ってきた。「杜《と》さん、大変です。朱莉が……朱莉が……」

「朱莉がどうしたんだ？」私はにわかに立ち上がった。

「あの子は強情で、下りようとしないんです。絶対に任務を達成すると言って、時間遡行装置を強制的に起動しました。私は止めようとしたのですが間に合わず……」

私は信じられず目を見開き、頭が混乱した。

「それに」院長が苦悶の表情を浮かべる。「時空波動のデータによると、出発があまりにも慌ただしかったせいで彼女の時間入力にエラーが生じました。飛び越える時間は予定の十倍となり、四十一・二年前ではなく四百十二年前になりました！　つまり……一六……」

「一六四六年」私はとっくに答えを知っていた。

「そうです。一六四六年は……何時代でしたっけ？」

「何時代？　はははは……」

誰かの狂ったような笑い声が聞こえたが、だいぶ経ってからやっと自分のものだと気付いた。このエラーは私が引き起こしたものだったのだ！　私は最初から、朱利を誤った時代に出現させ、それから方向転換が不可能な時間の深淵に行かせた。一六四六年、九六二年、一九九年、紀元前三一九年、紀元前八〇七年……。

それから？

「杜宇、あなたは死なない。でも今後、私はもうあなたに会えない。体を大切に」これは二千八百年余り前の初めての出会いで、朱利が私に告げた最後の言葉だ。

もちろん、別れてから約五百年後に私は朱利と再会したが、それは一つ前の彼女であり、二千八百年前に最後に私に会った朱莉は身を翻してさらに遠くの、私はおらず、既知の文明がほとんどない――少なくとも成都付近にはない時代へ行った。五千年前、一万年前、何という時代で、いくつ時代があるのかも、神のみぞ知る。

朱利は正しい。あの後、彼女は永遠に私のもとを去り、私は二度と彼女に会えなかった。

それとも……。

ひょっとしたら……。

私は不意に頭を上げ、不安げに落ち着かない院長に「彼女がいつの時代に行ったかわかるか？」と聞いた。

「時空波動が痕跡を残しているので、理論上は見つけられます。しかし容易ではありません」

「腕輪の予備はあるか？」

「あと二つあります」

「どちらもよこせ。私が彼女を探して連れ戻す」

今度は院長が言葉を失った。「無理に決まってるでしょう？　あなたはまだ人体の強化も改造もしていないんですよ……」

今度は私が心から笑った。「していないって誰が言った?」

8

時空波動はダークマターの構造を変え、年輪のようにダークマターの奥底に刻まれる。成都付近のダークマターデータをコンピューターが解析し、紀元前八〇七年より前に千以上もの時間波動と思われる痕跡が見つかった。朱莉《ジューリー》が行ったのかもしれないし、行かなかったのかもしれない。時間遡行の腕輪はその時点に到達できるが、少しずれが生じる可能性もあり、そのずれは数時間かもしれないし、数百年かもしれない。要するに、朱莉を見つける確率は限りなく低い。

その上、三千年に及ぶ蛇行した因果の環はすっかり完成され、閉じられ、これまでと違って朱莉と再会できる裏付けも、生きて戻って来られる保証もない。

しかしそれでも私は出発し、有史以前の成都平原に何度も行った。原始の田畑から無人の広野まで、サーベルタイガーが吼《ほ》える雨林からマンモスが闊歩する氷河まで。無数の忘れ去られた神秘の世界を。最終的に一体どれほどの月日が経ったのか、私は果てしなく広がる大海原のそばで足を止めた。ここは私が見た中で最も美しい海だ。空気はさながら純酸素のように甘く、海はこの世のものとは思えないほど青く、空はさらに高く澄みわたっている。太陽が微細な金粉を海面に振りかけ、太陽の二倍ほどある月が気球のように空にかかっている。月明かりの下には、下には……。

私は信じられず目を閉じ、また開けたが、目の前の全ては変わらずにそこにあった。これは本当だ。

心臓が胸から飛び出さんばかりに高鳴るのを覚え、慎重に足を進めた。目の前の光景が時空の乱流でかき消されるのではないかと恐れているように。ジュラ紀の細かな砂粒が私の足の甲を埋め、泡をまとった波が万古の砂浜に寄せ、私の足音をも消す。遠くないところで細い影が海辺の岩に腰を下ろし、テチス海から吹く温かな風が鳥の濡れ羽色の長い髪と玉石が縫い込まれた絹の衣をなでる。その人影は空と海の間を泳ぐプレシオサウルスを眺めており、私が来たのに気付いていない。

私は音を立てずその人の後ろに回り、深く息を吸い込んだ。

「また会ったね」

著者付記

この小説の初期バージョンは第四回成都国際SF大会の際に約束を取り付けて執筆した特別なストーリーです。作中に登場する杜宇、朱利、開明王、張修ら人物や出来事は歴史上、伝説上に数多くのモデルが存在します。興味のある読者は蜀国や四川の歴史に関する書籍を参照してください。

最初のタイムトラベラー

第一个时间旅行者

阿井幸作訳

「……準備段階が終了しました。一分後に時空融合に入ります」優しげな合成音声とともに赤ランプが点灯した。これはタイムマシンがもう戻れない臨界状態に突入したことを意味しており、彼の心臓が狂ったように鼓動し始めた。この瞬間から、全てのプロセスは止めることができなくなる。

「六十、五十九、五十八……」カウントダウンが始まった。

始まる！　本当に始まるんだ！　彼の全身が小刻みに震え出した。長い準備を乗り越え、この瞬間と冷静に向き合えると思っていたが、それは間違っていた。

これは彼自身が研究開発に携わったタイムマシンであり、十数年もの青春の歳月を捧げた、世界でも前例のない事業だ。最初の試作機がついに完成したのである。そして彼は自ら志願し、厳しい選抜をくぐり抜けて、初の人間による被験者となった。

彼は人類史上初のタイムトラベラーとなり、その名が歴史に刻まれることになる。

「四十五、四十四……」

現在、彼は宇宙飛行士のような重量感のある服を着ており、三メートル四方の乳白色の部屋の中央に立っている。四方には壁にいくつか表示ランプがはめ込まれているほか、何の計器も見当たらない。この「部屋」そのものが巨大なマシンの内部であり、マシンの発射室だからだ。そしてマシンそのものは高さ四十メートル余りと、原子炉のように巨大だ。これこそ数多《あまた》の専門家や技術者による十数年間の努力の成果、時間遡行機だ。

彼はますます緊張し、突如として強い後悔に襲われ、ここから一目散に逃げ出して外の世界に戻りたい衝動に駆られた。だがそれは不可能だとわかっていた。現在この部屋は完全に密閉されており、原子爆弾でも破壊できない。なぜなら間もなく数百万トンのＴＮＴに匹敵するエネルギーが注入されるからだ。

時間遡行機の基本的な原理は、膨大なエネルギーによって時空を歪め、この「部屋」内部の時空を過去に戻し、異なる時空域と融合するというものだ。このプロセスにおいて過去の時空域の物質が未来から来た形態に取って代わられ、これによって質量保存の法則に反しない状況でタイムトラベルを実現する。

「三十一、三十……」

彼は自分がマウスになった気がした。彼より先に当然ネズミやウサギ、サルで実験しており、実験後それらはみな消失し、再び現れることはなかった。これまでに彼らはネズミやウサギがどこからともなく現れたり消失したりするのを観察したことがなく、それならばそれらは過去へ戻り、別のタイムラインを創ったのだろう。だがこの時空では科学者が観察できないものだ。

もちろん、何らかのミスによって跡形もなく消し飛んだり、時空の隙間に落っこちたりすることもあり得る。
いずれにせよ、彼はもうすぐ理解することになる。

「十五、十四……」

理論上、マシンが戻せる時空座標と送り込むエネルギーは比例し、エネルギーが大きいほど戻る時間も長くなる。だがこの試作機はあまり多くのエネルギーを送り込むことができず、よくても数カ月前に戻れるぐらいで、たった数日前もあり得る。彼は彼自身のままで、生活にさほど大きな変化が起こることはない。
だがもういい。この時空の人々が実験の成否を知ることができずとも、彼が過去に戻ってから別の分岐したタイムラインで誰かに伝えることはできる。時空の融合が終われば、過去の彼はたちまち消え、未来から来た自分に取って代わられるが、自分の身元を証明するために、彼はタイムマシンに乗る直前に仕入れた情報を大量に保存した超小型パソコンを携帯している。数分前に観測した宇宙からのガンマ線データ、ニューヨーク証券取引所の最新動向、終わったばかりのスポーツの試合結果など、これらは普通に考えて彼のタイムワープが原因で変化することはなく、彼が確かに未来から来たのだと過去の人々に証明するには十分だ。

「十、九、八……」

赤ランプが点滅し出した。時空融合が間もなく始まる合図だ。彼は全身汗でびしょ濡れで、これまで時間がこんなにも遅く、またこんなにも速く流れることを感じたことがなかった。

もちろん、これらの推測がみんな間違いという可能性もある。理論はあくまで理論だ。彼が目を開いたら、唐代の宮廷や三国時代の戦場だったということも、皇帝の目の前に現れることさえあるかもしれないが、それは誰もわからない。何でも起こり得る。彼はすでに宇宙服に似た防護服を身にまとい、酸素マスクを装着し、さらに必要な武器、薬品、圧縮成形食品などを背負い、他時空でも生き延びる確率を可能な限り高めている。

心の奥底では、そういう事故が起きて、はるか昔の知られざる時代に飛ばされ、さまざまな冒険を繰り広げて全く新しい生活を送る……という小説のようなことも望んでいた。子どもの頃、『尋秦記《じんしんき》』を読んで空想したことを思い出した。


「七、六、五……」


万が一マシンが故障したらどうする？　彼はたまらず不安になった。だが時空融合時には、広島に落ちた原子爆弾一〇〇個分に匹敵するエネルギーが一瞬でこの室内に注ぎ込まれることになる。本当に失敗したとしても、彼は刹那でちりと消え、少しの痛みも感じず死ぬだろう。

もちろん、普通に考えたらそういうことは起こらない。何種類もの動物による実験をクリアし、事の重大さを考えて、人体実験前には作業スタッフが全パーツを念入りに検査し、万全を保証した。この時点でミスが起きる理由がない。

もちろん、タイムワープする瞬間、人体の生理的構造の脆弱《ぜいじゃく》性のため、正常な場合でも電気ショックのような強烈な痛みは避けられないという推測が出ている。だが一瞬の出来事にすぎず、すぐに過ぎ去る。あまり心配しなくていい。

「四、三、二……」

いよいよだ！　彼はめまいを覚えた。自分が宇宙に行く前のガガーリンになったように思え、仲間や友人たちから見守られ、祝福され、ほほ笑みながら彼らに手を振る光景を想像した……。しかしそれは錯覚で、時空融合環境の純粋性が干渉を受けないよう、彼がここへ入ってからは外界と隔絶されるので、彼らはこの部屋で何が起こっているのかわからないし、彼も彼らが何をしているのか知るすべがない。

だが大丈夫だ。すぐにまた彼らに――数日、数カ月、あるいは数年前の彼らに会えるかもしれない。彼らに、未来からワープしてきたのだと彼は告げる。彼らが驚愕と羨望に満ちた眼差しを送り、彼を囲み、歓声を上げるのを想像し、いてもたってもいられなくなった。

彼はついに心理的な重圧を解き放ち、自信満々にこれから訪れる未知の運命に身構えた。

「一、スタート！」

赤ランプが消え、緑ランプが点灯し、穏やかな緑色の光が身も心も引き裂くような痛みを伴って彼を包む――

それから、緑色の光が消え、痛みも引いてきた――

「……準備段階が終了しました。一分後に時空融合に入ります」優しげな合成音声とともに赤ランプが点灯した。

九百九十九本のばら

九百九十九朵玫瑰

稲村文吾訳

1

大学三年のあの日曜日のことは、いまでもはっきり覚えている。春の終わりごろ、一年で最高の季節だった。ぽかぽかと暖かい陽気で、しかしまだ暑くもなく、雅やかな鳥の声があちこちから聞こえ、あたりにはうっすらと花の香りが漂う。草木はこぞって枝を伸ばし芽を付けて、生命の力がそこかしこにほとばしり、しかし思うままに咲きほこるにはまだ早い。たくさんのすばらしいできごとがまもなく訪れるような、ただしまだ始まってはいないような気分だった。ぼくたちの心はつねづね名前のない情熱に支配され、一方で言葉にできない憂鬱をたえず感じていた。あの日の晩、寮の部屋に入ってくる大勇《ダーヨン》の足どりは軽く、鼻歌まで歌っていた。それまで告白のあとは毎度うなだれ、気落ちしていたのとは大違いだった。

「成功したのか?」大急ぎで尋ねる。自分の鼓動まで速くなっている気がする。

大勇《ダーヨン》はうなずいたあとで、迷うように首を振った。「あれが成功か、おれもわからないんだが……」

「その場で断られなかったんなら、成功ってことだろう!」この部屋の〝長男〟格、老大《ラオダー》がベッドの上段から顔を出して言った。「大変だったな、おまえ、沈琪《シェン・チー》のことは二年以上も追いかけて、やっとうちの科のマドンナに食らいつけたんだから」

「まだまだだろ」老四《ラオスー》は不審げだ。「沈琪《シェン・チー》が惚れてくれるか？　こいつが宝くじで五億も当てれば別だけど……」

「話の腰を折るなって」ぼくは言う。「大勇《ダーヨン》、いったいなにがあったんだ？　詳しく話してみてよ」

「最初はこのまえと同じ感じだったんだ。階下《した》に呼んで、今晩の映画のチケットを渡して。すぐにいらないって言われたからもうちょっと頼みこんだら、受けとったチケットを丸めてゴミ箱に放りこんで、背を向けて歩き出した」

「それは……断られたんじゃないのか？」ぼくはそう返した。

「でも何歩か歩いたところで、こっちを振りかえって言ったんだ。おれが九百九十九本のばらの花を贈ることができたら、そのときは誘ってくれてもいいけどって。よく考えないで、わかったって言ったら、あの子は笑って行ってしまった。そんな数のばらを買うなんて、どうやって金を集めたらいいかここまでずっと考えてた」

「馬鹿だなあ！」すかさず四男格、老四《ラオスー》が率直に言う。「そんな話もわからないのか？　沈琪《シェン・チー》は、おまえは引きさがったほうがいいってはっきり言ったんだよ」

「どういうこと？」大勇《ダーヨン》は頭をかく。

「いま着てるそのぼろを見ろよ」老四《ラオスー》は容赦がない。「ぜんぶで百元もしないだろ？　どっから見てもただの貧乏学生だ、九百九十九本のばらなんて贈る金がどこにあるんだ？　安くたって……四、五千はするだろ、おまえの飯代《めしだい》半年分にはなる。沈琪《シェン・チー》はな、おまえにうんざりして、断る理由を付けてきただけなんだよ」

「そういうことか？」大勇《ダーヨン》ははっと目を覚ましたようだった。

「老四《ラオスー》は口は悪いが、言ってることは間違ってない」老大《ラオダー》が話を続け、次男格の大勇《ダーヨン》に語りかける。

「老二《ラオアル》、おまえが沈琪《シェン・チー》を狙いつづけてずいぶん長いが、おれたち兄弟も忠告してこなかったわけじゃない。都会の生まれで、家は金持ち、甘やかされて育った、ああいう女子は、おまえとは完全に不釣り合いなんだ。どんなに努力しても、受けいれてはくれないぞ。これ以上つきまとわれるのがいやで、わざと難題を出してきたんだと思うがな。達成できなければ当然、おまえは面目なくてこの先もうあの子に会いにいけないってわけだ」

「達成できないと思うか？」負けじと大勇《ダーヨン》は言う。「ばらが何百本かだろ、四、五千かかるったって、おれはバイトして金を稼いで、節約して、一年半もあれば貯めてみせるからな！」

「馬鹿が。一年半先？　沈《シェン・》琪《チー》だぞ、何十人も周りをうろついてんだ、おまえを一年半も待ってくれるかよ」老四《ラオスー》が鼻で笑う。「最近、演劇部の看板俳優の李佳《リー・ジア》とか、学生会長の孫凱《スン・カイ》も必死であの子を狙ってるんだってな。どっちも学内じゃ有名な、一目置かれてるやつらだってのに、おまえはどこで張りあうんだ？　何日か後にはだれかとくっついてもおかしくないんだ、おまえが入る隙なんかあるかっての」

「じゃあどうすれば？」大勇《ダーヨン》は懇願するようにぼくらを見る。「みんな、助けてくれるよな！　じゃあこうしよう、ええと……おまえたちに金を貸してもらって、ばらを買う。金はあとでバイトしてちょっとずつ返すからさ！」

「それは……」老大《ラオダー》はすこし困った様子で、ぼくと老四《ラオスー》を見る。老四《ラオスー》は冷たく笑って、むこうを向いてパソコンをいじり出した。ちょっと考えてぼくが答える。「大勇《ダーヨン》、みんな手を貸したくないわけじゃないんだ、おまえのためにならないと思ってるんだよ。おまえはいま、わかりやすく沈《シェン・》琪《チー》にこけにされてるのに、金を借りてばらを贈って、意味もなく借金を背負うなんて馬鹿のすることだろ。しかもだよ、さんざん駆けずりまわってばらを買ってきて、沈《シェン・》琪《チー》も一回デートに応じてくれたとしてだ、映画を観て飯を食ったらもうバイバイなんじゃないか？　こんな大金が無駄になるんだぞ。あきらめろって、こういうのは力押しじゃどうにもならないんだ」

大勇《ダーヨン》は納得いかない様子で言いかえそうとしていたけれど、結局なにも言わずに長々とため息をついて、ベッドに倒れこんで宙を見つめていた。あきらめていないはずだとわかっていても、ぼくはなにを言えばいいかわからず、とりあえず頭を冷やしてもらうことしかできなかった。

人と人との関係というのは、縁か軛《くびき》か測りがたいときがある。いずれにせよ姜 大勇《ジアン・ダーヨン》は、新入生の集まりで初めて沈 琪《シェン・チー》を見たそのときに一目惚れしてしまったのだ。もちろんそのときは男子が十人いれば九人は沈 琪《シェン・チー》に引きつけられて、狙いはじめる度胸のあるやつも三、四人はいたから、大勇《ダーヨン》が特別とは言えない。しかし二年が経って、ほかのみんながだんだん現実を知って引きさがっていったのに、クラスの男子のなかでも大勇《ダーヨン》一人だけがいまもあきらめないでいた。

だれが見たって、大勇《ダーヨン》と沈 琪《シェン・チー》は生まれた家についても、暮らしぶりについても別世界の住人で、間違いなく釣りあわないし、沈 琪《シェン・チー》が大勇《ダーヨン》を好きになるはずがない。なのに大勇《ダーヨン》は変わらず強情に突っ走り、沈 琪《シェン・チー》のだれよりも忠実な崇拝者になっていた。ぼくらだって何度も言って聞かせたのに、聞き入れてくれない。たてつづけに告白が失敗してもその決心が揺らぐことはなかった。今日で四回目、沈 琪《シェン・チー》のその場しのぎの言葉からも希望を見いだしているのだから、この執念は強まる一方で、ひとりでに消えるとは思えない。

沈 琪《シェン・チー》はすらりとスタイル良く、眉目秀麗で、美しく流れる長髪と、とびきりすてきな容姿をしているし、しかも歌って踊れて、いくつものサークルの主力で、どこに行っても男子たちの視線を引きつける。みんな口では無関心なように言うけれど、胸のなかでなにも考えてないやつなんているだろうか。でもぼくらは大勇《ダーヨン》よりも多少身のほどをわきまえていて、沈 琪《シェン・チー》は理想がとても高く、ぼくらのような普通の男子に目を留めるはずはないとわかっている。ときどきぼくは、大勇《ダーヨン》のことがひどくうらやましくなる。すくなくともあいつには自分を主張する勇気がある。沈 琪《シェン・チー》はハエを追いはらうみたいにうんざりしているけれど、心のなかに大勇《ダーヨン》の存在は残っている。でもぼくは、いっさい存在を意識されてないんじゃないだろうか。

でも大勇《ダーヨン》もあの有様だ。あいつの経済状況はよくわかっている。毎月実家から送られてくる五百元（約八千円。一元は約十六円）を頼りに、バイトで稼いだ一、二百元を足してかつかつの毎日を送っている。持っているパソコンも携帯も中古品だ。あいつは孝行息子ってわけじゃないが、職を失った両親の棺桶代まで自分のものにするほどじゃない。借金をする以外に、ばらを買う数千元の金をどうすれば手に入れられるのか、ぼくはいっさい思いつかない。売血に行ってもそんなには稼げないはずだ。

しかし大勇《ダーヨン》は違うことを考えていた。つぎの日、大勇《ダーヨン》は朝からどこかに出かけた。昼に図書館で見かけたときは全神経を集中させて分厚い英語の本を読んでいて、物理学関係の本らしく、ページは道士の書く鬼画符《グイホワフー》さながらの公式と記号で埋めつくされている。ぼくは心から感心した。こいつはふだん四級英語試験《CET4》（中国の大学で実施される統一の英語能力試験）を見ただけで頭が痛くなるのに、どうしていまになって学問に打ちこみはじめたんだろうか。

「なにやってるんだ？　俗世と縁を切り、真理に目覚め、学究に心血を注ぐってやつか？」横に腰を下ろして冷やかす。

「方法を考えてる」

「どんな方法？」気になって尋ねる。

「それは……いまは言えない」煮えきらない答えだった。「おれもかならず成功するかはわからない、でも成功する可能性があるとしたら、かならず成功するんだ」

「なんの謎々だよ」

「とにかく、土曜日に――」真剣な顔で言う。「つまり五月十九日には、九百九十九本のばらが現れる。もっと多いかもな」

「どこから金が出てくるんだ？　親戚が花屋をやってるとか？」ぼくは仰天していた。

大勇《ダーヨン》はすぐに答えを返さず、そこに沈《シェン・》琪《チー》が姿を現した。白い服に赤いロングスカートを合わせ、すらりと立ったその姿は輝くばかりだった。十数メートル先からでも、ぼくらはその輝きを感じることができる。まるで周りの本棚まで照らし出されているみたいだ。

遠くからぼくらを見つけた沈《シェン・》琪《チー》はすこし気まずそうな顔になったが、それでも礼儀を保って会釈し、立ち去ろうとする。大勇《ダーヨン》を避けようとしているだけで、ぼくは関係ないとはわかっていたが、多少釈然としない気分になるのはいたしかたなかった。

「沈《シェン》……沈《シェン・》琪《チー》！」大勇《ダーヨン》が顔を紅潮させて、大声で呼びとめた。「言っておきたいことがある！」早足に近寄っていく。ぼくは一瞬迷ったあと後ろをついていった。

演劇部の李《リー・》佳《ジア》が、沈《シェン・》琪《チー》の後ろからぬっと現れた。顔には敵意が浮かんでいる。金持ちのお坊ちゃんで色男風の、気分の悪い野郎だ。とはいえ、ぼくと大勇《ダーヨン》が束になってもかなわない男前なのは否定できない。大勇《ダーヨン》が向かってくるのを見て、女主人の護衛を気取って沈《シェン・》琪《チー》のまえに立ちふさがった。

「沈《シェン・》琪《チー》、言っておきたいことがあるんだ」大勇《ダーヨン》は李《リー・》佳《ジア》を完璧に無視していた。

「あの件は……わたし昨日、はっきり伝えなかった？」逃げ場はないと知って、沈《シェン・》琪《チー》はあきらめたように言う。

「問題ない」大勇《ダーヨン》は言う。「もう予約は済んでる。今週の土曜の夜七時半、待っててくれないか。時間きっかりに、九百九十九本のばらをきみの寮に届けるから」

「ええっ？」沈《シェン・》琪《チー》はたぶん、自分の耳がおかしくなったと思っている。「ほんとうにお花を買ってくるってわけ？」

「気にしなくていいのさ、そのときになったらわかる」大勇《ダーヨン》は勇ましく告げたが、次の言葉で貧乏《パイグー》たらしい地金が見えてしまう。「その、もうすぐお昼だろ……飯に行こうよ、第一食堂の排骨をおごるからさ、どうかな？」

大勇《ダーヨン》はなにを考えてるんだろうか。まずデートして、あとから花を贈る？　しかも女子と食堂でご飯にするって？　よくそんなことを思いついたな。

沈《シェン》・琪《チー》は思わず笑みを浮かべ、李佳《リー・ジア》はというと鼻先で冷たく笑った。笑みを浮かべていた沈《シェン》・琪《チー》は顔を上げ、真面目な顔で言う。「それはだめ。言ったでしょ、花を受けとったら、あなたとご飯に行くって」

「いいさ」大勇《ダーヨン》は返す。「じゃあ土曜日、寮で待っててくれよ。ばらの花は寮の前まで届けるから、そうしたらかならず下りてきてほしいんだ」

「わかった」沈《シェン》・琪《チー》は言う。「じゃあ、そういうことで。いまから演劇部は練習があるから、それじゃあ！」ぼくに会釈するのは忘れず、背を向けて軽やかに立ち去る。

歩いていくその姿を、大勇《ダーヨン》は心ここにあらずの様子で本棚にもたれていつまでも見つめ、沈《シェン》・琪《チー》が角を曲がって姿を消しても視線を送っていた。ぼくは質問する。「大丈夫なんだよな？　花を贈るってことにして、先にデートに連れ出すって計画だったのか？」

「もちろん違うさ」大勇《ダーヨン》は言った。「もっといい計画があるんだよ。おまえにはぜったい思い浮かばない」

2

沈《シェン》・琪《チー》にアピールを始めて以来、大勇《ダーヨン》はなんでもぼくに相談してきたが、今回はいつもと違い、意地でも計画を話そうとしなかった。しかし午後になってぼくはその計画を知ることになる。ずいぶんな偶然だが、講義が終わって隣の自習室を通りかかったとき、たまたま部屋のなかに目をやったら、大勇《ダーヨン》が自習室のすみで必死になにかを書いているのを目にしたのだ。なにか妙だなと思った。こいつがふだん行っている自習室は知っているけれど、ここに来ていたことはない。今日はなんでこんなに遠い自習室までやってきたんだろうか？　もしかして、知りあいの目を避けるため？

好奇心に動かされて、うしろから教室に入り、足音を殺してやつの背後に歩いていき、肩越しに覗きこんだ。便箋に忙しくペンを走らせているのが見える——

はるか未来の子孫たちへ

元気にやってるか？　おまえたちの先祖の姜《ジアン》・大勇《ダーヨン》だ。おまえたちがこの手紙を読むときには、もう西暦二二〇〇年か、三〇〇〇年か、ことによると一〇〇〇〇年になっているかもしれない。おまえたちがどんな社会で、どういう生活をしているかはわからない。想像がつかない。未来はなにもかもいまの自分たちの想像を超えてくる。でもわかっているのは、歴史は連続していて、おまえたちはおれの子孫だということで……

いったいなんなんだ、こいつは？　心のなかでつぶやきながら先を読みすすめる。

おまえたちのDNAはおれから遺伝している。おれがいなければおまえたちはいない。当然、おれが心から愛する伴侶がいなければ、つまりおまえたちのずうっと上のおばあさんがいなければ、やっぱりおまえたちはいない。だからおまえたちの存在は、ある意味ではおれがその女性と出会うところから始まっている。名前は沈《シェン》・琪《チー》といって……

「なんだって！」ぼくは思わず声を上げた。

振り向いてぼくを見た大勇《ダーヨン》は顔色を変え、慌てふためいて便箋を隠そうとする。「よせって。いったいどういうことなんだ、見せてくれよ」好奇心を大いにそそられ、反射的に手を伸ばしていた。大勇《ダーヨン》が狼狽《ろうばい》しているうちに、便箋は一枚ぼくの手に渡ってしまう。〝返せ〟と大勇《ダーヨン》は大声を上げ、奪いとろうとしてきて取っくみあいになった。自習していたほかの学生から文句を言われた。「けんかなら外でやれよ！」

すぐに謝って、ぼくは大勇《ダーヨン》と部屋を出ると、階段前に場所を移した。ぼくの手に握られたままの便箋を見た大勇《ダーヨン》の顔は赤くなったかと思えば白くなったが、怒りをぶつけるわけにもいかず結局あきらめた。しかたないというように手を振り、ぼくが読むのを許す。

おれたちの恋愛と結婚がなければ、おまえたち、わが子孫も存在しない。この点を意識するんだ。しかし、おれがその女性と付きあうことになったのは、おれが彼女に、自分の金では買えない九百九十九本のばらを贈ることで、やっと彼女の心を動かしたからだ。そのくらいのばらは、おまえたちの時代ではきっとなんてことはないだろうが、おれにはとても払えるものじゃない。そしてもしそのばらがなければ、おれと沈《シェン・チー》琪が付きあいはじめることはありえない。だからおれは、おまえたちの協力を頼む必要があるわけだ！　人類の科学の発展は日進月歩だ。おまえたちの時代にはタイムマシンがもう実現していることだと思う（もしまだ実現していないなら、この手紙を代々伝えて、タイムマシンが発表される時代まで残してくれ）、ということでどうにかしてこの時代まで戻り、九百九十九本のばらを西暦二〇一二年五月十九日十九時三十分の燕華《イエンホワ》大学、三十六号寮のまえに届けてくれ。そこがおまえたちの祖先、沈《シェン・チー》琪が住んでいる場所だ。おれはそこで待っているから……

ここまで読んでぼくはとても我慢ならなくなり、便箋を放り出して笑いころげた。腹を抱えて笑いながら大勇《ダーヨン》を指さす。「おまえ……おまえが思いついたっていうのはこれ……このアイディアなのか？　こいつ、《科幻世界》の読みすぎだろう、あっはっは！」金欠の大勇《ダーヨン》だが、毎月金を払って《科幻世界》を買うのは欠かさなかった。とはいえここまでSFにのめりこんでるとは思いもしなかったぞ。

しかし大勇《ダーヨン》は笑うことなく、ため息をつく。「だから言いたくなかったんだ、そういう反応なのは予想がついてたからさ」

「でもおまえ、これは……さすがに正気の沙汰じゃないだろう！　はっは……」

「でもたしかに、じゅうぶんにありえるんだ」大勇《ダーヨン》はおごそかに言った。

「そうかそうか、なんでこんなことがありえるんだ？」より気分よく笑えるよう、ひとまず笑い声を収める。

大勇《ダーヨン》の理屈は言ってしまえば簡単だ。未来は不確定で、一つの世界からは起こりうる歴史の道程が無数に分岐していくと考える。ある一つの起こりうる分岐において、大勇《ダーヨン》と沈琪《シェン・チー》は結婚し、子供が生まれ、子供がまた子供を生み……このすべてを起こりうるものにする基礎は、大勇《ダーヨン》が沈琪《シェン・チー》に九百九十九本のばらを贈ることにある。しかし大勇《ダーヨン》にはそんなことをする財力がない。そう考えると、大《ダー》勇《ヨン》は沈琪《シェン・チー》と付きあうことができず、子孫たちも存在することができない。だから彼らがこのパラドックスを解決し、自分たちが存在しつづけるためには、どうにかしてこの時代に戻ってきて、沈琪《シェン・チー》に九百九十九本のばらを贈るのが必然となる。

「こんなの、でたらめじゃないか」気が済むまで笑ってから、ぼくは真剣に教えてやる。「沈琪《シェン・チー》に九百九十九本のばらを贈るのは無理なんだから、おまえと沈琪《シェン・チー》との空想上の子孫っていうのも、当然存在するはずがないんだよ。その子孫がいないんだから、タイムスリップして助けてくれる人間もいないだろう？　顔洗って寝たらどうだ」

しかし大勇《ダーヨン》は笑い出した。「許《シュー》琛《チェン》、なんにもわかってないんだな、そこが肝心なところなんだよ！　もちろん、将来の歴史の分岐のうち大部分は、おまえが言ったとおり、おれと沈《シェン》琪《チー》にはなんのつながりもできやしない。でも起こりうる分岐のどれか一つでは、おれと沈《シェン》琪《チー》は未来の子孫の手助けで付きあいはじめるんだ」

「なんでそんな分岐が生まれるんだ？　根本的にありえないじゃないか」

「じゃあこうしよう。考えてみろ、おまえがおれの子孫だとして、ある日ご先祖からの手紙を見つけ、それから時空を超えて数百年前に戻る、ご先祖の手助けをして、そいつは愛してる女性とくっつき、愛しあって結婚して、子供を作って育てる。その結果、自分につながる代々の先祖が存在して、自分が存在することになる。この理屈に矛盾はないだろ？」

「因果の連なりが、大きく循環するわけか……」ぼくはうなりながら考える。「どこかがおかしい気がするんだけど……でも論理的には……矛盾はなさそうだね」

「ということは、起こりうることだって認めてくれるな？」

「それは……」話を逸らされた気分だった。ためらいながら答える。「かもしれないけど……」

「認めてくれたならいいんだ」大勇《ダーヨン》は言う。「存在しうる無数の歴史の分岐のなかでは、必然的に起こることとなのさ」

「で……でも、おまえに起こるとはかぎらないんじゃないか」ぼくは言った。「そういう話なら、ぼくだって子孫に手紙を書いて、ぼくと沈《シェン》琪《チー》をくっつけてもらえる。李《リー》佳《ジア》だって書ける。だれだって書けるんだ」

「でもおまえたちは、こんなことをしない」大勇《ダーヨン》はそう答えた。「この可能性を思いつきもしない。おれだけがこれをやる、だからこの分岐に進むのは、ここにいる姜《ジアン》大《ダー》勇《ヨン》なんだよ。この手紙によって、おれと沈《シェン》琪《チー》の運命はもう一つに結びついたんだ」

これにはぼくも完全に面食らって、言葉が出てこなかった。

ぼくが黙りこんだのを見た大勇《ダーヨン》はすこし得意げになり、また滔々《とうとう》としゃべり出した。「実は、朝これに気づいたときにはおれもとまどったんだ。自分は狂ったも同然だと思ったよ。こんなことありえるだろうか？　でも論理的には完全に文句の付けようがないんだよな！　図書館に駆けこんで時間論についての本を何冊か見つけて読んだが、どんどんわけがわからなくなるだけだった。だが沈《シェン・》琪《チー》の姿を見たあの瞬間、急に心のなかで理解したのさ——今日、沈《シェン・》琪《チー》に出会ったのは意味があったんだ！　もしおれが彼女を呼びとめないで、あの件を伝えなかったら、この話はあそこで終わって、おれも沈《シェン・》琪《チー》とはおしまいだった。だからおれは、子孫がおれたちを助けるしかない歴史の分岐に、自分を送り出さないといけなかった。土曜日に例の花を贈ると彼女に言わないといけなかったんだ。これでもう後戻りはできない。ってことで、未来は確実になったんだよ」

「それで、九百九十九本のばらを贈ると派手に宣言したって？　それに入るために……おまえの子孫が、時空を遡《さかのぼ》って縁を結んでくれるような歴史の分岐ってやつに？」

「そうだ、おれ自身が決心を固めるって意味もある」

「へえ……」いろいろ頭を働かせてはみたけれど、反論として特段効力がありそうな理屈は一つも思いつかなかった。とはいえもちろん、内心ではこれっぽっちも信じているわけではない。結局ぼくはこう答えた。「それは全部、未来に時間旅行が発明されるって前提で成立してるわけだけど、あれは矛盾だらけの分野だったろう。祖父だか祖母だかのパラドックスがなかったかな？　時間旅行なんてそもそも不可能だと思うけれどね」

「千年前に人間は、地球は丸くて、西に進みつづければ東の果てに戻ってこれると知らなかった。百年前の人間だって、コンピューターなんてものが生まれて、小さいノートに図書館を丸ごと納められるとは考えなかった。十年前の人間も、スマートフォンが生まれるとは——」

「もういい、科学技術史の説明はやめてくれよ」ぼくは言った。「だとしたら、どうして検証をしないんだ？　先におまえの子孫を――たとえばだけど――午後四時にここの廊下に呼び出して対面するんだよ。成功が証明されてから、あらためてばらの花を贈ってもらえばいい」そう言いながら周りを見回す。なぜだか少しだけ気味が悪かった。まるで未来人たちがつぎの瞬間、壁から湧いて出てくるような気がする。

「おれたちの検証に付きあう必要なんて、ないに決まってるだろ」大勇《ダーヨン》は反論してきた。「なんでおれたちに会わないといけないんだ？　だれかに思いつきで呼ばれるたびに出ていくんじゃ、面倒くさくてしょうがない。でもおれが言ってる件はまったく違うんだよ。彼ら自身の存在に関わることなんだ！　もしやってきて最初のひと押しをしてやらなかったら、自分たちが存在できなくなるんだぞ」

「付きあいきれない」ぼくは手を振った。「とにかくありえないよ。大勇《ダーヨン》、正直言って、自分ではこの話を信じてるのか？」

「信じてないと思うか？」大勇《ダーヨン》はいきり立ったが、すぐにその目から光が消え、長々とため息をつく。「わからん。おまえが言うとおりで、実現するはずがない妄想なのかもしれない、でもおれは、ほんとうに……彼女なしじゃいられないんだ。こうでもするしかないじゃないか」

ぼくはなんだかいたたまれなくなって、大勇《ダーヨン》の肩を叩いた。「わかってる、もちろんできるだけ協力はするよ。でもこの件は、ひとまず他人には話さないほうがいいな。話が広がって収まりがつかなくなる。もっとよく考えるといい、いまなら後悔しても間に合うから。もうこんな時間だから、飯にしようか」

しかしこのときにはもう手遅れで、事態は収拾のつかない状況に向かって進みはじめていたのをぼくらは知らなかった。

3

夕方、寮に戻るとぼくたちは仰天せずにいられなかった。狭い部屋は魚の缶詰さながらにぎゅうぎゅう詰めになっていて、近くの何部屋もから集まってきた男子たちが一面にひしめき合っていた。大《ダー》勇《ヨン》の姿を見つけるといっせいに取りかこみ、部屋に引きずりこむ。土曜日、沈琪《シェン・チー》に九千九百九十九本のばらを贈って、堂々と愛を示すと約束したっていうのはほんとうかと訊いてきた。どうやらこの件はクラスじゅう、学科じゅう、寮じゅうに知れわたっているらしい。どこから漏れたのか知らないが、ばらの数まで十倍にふくれあがっていた。

大勇《ダーヨン》がどこかで臨時収入にありついたんだと決めつけて、この連中は口々に尋ねてきた。はじめ大《ダー》勇《ヨン》は恰好をつけようとしていたけれど、そのうちあしらいきれなくなって、率直に伝えるしかなくなっていた。自分は金なんて持っていなくて、友達から借りるつもりだ、こうして兄弟たちが揃ってるんだから、ここにいるみんなから一、二百元ずつ借りるっていうのはどうか……〝借りる〟の一言を聞いたとたん、みんな用事があるとごまかしながらいっせいに姿を消した。

なんとか連中を追いはらい、パソコンを立ち上げてネットを見ると、校内の掲示板にもう情報が書きこまれているのを見つけた。この科に通う貧乏学生（名前は明かされていない）がこれから大金をなげうって数千本のばらを女の子に贈ろうとしているという話で、人気のスレッドのトップテンに入っている。湧いてきた野次馬たちが激しく議論をしていて、こんなことをして果たして割に合うのかとか、女子は見栄っ張りじゃないのかとか、鳳凰男（田舎から期待を背負って出てきた男）と都会の女が付き合ってうまくいくのかとか、めちゃくちゃな話の山だった。

老大《ラオダー》と老四《ラオスー》も当然つぎつぎ質問を浴びせてきたが、大勇《ダーヨン》はなにも言わず、ぼくも知らんぷりをして、二人の疑いの視線を浴びながらそれぞれベッドに入って寝た。

こうしてぼくはわけもわからず、未来の子孫を呼びよせる大勇《ダーヨン》の共謀者になったのだった。つぎの日、一つ大事なことに気づいた大勇《ダーヨン》が相談しに来た。この手紙を、どうやって子孫に渡すかだ。そもそも急いで手紙を書く必要なんてないんだとぼくは言ってやった。どうがんばっても子孫が手紙を受けとるときは何百年もあとなんだから、沈《シェン・》琪《チー》と結婚してからゆっくり書き足して、代々伝えていってもまったく問題ない。結局ばらの花を受けとれなかったら、もちろん無駄に時間を使わなくてすむ。

しかし大勇《ダーヨン》は、それだと問題だと言った。やたらと綿密な論理で大勇《ダーヨン》が説明した話だと、こいつの歴史分岐理論によれば、手紙を送り出すまでの自分は、子孫と連絡が成立する世界の分岐にまだ入っていないということらしい。だからいまはまだ安心できない。もし不幸にも、自分と沈《シェン・》琪《チー》の関係がなんの実も結ばないで終わる歴史の分岐に入ってしまったら、そのあとで手紙を送っても無駄だ。手紙を送り出し、そして子孫が手紙を受けとることができると確定させてはじめて、自分は求める分岐に進んだと確実に言えるのだという。当然ながらすべては土曜日の約束までに終わらせておかないといけない。言われてみるとそれも筋は通っていた。

ぼくらはいくつか方法を話し合った。たとえば身近に保管して子孫に伝えるとか、もしくは袋に手紙を入れてどこかに埋めるとかは、どちらも安全でないように思えた。手紙が失くなったり、他人に掘りかえされたりしないとどうしてわかるのか。銀行の金庫に預けたって不確実だし、しかも手紙を保管するのに使う金をそんなに持ってるならそのままばらを買いに行ったほうが早い。そのうち、ぼくはあることを思いついた。科学技術の発展が続くなら、インターネットはこの先確固として存在するはずで、しかも社会生活における地位はますますゆるぎないものになるだろう。手紙をネット上に送り出して、長期的に保存するのは可能かもしれない。

ネットを調べてみると、案の定これまでのぼくらは視野が狭く、同じことをもう思いついている人がいると知った。ネット上にあったのは〈Time-Capsule〉という英文のサイトだった。現物のある〝タイムカプセル〟とは違い、このサイトで保管しているのは手紙や写真、動画といった電子データで、送信が完了するとだれ一人として、ファイルをアップロードした本人でさえ開くことができなくなる。設定した一定の時間が過ぎてから、たとえば二十年後や五十年後になってやっと開けられるのだ。だれでも見れる場合もあれば、設定しておいたパスワードが必要な場合もあって、どちらも自分で決められる。しかも、二十メガバイト以下のファイルならすべて無料だった。サイトはすでに数百万のアカウントを抱えていて、人気が爆発しているところだ。それにサイト上には、将来数十年のあいだに発生しうる突発事態を予想し、保険のため必要なさまざまな措置を取ってデータの紛失を防いでいるとわざわざ説明書きがあった（たとえばデータが保存されているのは地下数百メートルのシェルターのなかで、核爆発が起きても怖くないと謳っていた）。なかなか信頼がおけそうに見える。

　ぴったりのサイトだと大勇《ダーヨン》は納得した。ということで堂々五千字にわたる手紙（あとのほうには気色の悪い文章が長々と続いていて、大勇《ダーヨン》は見せてくれなかった）を打ちこみ、自分についてのほかのいくつかのデータとあわせてアップロードした。百年後に受け取れるように設定し、パスワードは掛けなかった（万一なにかの理由でパスワードが伝わらなかったら最悪だと大勇《ダーヨン》は言った。どうせこんなものに興味を持つのは自分の子孫だけだろうし、と）ファイル名は自動生成で、アップロードした時間と場所の組みあわせで201205151430PEKINGとかなり覚えやすかった。大勇《ダーヨン》と沈琪《シェン・チー》の子孫は将来、このファイル名があればデータを手に入れることができる。

　ここまで済んでぼくらはほっと一息つき、土曜日の結果を待つことになった。ぼくはこのおかしな遊びにもう関わっているが、心の底では大勇《ダーヨン》の理論のことはとても信じられないでいた。もちろんネット上のタイムカプセルは生成されていて、そのうちあいつの子孫が――だれから生まれるかは知らないが、たぶん目にすることになるだろう。しかしそのときはきっと、祖先の愚かさに大笑いしておしまいだ。

だが事態は、違う方向に騒ぎが広がっていった。

大金を使って千本のばらを贈るというのは、もともと大学では珍しい話ではなかったけれど、片方は名が売れてもいない、みすぼらしい貧乏学生、もう片方はキャンパス内でもとびぬけて耳目を集める、学科の、もしくは学校全体のマドンナとあって、ネット上での騒ぎはますます大きくなり、ますます原形をとどめなくなっていった。そのすえに、水曜日の夜、寮の部屋にぼくが一人でいると、突然どんどんどんとせわしなく、慌てたようなノックの音がした。なんだろうと思ってドアを開けると、沈琪《シェン・チー》の垢抜けた姿があった。きれいな顔の全体に怒りで赤みがさしている。

「許琛《シュー・チェン》！」三年間で数言《すうこと》も話したことがないのに、ぼくの名前を覚えてくれていたとは。

「姜大勇《ジアン・ダーヨン》はいる？」

「あいつは……家庭教師に行ってるけど」おずおずと答える。沈琪《シェン・チー》が突然やってきたのはどういうことかと内心びくびくしていた。

「よかった。あなたと話がしたかったの」持っていた新聞の一ページを押しつけてくる。「これってどういうこと？」

受けとった新聞を見てみると、それは〈燕京晩報《イエンジンワンバオ》〉の社会面だった。〝貧乏学生、大金をはたく注目の美女の心を千本のばらで動かす〟と二行の派手な見出しが目に飛びこんできて仰天する。よくよく読んでみると、この市の夕刊紙の記者は聞きかじったいくつもの関係ない話をつなぎあわせて、一つのゴシップ記事にして載せていた。燕《イエン》大のとある貧乏学生、姜某《ジアンなにがし》が大金を投じて九百九十九本のばらを買いこみ、女子寮のまえで一晩待ち、とうとう燕大じゅうのマドンナ、沈《シェン》某の心を動かしたとか……横に載った写真ではどこかの大学生が求愛し、彼女と情熱的に抱きあっていて、周りがばらで埋めつくされているのはなかなか絵になって見える。その女子の後ろ姿は、沈琪《シェン・チー》と多少は似ていた。記事の重点は男女の登場人物の身分の違いで、あとに続く記者のコメントでは、現代の大学生の恋愛観だとか消費意識だとかを威張りくさって批判している。はっきり名前は書いてないが、この学校で沈《シェン》琪《チー》を知っている人間はたくさんいるから、だれのことを言っているのかはすぐにわかる。

「一つも合ってない」ぼくは首を振る。「記者のやつら、完全な出まかせじゃないか」

沈《シェン》琪《チー》はぼくを疑いの目で見てくる。「あなたたちが記者に漏らしたんでしょ？　今日は知りあいからつぎつぎ電話がかかってきて、ばらを何千本も受け取ったのか、姜《ジアン》って男子と付きあうことになったのかって訊かれたんだから！　これってわたしの名誉にかかわる話じゃない？　許《シュー》琛《チェン》、あなたのこと、まえはいい人だって思ってたのに、姜《ジアン》大《ダー》勇《ヨン》と組むなんて——」そう言いながら、涙がこぼれそうになる。

「そんなんじゃない！」ぼくは慌てて弁解する。「ここ二日は大勇《ダーヨン》といて、その……べつのことで忙しくしてたんだ。誓って言えるよ、あいつはネットに書きこみしてないし、まして記者に話なんてしてない。なんでこんな事態になってるのか、ぼくだってわからないんだ」

「ふん、そっちが知らないなら、まさかわたしが新聞に話したっていうの？」沈《シェン》琪《チー》はふくれ面になる。

「そういう意味じゃない。違うんだ、あの場にはほかのやつもいただろ、なんでほかの人間には訊かないんだ？」

ぼくが言っているのが李《リー》佳《ジア》のことだとわかって、沈《シェン》琪《チー》はようやく少し冷静になり、考えを巡らせて言った。「わかった、この件はわたしがはっきりさせるから。もし姜《ジアン》大《ダー》勇《ヨン》の仕業《しわざ》だって証明されたら……ふん！」そういって背を向け、歩いていく。

大勇《ダーヨン》が帰ってくると、ぼくはこの件を話した。大勇《ダーヨン》は濡れ衣だとひとしきり騒ぎ、この件はとにかくできるだけ秘密にしておきたいのに、記者にべらべら話すはずがあるか、と続けた。その場で沈琪に会いにいって申し開きをしようと急いでいたので、ぼくは、いま沈琪は頭にきているからなにを言ったところで無駄で、向こうから問いつめられたときに話したほうがいいと教えた。

ところがつぎの日、いきなり知らない番号から電話がかかってきた。「もしもし、許《シュー・チェン》琛？　沈《シェン・チー》琪だけれど」声は柔らかく、とても耳に心地よくて、昨日とはまるで別人だった。我に返るのに時間がかかった。

「もしもし、許《シュー・チェン》琛で合ってる？　あなたの番号でしょう？　地元の友達の人に聞いたのに」

「う、うん、ぼくだよ」慌てて答える。

沈《シェン・チー》琪は、ことの真相は明らかになったと言った。話をしゃべり散らしたのも、学内のBBSに漏らしたのも李佳《リー・ジア》だった。もともとは大勇《ダーヨン》に恥をかかせようと思っただけだったのが、意外にも話がねじ曲がって新聞に載る騒ぎになってしまったらしい。李佳《リー・ジア》のことはきつく叱っておいたという。昨日はひどく頭に血が上っていて当たり散らしてしまい、申し訳ないということだった。

すぐに大丈夫だと答えて、自分から大勇《ダーヨン》に話をするか、いまあいつは水場に服を洗いに行っているから呼んできてもいいが、と伝えた。それは無用だと沈《シェン・チー》琪は言ったが、電話はつながったままだった。しばらくの沈黙のあと、訊いてきた。「その……姜大勇《ジアン・ダーヨン》はほんとうに、そんなたくさんのばらを買うつもりなの？」

「それは……」その通りだとも、違うとも言えないし、まったくの空手《から》で成果を得ようとする大勇《ダーヨン》の計画についてはさらに言えなかった。

「あなたたちからお金を借りるわけじゃないでしょう？　それはさすがに……」

「そうじゃないよ。でもきみとデートできるなら、大勇《ダーヨン》はなにもかも投げ出してもかまわないと思う」

「ほんとうは、あの人に引きさがってもらう理由を付けようとしただけだったのに」沈《シェン・チー》琪は力なくため息をついた。「こんなに面倒ごとが持ちあがるなんて。あの人のこと、ほんとうはぜんぜん……ほんとにそんな数のばらを贈られたとしても、わたしは……。あの人の親友なんだから、あきらめるように言ってあげてくれない？」

「わかってるよ」そう答える。「実は、ぼくたちもずっと言って聞かせてるんだ」

沈琪《シェン・チー》はさらになにか言おうとして途中でやめ、電話を切った。大勇《ダーヨン》にどう話をしようか考えたけれど、思いつかないうちに大勇《ダーヨン》が服の入った桶を手に戻ってきた。沈琪《シェン・チー》から電話があったことを伝えたぼくは、満面に期待を浮かべた大勇《ダーヨン》の姿を見ているとまたなんだかいたたまれなくなり、最終的に言葉を濁しながら、沈琪《シェン・チー》の考えを遠回しに伝えた。

「わかってる」大勇《ダーヨン》は血の気の失せた顔で言う。「あの子はそう言うはずだ。でもわかってないんだ、例のばらが天から降ってくるときには、話はぜんぜん変わってくるのさ。この歴史の先では、おれたちはきっと、かならず、間違いなくいっしょになる」

4

ぼくは新聞社に電話をかけて向こうの報道の誤りを指摘し、訂正のお知らせを出すようにうながしてみた。しかし新聞社の人間は一筋縄ではいかなくて、なんでもないことのように口先で謝ったあと、ぼくの口から花が贈られる一件の正確な時間と場所を訊き出してしまった。そしてしかるべき訂正のお知らせについては、数日待っても見ることはなかった。

土曜日になった。天気のいい日で、太陽はさんさんと降りそそぎ、青空に白い雲が浮かんでいたが、ただの普通の一日、どこも特別なところはない日に見えた。

しかし姜大勇《ジアン・ダーヨン》と沈琪《シェン・チー》の二人にとっては、運命を決める一日となる。ひょっとするとこの世界にとっても同じかもしれない。時間旅行が可能かどうかを検証するための絶好の機会なのだ。もしほんとうに未来人がばらを持って、ぼくたちのこの時空にやってきたなら、世界全体、歴史全体、それどころか宇宙全体がまったく違うものになる。それがどれほど心を揺さぶることか。

残念なのは、すべてが大勇《ダーヨン》の時間理論頼りだということだ。大勇《ダーヨン》というやつは、頭のなかにいろいろ奇想天外なSF風の想像が詰まってはいるけれど、小説に出てくる科学の天才のような賢さや知恵はこれっぽっちも持っていない。高等数学は補習でやっと単位を取っていたし、合格点ぎりぎりだった専門科目はいくつもある。そんな大勇《ダーヨン》の結論は、とても信じることなんてできなかった。

昼のあいだは、なにひとつ異変はなかった。空に円盤は現れなかったし、人が空中から湧いて出てくることもなく、キャンパスのどこかで不思議な閃光だとか、なにかほかの異変が現れたと報告してくる人間だっていなかった。自分のことがなんだか可笑《おか》しく思えてきた。どうしてほんとうに大勇《ダーヨン》のあの仕掛けに惑わされてるんだ？　六時過ぎ、大勇《ダーヨン》が一人で階段の踊り場に立ち、煙草に火を点けて煙をゆっくり立ちのぼらせ、少し焦った様子でいるのを見かけた。

「なにやってるんだ？」そばに歩いていく。

「あいつらを待ってる」大勇《ダーヨン》は言うと、壁に向きあって、頼みこむような感情をどこかに交えながら言った。「もうそろそろ時間なんだ、おまえたち……もし来てるなら出てこいよ、なあ？」

壁はもちろん冷え冷えと、無関心なままだ。

「だれも来ないよ、大勇《ダーヨン》、もう……目を覚ますんだ」こいつは神経がおかしくなりはじめているように思えた。

「もちろん来ない」苦笑いを浮かべてきた。「言っただろ、七時半まで待つんだよ」

「七時半になったってだれも来ないよ、目を覚ましたらどうなんだ？」ぼくは堪《こら》えきれなくなった。

「もしおまえのこんな用件のために未来人がお出ましになるんだったら、これまでの世界大戦だとか、ミサイル危機だとか、暗殺やらクーデターで、もう何回未来人が来てるか知れたものじゃない」

「それも一理ある話だ。この何日か、おれもそれを考えてた——これは時間旅行における、フェルミのパラドックスなんだよ」大勇《ダーヨン》はため息をついて言った。

「なんのパラドックスだって？」

「フェルミのパラドックス、科学者のフェルミが提唱した一つの問題だ——もし宇宙にいろいろな宇宙人がひしめいているなら、どうしておれたちはそいつらを見れないのか？　同じことさ、もし未来に時間旅行が実現してるなら、どうして昔からいまに至るまで、一人も時間旅行者を見てないんだ？」

「そうだよ、どうしてなんだ」

「おれにもわからんが、とはいえどうしても信じられないんだ。未来の無限の時間があって、人類がいつになっても時間を超越する方法を発明できないってのは」目をぎらつかせる。「もしかすると、ほんとうはなにかの形で数えきれないくらい来てるのかもしれないな。まったく目を引かなくて、おれたちが気づいてないだけで」

宇宙人やら時間旅行やらのSF風の思いつきに向ける大勇《ダーヨン》の執着は、沈琪《シェン・チー》に惚れこんでいるのとちょうど同じで、現実を直視しないすさまじい情熱にいつでも支配されていた。これまでぼくは大勇《ダーヨン》のことをよく笑っていたけれど、ただこのときはどうしてか、なんだか心を動かされてしまっていた。そうだ、未来の時間は無限なんだ——そう思えた。〝無限〟という考えにぼくは圧倒された。百年じゃない、千年や一万年でもない、無限に続く未来だ。はるかかなたの不可思議な未来、ぼくらの末裔《まつえい》がどんな奇跡を生むのかなんてだれにわかるのか。ぼくらはひとつとして想像できない、現代人が可能にしたありとあらゆる神業《かみわざ》をむかしの人々が想像できないように。

しかしこの話の妙なところは、そのはるか遠い未来の末裔たちが時間を遡ってこれるのか、ぼくらは百年や千年待たなくてもわかるということだ。ひょっとすると一時間ちょっとすればわかるかもしれない。

七時が近づくと、大勇《ダーヨン》はいちばん見栄えのいい服に着替えた――とはいってもなんてことはないワイシャツとジーンズで、家庭教師で稼いだ二百元をポケットに押しこみ、両手は空のまま階下《した》に下りていった。ぼくら寮の兄弟連は結局のところ、使命を負った応援団にちがいないわけで、そろって後を付いていく。

女子寮のまえまで来てぼくらは仰天した。一面を埋めつくす壁のごとくの人だかりとはいかないけれど、少なく数えても数十人がそこで待ちかまえていた。男も女も混じり、大部分は学校のやつらだったが知らない顔もいて、玄関まえの小さな噴水のところに集まっている。大勇《ダーヨン》が現れたのを見て、みんな歓声で迎える。大勇《ダーヨン》はまぎれもなくこの学校の有名人になっていた。

何人もの人たちが大勇《ダーヨン》を励ましにきた。ひねくれて冷やかす言葉をかけてくる向きもいたし、花はどこにあるのかと好奇心から訊く姿もあったけれど、無表情にそれらしいことを返す大勇《ダーヨン》の意識は、もちろんこの連中には向いていなかった。女子寮の上の階の部屋を見上げると、沈《シェン・チー》琪の部屋のカーテンが細く開いていて、外を眺めている人影がある。自信はないが沈《シェン・チー》琪本人のように見えた。こちらに気づいたとたん、カーテンを閉めて姿を消した。

もうすこしすると、一台のバンがいきなり現れて噴水のまえに停まった。車体には〝燕京晩報〟の文字とロゴが書いてあって、男一人と女一人、二人の記者がマイクを手に飛び出してくると、周りの人々に教えられてたちまち目標を定め、大勇《ダーヨン》に駆けよってきた。目の前にまだ来ないうちに、いくつもの質問が矢継ぎ早に飛び出してくる。「やあ、きみが今日花を贈るっていう主役の子かな？　花はどこだい？　家は裕福じゃないって聞いたけど？　奨学金は申請してる？　ご両親は職を失ったんだね？　こんな大金を使って花を贈ることは知ってるの？　こんな金の使いかたをして割に合うと思うかな？　きみは――」

「あんたたちになにがわかるんだ！」とうとう耐えられなくなった大勇《ダーヨン》が吐きすてる。「失せろ！」

それでも記者はからみつづけ、ぼくや同室の兄弟たちはどうにかおしゃべりな二人の記者を引き離した。そのころには学生たちの数がどんどん増えていて、なかには通りがかりに足を止め騒ぎを見物しにきた人たちもいて、そのうち合わせて一、二百人ぐらいの数になっていた。だれが言い出したのか、群衆は騒がしく歌を歌いはじめて、あちこちで上がる歌声が春の晩のキャンパスに響きわたった。

あの子はいつも電話番号だけ残していって
一度も家まで送らせてくれなかった
きみもあの子を愛して
同じように抜け出せなくなったんだね
スマートぶるのは柄じゃないと言いながら
あっさりあきらめるなと言ってくれた
過去はすべて神話にしてしまって
どっちも馬鹿だったと笑おう（香港のグループ、グラスホッパー〈草蜢〉の曲〈失恋陣線連盟〉）

この空の果て　あなたはなにより美しい雲
わたしの心にとどめさせて
とびきり輝く民族の調べを悠然と歌い
愛で俗世の汚れを吹きとばしましょう（大陸のグループ、鳳凰傳奇の曲〈最炫民族風〉。中高年が集団で踊る〝広場舞〟の人気曲）

立て、飢え凍えた奴隷たちよ、
立て、全世界の苦しむ人々よ！
胸に満ちる熱き血は沸き立ち、
我ら真理のため戦わん！

「〈インターナショナル〉まで出てきたぞ、このままじゃほんとにホールドでき《抑えがきか》なくなる」老大《ラオダー》が心配そうに言う。「このまま食堂の値上げとか、寮の自転車盗難とかに抗議するってスローガンを叫びはじめたらおれたち、集会を組織して騒ぎを起こしたってことで学校から処分を食らうぞ……」

ぼくはさっきの大勇《ダーヨン》との会話を思い出して、ここまでずっと時間旅行の問題を考えつづけて心を煩わせていたので、老大《ラオダー》の言っていることはあまり耳に入らなかった。時計を見ると、知らぬまにもう七時二十九分になっていた。太陽はちょうど地平線に沈んでいったところだ。顔を上げ、夕暮れどきの風景が広がりはじめた空を見上げる。ふいに、天地の広さを思い、悲しさに涙がこぼれる――というように（陳子昂「登幽州台歌」）、自分のちっぽけさが身に迫ってきた。

時間というのはなんて謎めいて奇妙なものなんだろうか。ぼくは放心して考えていた――ぼくらが現れるまでの数千、数万年のあいだ、数えきれないほどの人間が生きてきたが、それもひどくはかなく、いまでは跡形もない。彼らはどこからやってきて、どこへ行ったのか？　さらにはるか遠い時代、人類が現れるまでの何億年ものあいだには、どれだけの奇妙な形の生物が出現して滅亡していったか、だれが知っているだろうか。だれが懐かしむだろうか？　ぼくらが過去に戻れないとしたら、古く遠い世界はすべて永遠に失われたままだ。そしてぼくらのいる世界だって未来から忘れられていく……

人類はいつだって過去に戻ることを渇望し、過去の歴史をあらためて取りもどすことを渇望してきた。ぼくらは博物館や記念館を建て、さまざまな歴史の記述を読み、遠い古代を蘇《よみがえ》らせた映画を観て、はてには自ら過去に時空を遡ることまで夢みる。それは、内心でずっと満たされてこなかったこの渇望を満たすためだ……疑いようはない。過去に戻ることができるほんのわずかな可能性さえあれば、人類はかならずあらゆる力を尽くしてその技術を発展させ、太古の昔からあきらめられることのなかった願いを叶えようとするだろう。

それなら、ほんとうにはるか遠い未来の人間が現れるというのか？　ほんとうに、つぎの瞬間には歴史が変わるそのときがやってくるのか？　奇跡は起きるのか？

もしかすると、目のまえに突然光を放つゲートが現れて、見たこともない服装のやつらが花束を手にぞろぞろ出てくるのかもしれない――ぼくは想像した。もしくは何千何万の燃えるように赤いばらが脈絡もなく天から降ってきて、大学全体が花の海に埋もれるのかもしれない。もしくはばらは一瞬にして、地面の下から魔法をかけられたかのようにおそろしい勢いで伸びてきて、このキャンパスを覆いつくすのかもしれない。ことによると、空の果てに月よりも明るく輝く超新星が現れ、それがばら色をした星雲に膨張し、まるで無数のばらの花びらを孕んでいるように見えるのかも……どうなることか。遠い未来の人々がどんな能力を持っているか、だれにわかるものか。ぼくらには想像できない。推測できない。

彼らが来るとしたら、というのが前提だ。

また時計を見ると、もう七時半を回っていた。空を見上げると――

変化が起きていた。

5

そのとき、ぼくははっきりと見た。おかしなほどに燦然《さんぜん》と光る火球が一つ、薄暗く暮れかかった頭上の天球をかすめて、空の南東の方角に消えていった。絢爛《けんらん》たる輝きは目を引きつけ、花火さながらに美しかった。

鼓動が跳ねあがり、そのときふいに、なにもかもほんとうだったと確信した。大勇《ダーヨン》は正しい。未来人はほんとうにここにやってきて、秘密をはらんだ花をたずさえ、大勇《ダーヨン》と沈琪《シェン・チー》の運命を変える。空気中に漂うばらの香りまで感じられるような気がした。まるで鮮やかな赤の花束が人ごみのなかに見え隠れし、それどころか噴水から飛び散る水の花の向こうに、未来人の光り輝く不可思議な姿が見えるような――

流れ星は消えた。

その場の男女の歌は続いていた。たしか古い歌だった。

ぼくはきみのために植えていた、九百九十九本のばらを
別れたその日から、九百九十九本のばらはしおれ
人もしおれて、堅い誓いもともに消えうせた（香港出身の台湾の歌手、邰正宵の曲〈九百九十九朵玫瑰〉）

振りかえって見回すと、ぼく以外のだれもあの流れ星に気づいていなかった。大勇《ダーヨン》もだ。不安になって左右に視線を送っても、見物に来た人だかりのほかになんの異変も目に入らなかった。また顔を上げて空を眺めわたしたけれど、二つめの流れ星が現れることはなかった。あたりはいっそう夜らしくなり、宵の空にいくつかの星が姿を見せる。ちらちらとまたたく姿は、沈琪《シャン・チー》の明るく、そして遠く手の届かない二つの目のようだった。

歌声がやんでいく。うすら寒い風が吹くと幻はのこらず消えて、冷えきった、堅固な現実が姿を現した。

一分が過ぎた。そして二分、そして五分……やっぱりなにも現れない。すべてふだんどおりで変化はなく、退屈ですらあった。そのときぼくは騒がしい人の群れのなかで、心の底からの絶望を、時間そのものへの絶望を感じていた。急に悟ったのだ。時間旅行なんてものはない、永遠に存在しない、過去と未来は永遠に出会うことはないと。これはなにもかも若いぼくらの暴走と愚かさ以外のなんでもなくて、なにもかも意味なんてない。ぼくらの情熱は冷めていき、夢は壊れて、恋心は忘れられ、ぼくらは平々凡々とこの人生を過ごし、そして老いて、死に、未来の世代もぼくらのようなありふれた人間を思い出すことなんてない。ぼくらは歴史の奥深くで腐り朽ち、揮発して、存在しなかったも同然になるのだ。

またたくまに十分間が過ぎていた。大勇《ダーヨン》は噴水のまえに背筋を伸ばして立ったまま、銅像のように不動でいたけれど、花は一本も現れていない。見守っていた人たちは事態に気づいてひそひそとおしゃべりを始め、たびたび含み笑いが聞こえて、大勇《ダーヨン》の醜態を悪意の目で見はじめていた。

「おい、九百九十九本のばらっていうのはどうしたんだ！　嘘つくなよ！」人の群れのなかでだれかがわめいた。それがあの李佳《リー・ジア》なのにぼくは気づいた。ほかの人たちもあちこちで同調する。

「そうだ、花もないのにまだあがく気か！　ヒキガエルが白鳥の肉を狙いやがって（高望みの意）！」

「ぜんぶ嘘だったんだ、例の美人も出てこなそうだな、もう行こうぜ！」

疑問の声があちこちで上がる。二人の記者はこれに興奮して、顔を寄せてなにか話しあっている。今度はどんな記事をこしらえるか考えているんだろうと思った。人ごみのなかから出てきた李佳《リー・ジア》が二人のところに歩いていくのが見える。なにか暴露でもしそうな雰囲気で、もしかするとまた大勇《ダーヨン》を負かす企みを仕掛けようとしているのかも。明日の新聞の見出しに〝恋は叶わず、腹いせに騒ぎを起こす。千本のばらは真っ赤な嘘〟と出ているのがもう見えるような気がした――

嘲笑は高まりつづけ、もう見ていられなくなってぼくはその場を去った。

学校の外を一回りして、もういちど女子寮のまえに戻ってきたときにはもう夜の九時になっていた。そこにいた見物人はもう姿を消し、老大《ラオダー》と老四《ラオスー》も行ってしまって、噴水のまえはがらんとしている。しかし思ったとおり、大勇《ダーヨン》は入口のまえに胸を張って立ち、現れるはずのないばらを待っていた。風車に立ちむかう孤独なドン・キホーテさながらの悲壮さだった。

噴水を回りこんだところで、大勇《ダーヨン》のそばに女子が一人いるのに気づいた。噴水の端にのんびり腰かけていて、髪をポニーテールにした、知らない顔の女子だった。彼女の質問が耳に届く。「ねえ、いったいいつまで待つつもりなの？」

大勇《ダーヨン》は答えない。

「ばらを持ってこれないなら、あの子は下りてこないけど」女の子は言う。

「わかってる」暗い声で言う。「でもおれはここに立っていたい」

「どうして？」

「そうしたいんだ」歯の間からその一言をしぼり出し、沈《シェン・》琪《チー》の部屋の窓を見あげる。

実を言えばぼくにはわかっていた。いまとなっては、大勇《ダーヨン》はあらかた恥をかきつくした。もう結果など気にしていない、自分の恋心と夢をもうすこし守っていたいだけなのだ。深夜まで、明日の朝まで立っていたとしてなにが起こるのか。人生は白馬の走り過ぎるがごとし、このすべては青春の衝動と熱狂で、たちまち跡形もなく消えてしまう。あることをするもしないも、自分の心のなか以外では違いなどないのだ。

これ以上大勇《ダーヨン》の邪魔はしたくなかったけれど、立ち去りたいとも思わなかった。ぼくだって同じ場所に立って、窓辺の沈《シェン・》琪《チー》の姿を一目見たかったわけだから……

ばらが現れたのは、そのときだった。

6

天から降ってきたわけでも、虚空から出現したわけでもない。一人の配達員が三輪自転車に乗ってキャンパスに現れ、並木道をゆっくりとやってきただけだった。三輪車には、いくつものかごに飾りつけられたばらが載っている。燃えるような赤が広がる光景は、すこぶる美しかった。

大勇《ダーヨン》はうしろから来た三輪車にまったく気づかなかった。目のまえにやってきて停まったところで急に山と積まれたばらが目に入り、その瞬間あっけにとられた。

「姜《ジアン》・大《ダー》勇《ヨン》さまでしょうか？」

「あ……ええ……そうだよ」大勇《ダーヨン》は自分の声帯を見失いかけていた。

「幸せ届けるフラワーショップ、〈花《か》も言葉《ご》を〉です。ショップカードもどうぞ。あなたにお届けの九百九十九本のばらと、小さいろうそくが三百本です。受け取りのサインをいただけますか」

すっかり顔色を変えた大勇《ダーヨン》が訊く。「こ……これは、だれが注文していったんだ？　どんなやつだった？」

配達員は困ったように首を振った。「それは……明かしてはいけないと、お客さまが……」

「教えろ！」我を忘れて相手の手にすがりつく。「なんでもいいから教えてくれ。言えよ！」

配達員はびっくりして、ぼくに助けを求めるような目を向けたあと、口を開いた。「わかりましたよ。中年の女の人です。ヴェールで顔を隠してて、なんだか変ななまりがあって。支払いは現金でした」

「中年の女か」大勇《ダーヨン》はつぶやく。「ヴェールで顔を……」思いあたるふしはないらしい。

花のかごとろうそくを下ろして、配達員はその場を去った。三輪車がぼくのそばを通りすぎたときも、愕然としている大勇《ダーヨン》はそのままで、花を見つめながら、この光景を信じたものか迷っているようだった。

「大勇《ダーヨン》！」気を落ちつけて、ぼくは歩いていき言った。「ほんとに来たんだな」

「琛《チェン》！」ぼくの手を握りしめてくる。「見ろよ、この花、おれの……おれと沈琪《シェン・チー》の子孫が……あいつらが……おれたちは……ほんとうなんだ、ほんとうだったんだ！」興奮してまともに話せなくなっていた。

ポニーテールの女の子は花束を一つ手に取って、鼻に近づけて深く息を吸いこんだ。「いい香り」ということで、ぼくら二人は大勇《ダーヨン》を手伝ってろうそくを〝沈琪《シェン・チー》〟の二文字の形に並べ、さらにハートマークを一つ作って、火をともした。ばらとろうそくの光とが勇気をくれた。ぼくらはそれぞれ数百本の花を手にすると、上を向いて叫んだ。「沈——琪——！」

見物の種ができたと気づいてたちまち人が集まりだし、みんなで声をそろえて沈琪《シェン・チー》の名前を呼びはじめた。そこらじゅうの部屋の女子たちが顔を出してこちらを眺め、あちこちでしゃべっている。沈琪《シェン・チー》のルームメイトがベランダに出てきて、笑いながらぼくらになにかよくわからない合図をしてくるのが見えた。沈琪《シェン・チー》はもうすぐ下りていくということらしい。

ついに寮の玄関が開き、沈琪《シェン・チー》の麗しき姿が現れた。着ているのはピンクのTシャツで、その下はデニムのショートパンツと白いスニーカー、小ぶりなニット帽を頭に載せ、若々しく活発な装いだった。ろうそくの光に照らし出され、赤みのさした頬は、なおさらたとえようのない美しさに見える。

一同は静まりかえった。大勇《ダーヨン》のまえで足を止め、沈琪《シェン・チー》は穏やかに笑った。「このばら、すごくきれい。どうもありがとう」そう口にした。

「き……きみはもっときれいだ」大勇《ダーヨン》はもつれる舌で、俗っぽいにもほどがあるお決まりの言葉で答える。

沈《シェン・チー》琪は笑った。「ほんとうにできるなんて……ねえ、どこに行く？」

「え？」

「どこに……東門の、フェニックス・ホテルに……」

「違う、違うって」大慌てで弁解する。「あそこのホテルにカフェがあって、いいお茶を出すって聞いたんだ。きみはお茶が大好きだって聞いたから……」

沈《シェン・チー》琪は吹き出した。「わかった、それじゃあお願いね」

ぼくにほほえみかけたあと、沈《シェン・チー》琪は表に向かって歩きだした。大勇《ダーヨン》がそのあとを付いていき、みんなは二人のため道を空ける。拍手や歓声も上がりはじめていて、まるで新郎新婦を床入りに送り出すような騒ぎだった。

「おい」二人の背中に呼びかける。「ここのばらはどうするんだ？」

振りかえった沈《シェン・チー》琪はあでやかな笑みを浮かべた。「寮長のおばさんに話はしてあるから、あなたたちがかわりに応接室に運んでおいて！　よろしく！」

大勇《ダーヨン》はいいだろう。望みどおり、夢にまで見た憧れの相手とデートに行けたんだから。ほかの人たちはいなくなってしまって、ポニーテールのあの子だけが自分から手を貸してくれ、ぼくらは二人でばらを抱えて寮に運びこんだ。地面のろうそくもひととおり片づけて、三十分は時間を取られた。

ポニーテールの子は、竇楽楽《ドウ・ローロー》という名前だと教えてくれた。天文学科で、沈《シェン・チー》琪と同じくこの寮に住んでいて、ぼくらと同じ学年だった。大勇《ダーヨン》と沈《シェン・チー》琪との事情にずいぶんと興味を持って、いろいろと立ち入ったことを訊いてくる。ぼくはだいたいのところを話してあげた。もちろん頭がおかしいと思われないよう、時間旅行がどうとかは触れない。あの二人はうまくいくだろうかと訊かれた。ぼくは手を振って答えた。「ぼくにわかるわけないだろう」

「わたしはだめだと思うんだ」竇楽楽《ドウ・ローロー》の答えはこうだった。

「あの二人のことなんか全然知らないのに、なんでわかるんだ？」気になって尋ねる。

「女の直感、って聞いたことない？」真剣な顔で言う。「二人の話してる感じを見てると、沈《シェン・》琪《チー》は姜大勇《ジァン・ダーヨン》にもちろん無礼なことは言わないし、もしかしたら多少感動もしてるかもしれないけど……あの目は、そういう〝好き〟じゃなくて……でも……」

「でも、なに？」

「なんでもない、ただの勘だから。ふふっ」

竇楽楽《ドウ・ローロー》と別れて寮の部屋に戻ってみると、老大《ラオダー》たちからさんざん質問を浴びせられた。ほんとうにだれかが大勇《ダーヨン》のために九百九十九本のばらを送ってきて、大勇《ダーヨン》は沈《シェン・》琪《チー》とデートするのにも成功したとぼくが話すと、みんなは仰天して口をあんぐりと開け、こちらを引きとめて根掘り葉掘り訊いてきた。残念ながら、ぼくも役に立つことはほとんど話せなかった。

深夜零時を過ぎても大勇《ダーヨン》は帰ってこなくて、もちろんぼくらも眠る気は起きず、二人がなにをしているのか予想を始めた。老大《ラオダー》と老四《ラオスー》は、二人でいる大勇《ダーヨン》と沈《シェン・》琪《チー》にどんなことが起こりうるか、つばが飛びそうな勢いで語りはじめる。二人が映画館で身体を寄せあったり、もしくは湖のほとりでじゃれあってみたり。大勇《ダーヨン》がいけないことをたくらむところも、沈《シェン・》琪《チー》がまんざらでもないのに応じないふりをするところも、まるでその目で見てきたみたいに。ぼくは腹が立ちながらもばかばかしくなって、一言言ってやった。「ここの連中ときたら、いやらしい展開を入れなきゃ死ぬんだな！」

一時半になってやっと大勇《ダーヨン》が帰ってきた。ぼくらにつかまって問いつめられるのは避けられない。大勇《ダーヨン》は幸せそうにへらへらと笑いながら、一言も答えることなくベッドに横になった。頭のなかでじっくりと思いを噛みしめているようだった。ぼくらがもう訊くのに飽きたころ、なんの脈絡もなく言葉が返ってきた。「完璧だよ、ほんとに完璧だった」

それからやっと大勇《ダーヨン》は、あれは完璧なデートだったと話してくれた。二人でお茶を飲みにいき、レイトショーの映画を観て、夜食を食べ、そして沈《シェン・チー》琪を寮まで送りとどけたあと、帰ってきた。ありふれた順路だったけれど、沈《シェン・チー》琪と二人でいるその時間はまさしく非の打ちどころがなかった。二人は人生を語り、理想を語り、子供のころのできごとを語り……表情の一つひとつが、その一言一句がとびきり可愛らしく、ひたすら味わっていたくなった。ここまで忘れがたい体験は、生まれてこのかたしたことがなかったと。

「そんなどうでもいい話でじらすなよ、したのか、おまえらは――」老四《ラオスー》が両手の親指を合わせて、キスのサインを作った。

大勇《ダーヨン》は飛びあがった。「してないに決まってるだろ！　手だって握ってないんだ」

「このあとはどうなんだ、つぎの約束はしたのか？」老大《ラオダー》が尋ねる。

「それは、ない」大勇《ダーヨン》は言う。「でも必ずつぎはある、つぎのつぎも、そのつぎも。婚約して、結婚して……」

「なんでだ？」

大勇《ダーヨン》はまたへらへらと笑った。「それは……あのばらの花が現れたからだって」老大《ラオダー》と老四《ラオスー》はなにもわからず面食らっていたが、ぼくだけはその意味を理解していた――ばらの花の出現はつまり、この歴史の分岐において大勇《ダーヨン》と沈《シェン・チー》琪はこのさき添い遂げるということを意味するのだ。

暗いなかに横になって、ぼくはなんとも言えない気分だった。

7

その夜、ぼくは夢を見た。夢のなかのぼくは大勇《ダーヨン》になって、向かいに座った沈《シェン・チー》琪とおしゃべりし、打ち解けて、肩を並べてキャンパスの並木道を歩き、楽しく過ごし……沈《シェン・チー》琪はぼくのそばにいるようでいながら、その姿はぼんやりとして、遠く手が届かなかった。夜中に目を覚ますと、目の周りが濡れているのに気づいた。目をこすって、またぼんやりと眠りについた。

つぎの日、朝早く大勇《ダーヨン》に起こされた。「なんだよ」ぶつぶつ文句を言う。「昨日、あんなに遅かったのに……」

「琛《チェン》、話がしたいんだよ」昨夜の興奮にまだひたっているらしく、ぼくが抗議してもかまわずベッドから引きずり下ろされた。しかたなく服を着て、あとを付いていく。

ぼくを人けのない場所に連れていく途中も、大勇《ダーヨン》は休みなしにしゃべりつづけていた。「琛《チェン》、おれたちは話を複雑に考えすぎてた。あいつらはなにか予想もつかないハイテクな手を使うと思ってただろ。ほんとは簡単な話で、この時空にやってきたら必要な花を買えばそれでよかったんだよ、当然自分のことには気づかれないで済む。昨日おれが言った、フェルミのパラドックスのことは覚えてるか？　答えはこんな簡単なことだったのかもしれないな。未来人はおれたちのそばにいるが、おれたちは気づけない……」

「かもね」あくびをする。こんなつまらない議論に付きあう気が起きなかった。

大勇《ダーヨン》は興が乗ってしまい、ぼくの白けた態度にも気づかずになおもべらべらとしゃべっていた。「おれは夜のあいだずっと考えてたんだ。つぎに沈《シェン・チー》琪を誘うのはいつがいいと思う？　向こうもおれのことはいやじゃなくて、見込みはあると思うんだ。だめだったらまた未来人に手紙を書いて、あいつらに手を考えてもらおう。よく言うだろ、手伝うなら最後まで、仏を送り出すなら天竺《てんじく》までって

――」

聞いているうち腹が立ってきて、突然流れをさえぎってポケットから一枚の紙を取り出し、相手の手に押しつけた。大勇《ダーヨン》はなにもわからないまま、その紙を開く。「なんだ、これ？」

「フラワーショップ〈花も言葉を〉のレシートだよ」ぼくは言う。「ばらはちょうど値引きしてて、半額になって一本二元、ぼくが一・八元まで値切ったらいやがられたけど、なんとか話を呑んでもらったよ。あとはろうそく三百本も安くしてくれるっていうから、それもいっしょに注文した。配達料を入れて、ぜんぶで二〇五七元。一ヵ月に百元返してくれれば、だいたい二年もあれば返せるだろ。どうしても無理だったら、卒業してからでもいいから」

「おい、おまえ……あのばらは……まさか、おまえが……」

「なに言ってんだよ、ぼくじゃなかったらだれなんだ」不機嫌に返す。「ほんとに未来人が時空を超えて助けに来たと思ってたのか？　来るんだったら七時半に来るよ！　なんで九時まで待つんだ？　あそこで恥をかいてるおまえが見てられなくて、ちょうど花屋で安売りをやってるのを見かけたから、一肌脱いでやったんだよ。母さんが送ってきたばっかりの二ヵ月分の生活費なんだからな！　来月の飯代をどうするかわかりゃしない」

「じゃあ、ヴェールをかぶった中年の女とかいうのは……」

「なにが中年の女だ、店員に適当言ってもらったんだよ。デート中の気分を暗くしたくなかったから、今朝になるまで教えなかったんだ」

大勇《ダーヨン》はぼくの手を握りしめる。目から涙があふれだしていた。「琛《チェン》……おれは……夢にも思わなかった……まさかおまえが……」

「いいって」鷹揚に返す。「長々と感謝しなくていい。ぼくらは兄弟だろ、肝心なときに助けないでいられるか？　でも覚えておきなよ、また同じようなことがあっても、つぎは助けないからな。未来の子孫とやらに期待するのもやめるんだな」

「わかった、わかったよ」大勇《ダーヨン》はつぶやいていた。「そうだったのか、これでぜんぶわかった……」

「わかったならいいけど……」肩の荷が下りた気分だったけれど、相手の表情がなんだか妙なのに気づいて、思わずまた質問した。「いや違う、なにがわかったんだ？」

「わかったよ、おまえだったんだ……おれの未来の子孫は、おまえのほう……」

「なに言ってんだ！」いらいらして言う。「このぼくが大金を払って助けたっていうのに、まだしゃぶり取るのか？」

「いや、そういう意味じゃない。未来人が用があったのはおまえのほうだったかもしれない、って言いたかったんだ」ぼくの頭を指さしながら、妙な表情で言ってくる。

「なんだって？」ぼくにはなにもかも意味不明だった。

「未来人の話だろ！」大勇《ダーヨン》がいきりたつ。「あいつらは来てたんだ、おれたちが思いつきもしない方法で来てたんだって。天から降りてくるとか、タイムマシンから這い出してくるなんてするはずがない。そんなのは薄っぺらすぎる、幼稚すぎる、想像力のかけらもありゃしない！　ほんとに想像を超える技術を持ってるなら、そんなことはぜんぜんしなくていいんだ。おれたちが偵察衛星を打ち上げれば、人間が宇宙まで見に行かなくていいのと同じだよ。考えてみろ、過去に〝戻る〟としたら、どんな方法がいちばん楽だ？　あいつらは、ここに──ほんのちょっとだけ細工をするだけで──」

自分の頭を指さす大勇《ダーヨン》。言いたいことをおぼろげに察したぼくは、足の裏から寒気が這いあがってきて、全身がすくみあがるような感覚に襲われた。

「おまえ、それって──」

「あのばら、おまえはどうして買いに行ったんだ？」

「ぼくは……」舌がもつれ、頭は混乱に覆われる。

「琛《チェン》、おれたちは大事な兄弟分だ。でも考えてみれば、おまえはそんなに軽はずみに動くやつじゃないし、特別金持ちでもない。なんで急に、あんな大金をおれのために使った？　自分の生活費だったんだぞ！　しかもおまえはまえから、おれと沈《シェン》・琪《チー》にはなんにも起こらないと思ってたんだ。それならあの金はぜんぶ無駄なんじゃないか？」

「そ……それは話がべつだって。あのとき、おまえがあそこに立ってるのを見てたら、ぼくは……見てられなくなって……ちょうど門のまえに、半額にしてた花屋があったから……」弁明しながら、なぜか思うような話ができていない気になってくる。

「値引きしてなかったら、おまえはばらを買わなかったか？」

「それは……もちろん……」どうにかそう言ったけれど、内心自信はなかった。正直言って、あのときは間違いなくなにかの衝動にかられていた。あのばらがいっさい値引きされていなかったとして、それでもぼくは大勇《ダーヨン》のためにばらを買っていたか。それはほんとうに、どちらとも言えなかった。

「あいつらは来てたんだ、琛《チェン》」大勇《ダーヨン》は興奮して言う。「でもあいつらがいたのはおれたちの近くじゃない、おれたちのなかだったんだ。もしかすると、なにかの方法で時空を超えて、おれたちの大脳皮質に接続して、おれたちの目を通して見ながら、耳を通して聞きながら、おれたちの意識を操ることだってできるのかもしれない……」

「そんなんじゃ……おまえ、だいぶ意味不明なことを言ってるよ」ぼくは、むしろ自分のほうにいらだっていたかもしれない。「ぼくは親切心で力になってあげたのに、それが未来人に操られてたって？　まさか、それなら金を返さなくていいと思ってるのか？」

「いや違う、金はもちろん返す」大勇《ダーヨン》は言う。「いったいなにが起きたのか、はっきりさせたいだけなんだって」

「話を聞いてると、ぜんぜん筋が通らないと思う」すこし考えて、ぼくは言った。「もし未来人が、遠隔操作でぼくらの脳の活動に介入できるんだとしたら、どうしてそんなまわりくどい方法を選んで、ぼくに花を買いにいかせるんだ？　直接沈　琪《シェン・チー》がおまえの胸に飛びこむようにすればいいんじゃないか？」

「それだとさすがに改変が大きすぎる」大勇《ダーヨン》は言う。「必要なエネルギーが大きくなるのか、もしくは当人の思考に重大な影響が残るのか……具体的にはわからんが、おまえについては、もともとおれを助けたいと思ってたんだ。はじめにその心理が基礎にあって、ほんの一歩背中を押してやればよかったのかもしれない。これがいちばん効率のいい方法だったんだ」

「それは、まったく必要のない仮説じゃないか！」ぼくは反論する。「オッカムの剃刀を使えば剃りおとせる。どんな方法でも証明はできないだろう――あれがぼく個人の意志じゃなくて、外からの力が加わってこそだったっていうのは」

「かもしれん」大勇《ダーヨン》はため息をついた。「だが、間接的に証明する方法はもう一つある……」

「どんな方法なんだ」

「未来だ。おれと沈　琪《シェン・チー》に未来があるかどうか」

その理屈をぼくは理解した。もしあれがぼくの一時の衝動だったなら、当然なんの歴史を生むこともなく、一瞬のさざなみを起こすことしかできない。沈　琪《シェン・チー》は結局のところ、大勇《ダーヨン》とくっつくはずがない。しかし、もしほんとうに大勇《ダーヨン》の子孫がなにか得体の知れない方法でぼくの意識を操ったのなら、あの一山の花はすべてを変える。大勇《ダーヨン》と沈　琪《シェン・チー》は幸せなカップルになる。

どちらにしても、結果はすぐに判明するはず。

8

どうやら、歴史は大勇《ダーヨン》が期待した方向に進んでいて、竇楽楽《ドウ・ローロー》の断言は外れているみたいだ。

あれから一ヵ月間、沈琪《シェン・チー》と大勇《ダーヨン》ははっきりとした関係にはならなかったけれど、沈琪《シェン・チー》が持っていた反感は好感に変わったらしく、二人はさらに二回デートをしていた。沈琪《シェン・チー》はたまに、ぼくらの寮に来て過ごしていくこともあった。みんなしだいに打ち解けていき、ある日沈琪《シェン・チー》は寮どうしの懇親会を開いてくれた。ぼくらの寮と向こうの女子寮の子たちでピクニックに行き、夜はカラオケに行って、楽しい催しだった。老大《ラオダー》や老四《ラオスー》たちは重ね重ねほめたたえ、大勇《ダーヨン》がこんな〝恩恵〟をもたらしてくれたことに心から感激していた。道端でたまに李佳《リー・ジア》や孫凱《スン・カイ》なんかに出くわすと、そろってこちらに腹立ちの目を向けてきて、できれば大勇《ダーヨン》のことを食ってやりたい様子だった。

もともとぼくは二人の仲を取り持とうとしていたのに、よくわからない経過で実際に沈琪《シェン・チー》と大勇《ダーヨン》がどんどん近づいていくのを見ていると、なんだか心に穴が開いたような気分になってくる。とくに、ひょっとすると自分は未来人に操られてあの二人の仲人になったのかもしれないと考えると、なおさら気分は良くなかった。二週間後、食堂で竇楽楽《ドウ・ローロー》に出くわし、ついでに二人でご飯を食べた。姜大勇《ジアン・ダーヨン》と沈琪《シェン・チー》の進展はどうなったのかと訊かれて、あまりその話をしたくなかったぼくは簡単に数言だけ答えて、そのあとは向こうの専門分野に話題を変えた。竇楽楽《ドウ・ローロー》が学年論文で取り上げたのは、彗星の軌道の問題だった。流星群というのは、大気圏に入ってきた彗星の破片でできているのだとぼくは教わった。彗星は、太陽に接近するたびに熱の影響で多少の破片が砕けおちて、軌道上に散らばるらしい。その軌道を地球が毎年通りすぎることで、定期的に流星群の現象が現れるのだ。

ふと思い出して、これまでずっと忘れていた問題が気になった。「そうだ、じゃあ、どういうときに空を火球が通りすぎるんだ？　すごく大きくて、すごく明るくて、燃えてるような流れ星だよ」

「それはなんとも。決まった法則はないから」竇楽楽《ドウ・ローロー》は考えこむ。「でも火球は大きい部類の流星体から生まれるものだから、大事な天文観測の対象なの。北京は火球の観測網を作っているところで、北京の周りに観測地点は六つあって、火球もふつうの流星も記録をとっているんだけど」

「流星は写真に収められるの？」

「もちろん、わたしも見学に行ったことがある。使うのは光が微弱でもいい高感度の観測用カメラで、そこに一眼レフみたいにレンズを足して、焦点距離を調節できるようにしてあるの。それぞれのカメラが担当する区域は天空の六分の一だけで、ただ六台を同時に動かせば、地平線から天頂まで天空の全体を収めることができる。北京の一帯に現れる流星は、この全能の目を逃れられないってこと」専門分野の話題とあって、竇楽楽《ドウ・ローロー》は滔々としゃべった。

「それはいい！」ぼくは答えた。「ある時間、特定の場所に現れた火球を調べてみたいんだけど、できるかな？」

「できるでしょうね。関わってる人が先輩に一人いるから、その人に聞いてみればいいかな。でも流星を調べてどうするの？」

「それは……」すこしまごつく。ほんとうのことを話しても信じてもらえないのはわかっている。「あの日、火球を見かけたんだ。すごく明るくて、すごくきれいで、心に刻むために写真はないかなと思ってね」

すこし疑わしげな目で見られる。理由がすこし強引だと思われたんだろうけれど、結局頼みには応じてくれた。お互いの携帯の番号を交換した。

部屋に戻って、記憶を頼りにネット上で星図を調べ、竇楽楽《ドウ・ローロー》に電話をかけて伝えた。五月十九日の夜七時半前後、南東の方向で、だいたいおとめ座からうみへび座にかけての区画だった。

つぎの日電話をかけてきた竇楽楽《ドウ・ローロー》から、きっとぼくの記憶違いだろうと伝えられた。その時間帯にはまったく火球の記録はなく、つぎの日に入ってから一つ現れてはいたが、時間も方角も完全に見当違いで、ぼくの言った火球ではありえないという。

ぼくは息を呑んだ。礼を言って電話を切ったが、心は千々に乱れ、考えの整理がつかない。

火球は観測されていなかったって！　どういうことだろうか。しかしあのとき空を通りすぎていった、おそろしくまばゆい光の輝きはぜったいに見間違いなどではなかった。

とはいえ、六つの地点からの観測網のデータこそ間違いようがないと思う。どこかがおかしいのなら、おかしいのはぼくの目しかありえない。なぜ目がおかしくなるのか。もしかしてこれこそが、ぼくの意識が侵入を受けたしるしだったのか？

もしくはただの幻影だったか。たまたま目に火花が走ったのかもしれないだろう、このまま大勇《ダーヨン》の話に頭をやられるわけにはいかないぞ――そう考えなおす。そもそもまったく関係のないできごとでもおかしくないのだ。

しかし大勇《ダーヨン》の理屈は、すくなくともいまの時点では筋が通っている。たしかにぼくらの未来の子孫たちは、目撃される危険を冒してわざわざその身でタイムマシンに乗って会いにこなくとも、どうにかして遠隔操作できる手段を使って、脳のニューロンの電気化学的活動にほんのすこし働きかけてぼくらの意識をわずかに変えればそれで済むわけだ。

しかし、もし彼らがぼくの意識を改変していたとしたら、ほかの人たちの改変もしているだろう。でもそうだとして、証拠は存在するだろうか？　ぼくは苦笑した。ここでもオッカムの剃刀だ。人々の意識が改変されたとしてもぼくらが知ることはない。当人の自発的な決定なのか、それとも意識が改変された結果なのかは永遠に区別ができないからだ。

でも、ひょっとすると……そこに迫るための糸口は、皆無ではないのかもしれない。

ぼくは以前の大勇《ダーヨン》との会話を思い出していた。

――もしおまえのこんな用件のために未来人がお出ましになるんだったら、これまでの世界大戦だとか、ミサイル危機だとか、暗殺やらクーデターで、もう何回未来人が来てるか知れたものじゃない。

――もしかすると、ほんとうはなにかの形で数えきれないくらい来てるのかもしれないな。まったく目を引かなくて、おれたちが気づいてないだけで。

歴史上で起きた重大事件がいくつか、ふと思い浮かんだ。歴史に影響を与えた重要人物たちが、どこかで唐突にふるまいを変え、思いもよらない、もしくは当てはずれな行動をとって、歴史の流れにはかりしれない巨大な影響を与えたとき。本で読んできた説明がつぎつぎと頭に浮かんでくる――

荊軻《けいか》――燕《えん》の太子丹《たん》があらゆる手を尽くして迎えた名剣客は、千辛万苦を費やして秦《しん》の王宮にもぐりこみ、地図に隠した匕首《ひしゅ》とともに正体を現して、匕首を手に丸腰の秦《しん》王嬴政《えいせい》に襲いかかった。しかしどうしてか失態を演じ、さんざん追い回しても嬴政には傷一つつくことなく、最後に投げつけた匕首も的を外して、嬴政が抜いた剣によって斬り殺されてしまう。もしここが違っていれば、その後の秦、漢《かん》、三国《さんごく》は……そもそも現れなかったかもしれない。

ユリウス・カエサル――古代ローマ共和国末期の独裁者で、共和派の陰謀で暗殺された。彼は殺されるまえに何度も警告を受けており、身体の不調もあって、元老院の会議への参加を取り消すことに決めていた。しかしわけもなくふいに考えを変え、おそろしく不注意なことに身一つで元老院に向かい、全身を刺され殺されることになった。ローマの政治は混乱し、その結果ローマ帝国の成立に至る。

ワーテルローの戦い――一八一五年、ナポレオンとウェリントン公爵がワーテルローで決死の戦いを演じていた際、ナポレオンの腹心の部下グルーシー元帥は相当数の軍勢を率いて、さほど離れていない場所でプロイセン軍を追撃していた。グルーシーの部下の将校たちはほぼ全員、いますぐにワーテルローに向かってナポレオンに合流するか、もしくは最低でも軍の一部を応援に向かわせるよう必死で懇願した。しかしグルーシーは愚かにもそれを聞き入れず、目のまえにぶらさがっていた勝利は惨敗に変わり、ナポレオン帝国を葬り去ることになった。

キューバ危機――一九六二年、アメリカとソ連の巨大な軍事力がキューバ海域で対峙し、一触即発となっていた。一隻のソ連の潜水艦がアメリカ軍の爆雷の攻撃を受け、核戦争が勃発したものと判断してしまった。艦長は核魚雷の発射を決定し、ほかの船員たちも同意したが、副艦長一人が懸命に反対したことで、目前に迫っていた核戦争は阻止された。それと同じ日、アメリカの偵察機の一機が地対空ミサイルの命中で撃墜された。ケネディ大統領はそれ以前に、同じような状況では開戦は避けられないと警告していたが、なぜかこのときには考えを変え、平和的な解決を望むようになっていた。結果、世界を滅亡させていたかもしれない危機は去ったのだった。

……

同じような事件は相当な数になるし、このほかの不思議な夢、幻視、幻聴のたぐいとなると当然ながらとても数えきれない。とはいえぼくは、背後にある原因を考えたことがなかった。歴史というのはさまざまな偶然と過ちにあふれているもので、こうした事例もそこまで特殊だとは思えないから。だがこの事例のどれをとっても、当事者が多少なりとも意外な行動をとっていなかったなら、世界にはまるごとひっくり返るような変化が訪れ、ぼくたちはなにもかも違った世界に生きていたのだ。もしくは、そもそもぼくたちは根本から改変された世界に生きていたのだ。

時間旅行のフェルミのパラドックスというのは、なぜぼくらは未来からやってきた時間旅行者に出会わないのか、ということだった。もしかするとその答えは、未来人たちはみずからやってくる必要などまったくなくて、どうにかして時空を超えてぼくらの脳に接続している、ということなのかもしれない。一台のコンピューターがべつのコンピューターを遠隔制御するようなものだ。ぼくらの感覚器官を通して過去の世界を感じることができ、そしてだれにも気づかれることなくある程度までぼくらの意識を改変し、行動を左右することができる……

だとしたらぼくらのこの世界には、どこまで未来からの力が浸透してしまったのだろう？　ぼくらの世界すべては、ある意味では未来の人々の――いや〝超人〟と言ってしまおうか――遊びでしかないんだろうか？

この理屈を極限まで進めて見えてくる世界の景色は、とてつもなく恐ろしかった。もしかすると、改変されたのは人類の歴史だけではないかもしれないのだ。

さらに古く、さらに遠い過去、すべての歴史が始まるよりまえかもしれない。最初の原始人がアフリカの大地溝帯を出た、最初の類人猿が木から下りた、最初の総鰭類《そうきるい》が砂浜に上がった、そのとき……そういった行動がすでに、未来からの力に左右されていたとしたら。生物の進化史すべてはそんな力に作りかえられていて、ぼくたちが見ているのは氷山の一角にもならないのかもしれない。

作りかえる？　いや、そんな時間の遠隔制御が存在するのなら、もしかすると世界そのものが彼らによって作りあげられていて、彼らはみずから作り出した世界そのものから現れたのかもしれない。

こうして因果の連なりは循環する。パラドックスのように思えてしまうが、もしかするとそれは、ぼくらが生きている線的な因果の連なり自体がたんなる脆弱《ぜいじゃく》な表象、時空の局所的な現象でしかないからかもしれない。大地のどこに立ったとしても目に入る大地はひたすら平面で、過去の人々も大地の全貌は球体だと理解できなかったように……ことによると世界そのもの、宇宙そのものが同じような因果の輪を循環していて、始まりも終わりもなく、頭も尾もなく、完結した存在なのかもしれない。そして起こりうる歴史の分岐が無数に存在するなかには、無数に並行している因果の循環が、無数に存在する可能世界があったとしたら……

あるいは、彼らではないなにかの存在の仕業なら。時間の果てには究極の観察者、遊び手がいるとすれば。〝時間はさいころで遊ぶ子供だ、子供が王権を握っている〟。どの哲人の言葉だったろうか。思い出せないが、この言葉にぼくは震えあがった。

ぼくにとっては不愉快な考えだった。だれだって自分の意識が操られている気分にはなりたくない。とはいえこの可能性は証明もできなければ、逃れることもできなかった。あの日までは――

9

六月の中旬、学期の終わりが近づいて、陽気も急速に暑くなりはじめていた。その日の夜、大勇《ダーヨン》は沈《シェン》・琪《チー》とデートに行く、今晩で決めるつもりだと言って、ぼくらの羨望の視線を受けながら七時過ぎに出ていった。ぼくは本を読む気分でなくて、ネットに逃げてゲームをしているだけだった。十一時過ぎになっていきなり竇楽楽《ドウ・ローロー》から電話がかかってきたかと思ったら、大勇《ダーヨン》が学校の近くの道端で横になっていて、どうもべろべろに酔っぱらっているらしいと言われた。

慌てて寮を出ると、言われた場所に自転車で向かう。たしかに竇楽楽《ドウ・ローロー》が遠くで手招きしているのが目に入り、そこまで行って自転車から降りると、道端のベンチでぐったりしている大勇《ダーヨン》に気づいた。全身から酒のにおいをさせていて、地面は汚らしいげろまみれだった。

「どうしたんだ？」

「わたしも知らない……」竇楽楽《ドウ・ローロー》は首を振る。「夜の英語のクラスが終わって通りかかったら、地面に横になって、盛大に吐いてるのを見つけて、なんとかベンチに引っぱりあげたの。タクシーを呼びたかったけど、どこに住んでるのか具体的には知らなかったし、自分で連れてくのも無理だったから、あなたを呼ぶしかなくて。これって……大丈夫だよね？」大勇《ダーヨン》のことがかなり心配なようだった。

礼を言ったあと、大勇《ダーヨン》のまえに屈みこんで訊く。「大勇《ダーヨン》、どうしたんだ？　なんでこんなに飲んだ？」大勇《ダーヨン》は北の生まれの男だ。ときどき酒は飲むが、こんなになるまで酔ったことはない。

大勇《ダーヨン》は目を開けて、ぼくのことにどうにか気づくと、急にこちらの胸ぐらをつかんで、真っ赤になった顔で言った。「おまえは、どうして……あの……あの花を買った？」

「なんの話だ？」

「あのばらを買って、おまえは……おれに希望をくれた、それでてっきり……なのに結局……結局……」回らない舌で話してくる。

「あれは未来人がぼくの意識に働きかけたんじゃないか、忘れたのか？」

あれから毎日反芻《はんすう》するうちにぼくは、どんどん例の話が真実らしく思えて、無意識のうちにあれを事実だと考えていた。大勇《ダーヨン》はなぜか、ヒステリックに高笑いを始めた。「あっはっは、未来人か、時空を超える、か……おれってやつは、ほんとにいかれてたんだ！　でたらめだ、なにもかもでたらめだったんだよ！」

そう言って声を上げて泣きはじめた。大の男がここまで悲しげに泣くのは見たことがない。泣き叫ぶと言っていいくらいだった。ぼくはおぼろげに、多少ながら事態を察した。「沈琪《シェン・チー》に……あの子になにか言われたのか？　あの子とは――」

「言われたさ、なにもかもな！　はははっ！」泣きながら笑いはじめた大勇《ダーヨン》は通行人の目を引いて、ぼくは慌てて竇楽楽《ドウ・ローロー》にタクシーを呼んでくるように言った。大勇《ダーヨン》は笑いながら、ぼくを指さして話しはじめた。「知ってるか、おまえ……あのばらのせいで、沈琪《シェン・チー》はおれのことを徹底的に軽蔑したんだ、心の底からおれを見下してたんだよ。もともとあの子のなかでおれは零点だったのが、いまじゃマイナスになって、それなのに好きになりはじめたと一人で勝手に思いこんでたのさ……あっはっは……」

「どうしてなんだ？　あんな数のばらを買ったっていうのに……」

「変な見栄なんか張るもんじゃないとさ……金がないっていうのに、と……友達の金を無駄遣いして……飯も食えなくさせた……」

「おまえ、なんでそんなこと話したんだ？」

「おれが言ったんじゃない……沈《シェン》・琪《チー》が……見てたんだよ……」

「ええ？」

「あの日、あの子は上から見てたんだ……あの配達のやつが遠くからおまえに手を振って、おまえもうなずいて返してるのを……」

心臓がどくんと鳴った。たしかにあのとき、声は出さずに配達員にあいさつを送ったけれど、まさかそれを沈《シェン》・琪《チー》に見られて、しかも大勇《ダーヨン》のイメージを作ってしまったなんて。

「それからすこしずつ、かまをかけてきて……おれはてっきりなにも知らないもんだと思って……気取ったりして……そうしたら面と向かって責められてさ……おれってやつは、阿呆のなかの阿呆だ！」

「でもなんでそうなるんだ」ぼくは腑に落ちなかった。「沈《シェン》・琪《チー》は仲良くしてくれてなかったか？デートだって順調だったし、ちょっとまえにうちの寮と懇親会をやったじゃないか」

大勇《ダーヨン》は急に鋭い怒りの目を向けてきて、歯ぎしりしながらぼくの胸ぐらをつかみ、顔のすぐ横までぼくを引っぱりよせた。

「おまえ、知ってるか？」一文字ずつ念を押すように口にする。「どうして沈《シェン》・琪《チー》がおれたちの寮に来るのか」

「おまえのためじゃないのか？」

「おれのため？　あっはっは……」甲高い笑い声を上げる。「じゃあ知ってるか……沈《シェン》・琪《チー》とおれは、なんの話をいちばん多くしてるか」

「おまえたちが話してることなんて、わかるわけないだろ」いよいよひどい酔いかたをしていると思った。

「ほんとに……なにも知らないのか？」

「知らないって！」

「おまえだよ！」歯の間からその一言をしぼり出して、腕を広げうしろに倒れこんだ。すべての力を使い果たしたかのように。

「それは……ええ……どういうこと？」ぼくは自分の耳が信じられなかった。

「おまえだよ、許琛《シュー・チェン》。はじめからいままで、おまえだったんだ」力なく言う。

心臓がばくばくと跳ねはじめる。ずっと盲目だった人が急に視覚を取りもどしたとたん、光に襲われて圧倒されるかのように、ぼくはよろけて数歩後じさり、なんの言葉も出てこなかった。

大勇《ダーヨン》はぼくを見ている。ぼくも大勇《ダーヨン》を見かえした。口を開けたぼくは、いくらでも言うことがありそうなのに、どこから始めればいいかわからない。

「タクシー、呼んできたよ！」そこに竇楽楽《ドウ・ローロー》が走ってきた。二人で大勇《ダーヨン》を立たせて、支えながらタクシーに押しこむ。運転手に住所を伝えて、タクシーは燕《イエン》大に向かった。老大《ラオダー》にも電話をかけて、下りてきた老大《ラオダー》と老四《ラオスー》と協力して、大勇《ダーヨン》を寮のなかに連れていった。車を降りた竇楽楽《ドウ・ローロー》は、大勇《ダーヨン》に付き添って様子を見ておくように頼んで、ぼくらと別れた。大勇《ダーヨン》のことは部屋に運びこんで、靴を脱がせてやり、ベッドに横にする。

ここまでのあいだ、大勇《ダーヨン》は半分起きたままで、目を開いていたけれど、あれから一言も発することはなかったし、泣くこともやめていた。ぼくもなにも言わなかった。

「大勇《ダーヨン》、すこし休んでてよ、ぼくは……自転車を取りにいかないと」大勇《ダーヨン》を見ることができず、そっぽを向いてごにょごにょと言った。「ほかの話は――」

「会いにいけよ」

「なんだって？」慌てて振り向く。大勇《ダーヨン》はこちらを見ずに、ベッドの向こうに顔を向けていた。自分の口から出た言葉ではないみたいに。

「大勇《ダーヨン》、ぼくは――」胸のなかがめちゃくちゃで、どう続ければいいかわからなかった。大勇《ダーヨン》はそれ以上口を開かなかった。ぼくは居心地悪くその場に凍りついて、老大《ラオダー》と老四《ラオスー》はわけがわからない様子で目を向けてくる。なにか感づいてはいるが、うまく言葉をかけられないらしい。どれだけ経っただろうか。ぼくはゆっくりと足を動かし、部屋を出た。ドアをくぐるその瞬間、ぼくは大勇《ダーヨン》との義兄弟の仲がもとに戻ることはないとはっきり悟った。

もちろん、部屋を出なかったとしても同じだった。

校門めざして足を進める。今夜は曇りで、星は出ていなかった。学期末になって、道ですれちがう学生たちはだいたいが試験や卒業、職探しだとかの話をしている。すこしまえまで自分が妄想をふくらませていた時空の移動だとか、脳の操作とやらは、思い出してみれば夢物語同然の笑える話だった。いまこうして、現実世界に戻るべきときが来たのだ。

これこそが人生、ぼくたちのめちゃくちゃな人生だ。断ち切ることも、思うように収めることもできない。未来はどんなことになるのやら、だれも知りはしない――ぼくは思った。

10

ベンチのところまでやってきて、ぼくは苦笑した。さっきはひどいごたごたのせいで鍵をかけるのを忘れていて、自転車はとっくに消えうせていた。あきらめきれずに左右をひととおり見回しても、自転車の影はどこにもない。

すこし毒づきはしたけれど、いまは自転車ごときにかまっている余裕もなかった。ひたすら頭のなかはこんがらかって、思いが入り乱れ、一つの考えもまとまらない。道端に突っ立って、時間の川筋のごとく途切れず行き交う車の流れを眺めながら、我を忘れ呆然としていた。

あれはすべてでたらめ、妄想だ——なにひとつ事前に決まってはいない、だれも助けになんか来てくれない。そう考えが浮かぶ。このくだらない俗世であがくぼくら凡人は、やっぱり自分で決めないといけないのだ。なにを選ぶか、どう生きるか、どんな——恋をするか。

最後のその一字が浮かんできたとき、ぼくの心は震えた。

「お兄さん、お花はいかが？　好きなお姉さんにあげてみてよ」

なんだろうと振り向くと、十二、三歳の女の子が、一本のばらを手にいじらしい姿でぼくを見ているのが目に入った。もう一言口にする。「これが最後の一本なの」

すこし気の毒になった。「いくらかな？」

「四元」

ポケットをさんざんあさって小銭をひとつかみ取り出し、数えてみると二元三角《ジアオ》しかない。申しわけなくなって笑いかけるしかなかった。「ごめん、お兄さんはお金が足りなくて……」

女の子はすこし考えて、ぼくの手から小銭をつかみとり、ばらを握らせてきた。見ると、そのばらはまだ花開くまえで、ただのつぼみのままだった。

「まだ咲いてないから、安くしたげる」そう言って、女の子は背を向け去っていった。

その花を見ていると、なんだかどんな顔をすればいいかわからない気分だった。咲いてないばらなんてどうするんだ？　しかもどうもしおれかけているようだし、花が咲くまえに息絶えてしまい、だれにも知られずに終わるかもしれない——このぼくの恋と同じように。

ぼくの恋。

認めるんだ、許《シュー・》琛《チェン》——心の底から呼びかけられているかのようだった——認めろ、心の奥のその秘密を。

沈《シェン・チー》琪。

そうだ、沈《シェン・チー》琪だ。ぼくは沈《シェン・チー》琪が好きだ。大学に入ったその日に彼女を見てから、このいままで。ずっと。一日もとぎれることなく。

突然にぼくはいろいろなことを悟った。ぼくはいくじなしだ。とっくの昔から沈《シェン・チー》琪のことが好きだったのに、ほんのわずかな自信さえ持ったことがなかった。失敗が怖くて、恥をかくのが怖くて、一度も自分の感情を認めずに、老大《ラオダー》や老四《ラオスー》といっしょになって好き勝手言ったり、策を考えてほかの仲間が沈《シェン・チー》琪に言い寄るようけしかけたり。よくよく考えてみれば、ぼくは大勇《ダーヨン》のことをずっと自分の代わりと考えていたんだろうか？　沈《シェン・チー》琪は大勇《ダーヨン》をなんとも思ってないというのはわかっていた。なのに口先では忠告するようなことを言いながら、ぼくはことあるごとに策を考えてやり、その果てにあんな数のばらを買ってやった。まさか潜在意識のなかでは、大勇《ダーヨン》がぼくの代わりに告白して、デートに行くのを望んでいたんだろうか？　だけど、大勇《ダーヨン》がほんとうに沈《シェン・チー》琪と深い仲になるのも、ぼくは受けいれられなかった……

だけど大勇《ダーヨン》はほんものの勇者だ。当たって砕けて血まみれになってもひとつの後悔もしないでいられるやつだ。じゃあぼくは。ぼくはなんなんだ？　なにをしてたっていうんだ？

手のひらに鋭い痛みが走って、すこしばかり我に返った。気づかないうちに例のばらを握りしめていて、とげが刺さったのだ。ばらのとげは――ぼくは思った――愛することの代価だ。傷つくことを恐れていたら、そのばらをほんとうにつかむことは永遠にできない。最後にはもっと大きな傷を負うことになる。

その瞬間、ぼくはふいに自分のするべきことに気づいた。深く息を吸いこんで、身体の向きを変え、早足に学校めざして歩き出した。

女子寮のまえに来たときには、もう日付が変わって一時半になっていた。寮の明かりはすべて消えていて、噴水のまえに立っていると、やっとのことでふるい起こした勇気がまたしぼんでいく。ひょっとして大勇《ダーヨン》は、酔っぱらってでたらめを言っただけか？　沈《シェン・チー》琪がぼくのことをどうにか思ってるなんてありえるか？　ここに立って、待っていればぼくにはなにかあるのか？　まさかまた、だれかがばらを送ってくるなんてことがあるか？

大声で沈《シェン・チー》琪を呼ぶわけにはいかない。でもこのまま立ち去るのもいやで、ぽつんとこの場に立ちつくし、一本の木になったかのように、沈《シェン・チー》琪の部屋の窓をじっとにらんでいるしかなかった。周りは静けさに包まれ、噴水だけが街灯の下で弱々しく水を吐き、さらさらと音が響いている。昼夜を問わず流れゆく時間が、人間の見る幻や執着をなにもかも押し流していくかのようだった。

その場に立ったままぼくは、沈《シェン・チー》琪との、飛び飛びで多くはない過去のできごとを思い出していた。ほんのささいな思い出までずっと心のなかに留めていたことに気づいて、ぼくは驚いた――入学の当日、手続きの列でぼくら二人はすぐ前後になって、親切心で荷物を持ってあげたら、うっかりつまずいて転び、困ったことに沈《シェン・チー》琪のトランクを壊してしまって、ずいぶん恥ずかしい思いをしたんだった……

二年のとき道で出くわして、演劇部に入らないか誘われ、ぼくは入ると答えた。けれど行ってみると沈《シェン・チー》琪は李佳《リー・ジア》たちハンサムな連中と楽しそうに話していて、おじけづいてなかに入ることができなかった……

去年、大勇《ダーヨン》が沈《シェン・チー》琪に最初の告白をしたとき、ぼくら兄弟は応援に駆り出された。ぼくらが横からいっしょになってはやし立てていたら、沈《シェン・チー》琪はぼくをきつい目でにらみつけ、大勇《ダーヨン》のラブレターをびりびりに破りすてて、そっぽを向いて行ってしまった……

ぼくは阿呆だ。この世でいちばんの阿呆だ。

沈《シェン・チー》琪の部屋のカーテンが動いたような気がして、目をこらして見たけれど、もとのままの様子だった。錯覚だ——自嘲しながら思う。

どれぐらい経っただろうか、静かな音がして、建物の玄関が開いた。

呆然と振り向くと、白いワンピース姿の沈《シェン・チー》琪がふわりと戸口に現れて、澄みとおったその美しい目でぼくをしっかりと見つめていた。

その瞬間、時間が止まったかに思えた。ぼくはその場に立ったまま、戸口に立つ天使のような女の子のことを呆けたように見つめていた。どれだけ経ったか、時間はいまも流れているのだと知らせてきたのは、ばくばくと打つ心臓の鼓動だった。

沈《シェン・チー》琪はほほえみを浮かべ、でもすこし気恥ずかしげに、麗しい風情で階段を下り、一歩ずつぼくに近づいてくる。一歩ごとが山奥に響く音さながらに遠く、その一歩ごとに空高く飛んでいきでもしそうだ。ぼくから三、四メートルほど先のところで、足が止まった。ぼくらは噴水のまえで向きあっていた。なにもかもが夢のなかよりも夢見心地で、そして現実どころでない実感があった。

「わたし……眠れなくて。上からあなたが見えて、それで下りてきたの」

「ああ……」なんと言っていいかわからなくて、喉があるべき機能を失っているかのようで、ようやく思い出して手に握っていたばらを差し出した。「き……きみに贈るよ」

そう言ってから、自分がすさまじい間抜けに思えた。沈《シェン・チー》琪は折にふれて数百本、数千本のばらを受けとってきたような相手だ。ぼくはこの一本、しかも花が咲いていない……あまりに貧相だ。

「九百九十九本のばらは、なんの意味だったかわかる?」そのばらを沈《シェン・チー》琪は受けとらずに、うつむいて、妙なことを言いだした。

ぽかんとして首を振る。

「天長地久《てんちょうちきゅう》、の意味」沈《シェン・チー》琪は静かに言う。

あたりまえの話だ。九九九《きゅう》とくれば——天長地久。天地に並ぶ永劫の時間。そうだろう。

「でもほんとはぜんぜん気に入らなかったの、どうしてかわかる?」

「どうして?」言われるがままに尋ねる。

「だって」沈《シェン・》琪《チー》は顔を上げ、いたずらっぽい笑みを浮かべてぼくを見つめ、沈黙のあと言った。「いちばん大事な一本が足りなかったから」ぼくの手から、そっとあのばらを取り上げる。「その一本がなかったら、どんなに長い時間も意味なんてない」

セロハン越しに、そっとばらを撫でる。「すごくきれい。ありがとう」顔を近づけて香りをかぐ。その手に視線を向けたぼくは、とたんに仰天して目を見開いた。あのばらがみごとに咲いていた。花びらはどれも完璧に開いていて、幾重にも重なりあい夢のようにあでやかな姿を見せていた。こんなことがあるだろうか? さっきはまだ――

ぼくがなにか言うよりもまえに、沈《シェン・》琪《チー》は上を向き、夜空を見上げていた。「今夜の星はとてもきれいね」見とれながら言う。

視線のさきを追って空を見上げると、ほんとうだった。黒い雲はいつのまにか去っていて、夏のはじまりのいま、星が空を埋めつくし、きらめく銀河が夜空を横切り、夏の大三角が明るく輝いていた。流れ星が一つ、まばゆい光を放ちながら、天頂から一瞬ひらめいて姿を消した。

「あっ、流れ星――」沈《シェン・》琪《チー》が口にする。「また流れた。もう、願い事ができなかったじゃない」

流れ星だ! ほんの一瞬のあいだに直感が訪れて、ぼくはなにかを悟ったような気がした。

ぼくと大勇《ダーヨン》、どちらも間違っていたのだ。時間の秘密はぼくらが想像していたよりもさらに奥深く、不可思議だった。

ぼくはぼくであり、そしてただのぼくではない。はるか昔の恒星の燃焼の余韻であり、万年単位、億年単位の生命の進化の産物であり、そしてこれからの無限の歳月を見はるかすための窓だ。ぼくはすなわち、ぼく自身の遠い未来の子孫であって、彼らはつねにぼくとともにいて、この意識の奥底にひそんでいる。ぼくは時間の起点であり、時間の終点なのだ。

ぼくだけじゃない、沈《シェン・》琪《チー》、姜《ジアン・》大勇《ダーヨン》……ぼくら一人ひとり、地球上のすべての人々がそうだ。ぼくらは無限の時空のなかでまたたくまに消え去る波の一つなどではないし、因果の連なりにおける平凡な一環にはとどまらない。ぼくらは始まり、そして終わり。ぼくらは種、そして果実。ぼくらは過程、そして結果。ぼくらは過去と未来のすべての時空がもつれあった存在だ。インドラ神の網を飾る宝玉の一つずつすべてが、ほかの無数の数珠《じゅず》を映しているというように。ばらの花一つずつが、ほかのばらと重なりあうことでばらという概念を映し出しているように。

とはいえぼくらはやっぱり自分自身、百パーセントの自分自身だ。ぼくらの愛や友情、青春や情熱、滑稽さや拙《つたな》さは真実にちがいない。そして過去と未来、無数の時間が凝集した自分、それこそがもっとも真実といえる自分なのだ。

ぼくらは時間そのものだ。さいころを投げる子供なのだ。ぼくたち一人ひとりが……

「ねえ、どうしてしゃべらないの？」沈《シェン・》琪《チー》がむっとしていた。「あなたのために来たのに、なにも言ってくれないなんて」

幸福のなかで頭が冴えたぼくは、深く息を吸いこんで、これまでは夢のなかでなければ正視できなかったその目に向きあった。「つぎの流れ星に、いっしょに願いごとをしようよ」

「つぎの？　そんなの、いつまで待てばいいの」

心を決めて、腕を上げ、空を指さした。天地宇宙に、果てのない時間に号令をかけるかのように。

「やってみるよ。来てくれ、流れ星」ぼくはきっぱりと言って、目を閉じた――

一秒ほどのあいだ、もしくは五秒か、それとも十秒か、あたりは静けさに包まれたままで、水の音以外なにもなかった。そして――

沈《シェン・》琪《チー》が小さく驚きの声をあげるのが耳に届いた。

目を開ければ、燦然と輝く一つの火球が眼前を通りすぎ、銀河を横切って、空の果てに落ちていく。そのつぎにはまた新しい流れ星が続き、これもまばゆく光りながら天球を通過していく。そして三つめ、四つめ、五つめ……一つごとにより明るく、一つごとにより輝かしく、流れ星は集まって壮麗な流星群と化し、夜空に果てなく広がる星々の海を通りすぎ、幾世紀もの無限の時空を横切って、ぼくらの世代には理解できない謎をはらみながら、ぼくらの脳に吸いこまれていく。

こうして、あの奇跡の夜更け、ぼくと沈琪《シェン・チー》の二人は並んで噴水の端に座り、ぼくたち二人にしか見られないあの流星群を目《ま》の当たりにしたのだった。それからぼくらは、夏の夜の星々の下でささやきを交わし、そのまま夜明けを迎えた。

はるか未来の子孫たち、きみたちのずっと上のおばあちゃんとぼくが、最初のデートを始めるまでの物語がこれだ。このつぎは、姜大勇《ジアン・ダーヨン》おじいちゃんと竇楽楽《ドウ・ローロー》おばあちゃんがどうやって結ばれたかの話をしよう。そっちのほうも甘い物語なんだ。もちろん、きみたちはとっくに知っているかもしれないけれど。そうだろう？

なにはともあれ、きみたちには感謝だ。

著者付記

この作品は、二つの意味で懐旧的な物語だ。物語の全体は、いささか新味のない思考実験がもとになっている——もしタイムトラベルが可能だとすれば、われわれがなんらかの方法で未来人を相手に、特定の時刻にこちらのまえに現れるよう指定したなら、彼らは現れるだろうか？　そこからタイムトラベルの実現可能性を証明できるだろうか？　ＳＦの愛好者はおおかた聞きなれている話だろう。ただしこの物語で目指したのは斬新さではなく、そうした可能性が存在する人生にできるだけ深く身を置き、われわれが十分に知っているように思いながら、真に理解したことのないその可能性をできるだけ感じとることに尽きる。

　もちろん作者からすれば、去ってまもない青春と、温かく芳しく、かつ感傷的な追憶も大事だった。タイムトラベルと青春の記憶、どちらにとっても時間の秘密は永遠の主題であって、ことによると二つは同じものなのかもしれない。

時間の王

時间之王

阿井幸作訳

1

俺は十六歳の春に目を覚ました。太陽が窓の外の枝葉の間で輝き、色とりどりの陽光が顔に落ちる。ベッドから跳ね起き、部屋のドアを開けると、十一年後のセーヌ川のほとりで午前中を過ごし、パリのアオギリの落葉が秋風に舞った。午後、二十一歳の大学の運動場に舞い戻り、バスケットコートで他学部に大敗した雪辱を果たした。きれいなダンクシュートを決めた後、十歳の海西病院に飛び戻り、琪琪《チーチー》と病院食を食べながら六時半から放送されるアニメを見た。

もちろんこれは時間の順序の一つに過ぎず、他にも無数の順序がある。俺は夜更けから別の夜更けへ無限に渡り歩き、はなから昼間なんてないように生きることができる。喜びも悲しみもある誕生日を一つまた一つと飛ぶように過ごし、自分が幼児からしわが刻まれ始めた中年へまたたく間に変化するのを見ることも、または反対に大人から子どもへ逆行することもできる。海西病院の屋上で夕暮れの太陽をずっと地平線上に留め、願うだけで太陽が二度と沈まないようにすることもできる。

俺は記憶に引っ張ってもらい、自分の人生のあらゆる時間を自由に通り抜けられる。

俺は時間の王だ。

十歳の頃、琪琪《チーチー》は言った。「文文《ウェンウェン》、私、生きていきたい。大きくなりたい。でも……時間がないの」

俺は数え切れないほどその時に戻り、彼女の目を尽きぬほど見つめ、彼女の声を聞く。その時、彼女は何もわからず、俺も何もわからなかったが、俺たちは何もかも理解していたようだった。何もかも全てを。

その時、俺は何も口に出せず、ただ涙が静かにこぼれ落ちた。でも今、俺は彼女にこう言える。

「きっとちゃんと生きていって大人になれるよ。素晴らしい人生があるさ、俺にはわかるよ」

2

時間のコントロールができるようになるまで、俺は植物状態だった。

植物状態の人間は意識不明と思われているかもしれないが、それは違う。他人はどうかわからないが、俺は自分の体がどこかに寝そべっていて、時々誰かがそばを横切り、自分の体をいじり、話し掛けていることすらかすかに感じ取れる。彼らが何をしゃべっているのかは聞き取れないし、自分がどうなっているのかも不明だが、自分がまだ生きており、息も絶え絶えで体にたくさんのチューブがつながっていることは確かだった。

半醒半睡の中でどれほどの時間が過ぎただろう。散り散りの記憶がじわじわと浮かび、自分の身に何が起こったのかをだんだん思い出していった。とてもあっけない事故が俺の人生を徹底的に破壊したのだ。

その出来事の顚末が脳内を駆け巡り、ますます鮮明になっていく。あの日の朝、ビルのエレベーターの故障で十九階にある会社まで階段を使って出勤するはめになった。

十九階まで上るのは容易ではない。十七階まで上り切った時はもうクタクタで、足を止めて階段でひと休みしていた時、不注意な男が非常扉から飛び出してきた。そいつは人がいるかどうかなどもとから確認もせず大股で階段を駆け下り、まずいと気付いて足を引っ込めようとした時にはもう遅かった。疲れ果てていた俺は避け切れず、そいつが胸元に飛び込んでくると、何が起きたかわからないまま仰向けになって体が宙に浮き、一瞬の間を置いて階段に後頭部をしたたかに打ち付けた。意識を失う刹那、自分の頭蓋骨が砕ける音までも聞いた。

寝ているようで起きているような夢にうなされている中、俺は他のことは考えず、ただ事故が起きたあの瞬間を全ての過程がこれ以上ないほど鮮明になるまで何度も思い返した。照明の切れていた階段通路、壁面のはがれ、段差の薄暗さ、手すりに積もったほこり、俺は汗まみれになりながら息も絶え絶えに階段を上がり、最後は足を上げられなくなり、階段の途中に立って休憩した。携帯電話を見ようと取り出そうとした時、上の方が光ったと思って頭を上げたら、大きな影がドアを開け下に駆け下りて——

瞑想から現実に戻されたような気がして、俺は見上げながら本能的に一歩下がったが、そいつにぶつかって壁にもたれかかった。そいつはひと言、「ソーリー」みたいなことをつぶやいて下りていき、残された俺はただそこに突っ立ったままだった。

何が起きたのかすぐにはわからなかった。そいつにぶつかって階段から落ちたことはかすかに覚えているのだが、まさかただの幻覚だったのか。そいつはもう階段を下りていってしまったが、俺は自分の呼吸を聞き取り、自分の心臓の鼓動を感じた。自分の手を上げ、次に自分の足を上げてみるが、怪我一つない。俺は突き飛ばされておらず、ピンピンとしてここに立っている。これは思い出ではなく、現実だ。

これはいったいどういうことだ？

しばらく呆然とした俺は十九階に向けて一歩ずつ上り、廊下を曲がると、見慣れた人影がよく知るオフィスに出入りしているのが見え、同僚に肩を叩かれるまでドアの前に立ち尽くしていた。

「小許《シャオシュー》、なに突っ立ってんだ？」

「俺は……王《ワン》さん、今日は……」俺は記憶をたどった。「二〇一四年十月十一日ですよね？」

「何言ってんだ！」彼が小突いた。「もうすぐ姚《ヤオ》社長たちが契約しに来るんだぞ、忘れてないだろうな？」

「まさかまさか、全部覚えてます」俺は慌てて答える。

わかった。さっきのぼんやりした感覚はきっと階段を上った疲れによる幻覚だ。実際は何も起こっていなかったんだ。

オフィスで忙しい午前を過ごし、最終的にはあの奇妙な感覚はきれいさっぱり忘れてしまった。だが昼食を食べようと立ち上がった時、またしてもあの不注意な男がぶつかってくるイメージが浮かんだ。危ない。もし衝突されたら本当に階段から転げ落ちるかもしれないし、長期入院することになるとも限らない。十歳の頃、突如として襲いかかった急病みたいに。


俺は一瞬で二十年前の記憶に沈んだ。周囲が暗くなったようになり、薄暗い病室に点滴が頭上の金属製のラックに三、四個吊るされて、鼻を突く薬品臭が漂い、遠くから見知らぬ老人のうめき声が聞こえる。両親は入院の手続きに行っており、俺は一人でベッドに横たわり、点滴を受けながら声を出さずに泣いていた。重い病にかかっていることを知っていて、もう学校にも行けず、仲の良いクラスメイトにも会えず、死ぬかもしれないと思うと泣けてきて、鼻水と涙でいっぱいだった。

うるんだ目の中に病院服を着て白いニット帽をかぶった少女がドアを横切るのが見えた。パンダのぬいぐるみを抱いた彼女は俺の病室の前で止まり、中をのぞいた。夕陽が彼女の体を金色に照らす。

俺はようやくおかしいことに気付いて周囲を見回すと、山のような書類もそばにいた同僚の姿も見えない。自分はどこでもないこの黄昏の病室にいて、この少女の前にいる。

思い出が再び現実になった。

今がいつかわかった。一九九四年十月、俺は初めて琪琪《チーチー》と会ったのだ。

3

九四年は俺にとって不吉な年で、十歳の俺は小学四年生になったばかりだ。始業後ほどなくして、体育の授業のランニング中、突然気を失って病院に救急搬送され、急性溶血性貧血が見つかって数カ月間入院し、自宅に帰ってからもう一年間休学した。あれは生涯の悪夢だったが、琪琪《チーチー》はその間の唯一の光だった。

琪琪《チーチー》は急性白血病で、同じく当時十歳、すでに一カ月以上入院していたが、その時はまだ元気で、いつも廊下で遊んだり、他の病室に遊びに行ったりして、患者たちからかわいがられていた。その頃、海西病院の血液科の病室には年齢が変わらない俺と琪琪《チーチー》の二人の子どもしかおらず、すぐに一緒に遊ぶようになった。あの生死の境で結んだ絆は、普通の友達と比べられるものではない。俺たちは三、四カ月一緒に過ごしただけだが、俺はその後もいつも彼女のことを思い出した。それは人生で知り合ったたくさんの親族に勝る。

女の子は俺を見つめ、「新しく来たの？　泣いてたの？」と聞いてきた。

「君は……」嗚咽混じりの自分の声が震えているのがわかった。「……琪琪《チーチー》？」

「どうして私の名前を知ってるの？」と彼女は問い返し、理解したのかすぐに笑った。「看護師のおばさんに教えてもらったの？」

　部屋に入ってきた彼女が俺の手のひらにパンダのぬいぐるみを置いた。「泣かないで。この子の名前は盼盼《パンパン》っていうの、この子と一緒に遊ばない？」

「本当に君なのか？」頭が混乱し、言葉がうまく出てこない「まだ生きてたの？　いや、俺が戻ってきたのか？　今は一九九四年で……俺は……」

　そばに立つ琪琪《チーチー》が好奇心と親しみを込めた目で俺を見つめている。本当に彼女だ。一九九四年、この頃の彼女はまだ元気に生きていたのだと気付いた。病気のせいで頭髪が抜けてしまっているが、まだ俺と一緒に遊ぶことができた。しかし半年後、彼女は――

　新たな別の記憶が脳裏に浮かぶ。それは俺が琪琪《チーチー》の死を知ったあの日だ。その記憶がパソコンのウィンドウが開いたかのように画面全体を支配し、周囲の一切が再び変化し、自分がすでに立ち退《の》いた古い自宅の客間にいることに気付いた。目の前の母親は電話の受話器を置いたばかりだ。

　彼女は振り向き、口ごもりながら「その……文文《ウェンウェン》、あのね……」と言う。

　俺は言葉が出なかった。目の前の母親はとても若くなっていた。母の若い頃の姿はとっくに忘れてしまった。だが今、若い母親が生き生きとした姿で目の前にいた。

　母は俺の不自然さに気付かず、ため息をついた。「徐《シュー》先生から……殷琪《イン・チー》――琪琪《チーチー》が亡くなったって。一昨日に……文文《ウェンウェン》、どうしたの？」

　俺は何歩も後ずさった。間違いない、これは一九九五年三月にいる。この頃、俺は「骨髄移植」ができると聞き、自分の骨髄を琪琪《チーチー》に移植すれば彼女を助けられるかもしれないと考えていた。それで何日も母にせがんで病院に電話をかけてもらったところ、琪琪《チーチー》がすでに亡くなったことを知らされたのだ。

　眼前で世界が崩壊し、俺は大声を上げ、後ろにいる母親が叫ぶのも構わずよろめきながら家を飛び出した。無数の破片となった記憶が脳内を旋回し、大きな渦へと変わり、俺をのみ込む。それから俺は、二〇〇四年の北京の春に、二〇一一年のパリの深秋に、一九九八年の冬の雪合戦に、二〇〇五年の夏の旅行に飛び込んだ……

俺は人生の中の思い出せるあらゆる瞬間に復活した。

この時から、俺はその時刻を思い出せさえすれば、その年その日その秒に戻り、それを再び今に変えることができた。

俺は時間を支配できた。

4

これはいわゆるタイムスリップや転生もののお話ではない。最初は俺もそう思っていたが。

あの出来事から俺は、覚えているあらゆる時を呼び起こせ、その中に浸っているだけで同じ時間に戻ることができることに気付いた。俺はすでに起きた歴史を改変することができたが、この全ては永遠に続くわけではなかった。

自分の異能力の発見と確認をした後、どうするべきかと長いこと考えた。最終的に、二〇〇一年の高校受験に戻った。あの日、数学の最後の大問を間違い、三点差で、手が届くはずの市の一流高校から区内のそれなりの高校に弾き飛ばされた。だからその後も、入りたかった理想の大学に入学できず、将来全てを無意味なものにさせられたのだ。俺はこの日から生まれ変わり、平凡な人生を塗り替えてやる。

俺は記憶と未来からの知識を頼りにテストを完璧に解き、さっそうと試験会場を後にし、これから

のことを想像した。市の一流高校に入るのは小さな第一歩に過ぎない。今後十数年間の歴史の行方が

わかっている今の自分なら、驚異的な出来事はいくらでも起こせる。何回ものワールドカップのラン

キングや株式市場の動向を把握しているのだから、短時間で巨万の富を築き上げることも可能で、そ

の後は思うがままだ……

だが、それでも死んでから五年が過ぎた琪琪《チーチー》をよみがえらせることはできないのだと思い至った。たとえ五年前にタイムスリップしたとしても駄目で、不治の病を患っている琪琪《チーチー》は世界一腕の良い医者をもってしても治せない。俺が何度戻ったとしても、彼女が歩むよう決められた唯一の運命は、死だ……

記憶がまたしても俺を沈め、一秒後、まばらな爆竹の音が遠くから響き、医薬品のにおいが周囲に立ち込めた。俺は病室に立っていた。

手に『ドラゴンボール』の単行本を持っている。目の前に寝ている琪琪《チーチー》は手に点滴をしていた。無菌病室から出てきたばかりの彼女は唇が白く、とても弱っているようだ。彼女の母親が病室の外で医者と話している。

間抜けな俺は漫画に関する何かの話をしているようだが、琪琪《チーチー》はその漫画本をそっと押しやってこう言った。「文 文《ウェンウェン》、私死ぬ」

これが俺たちの初めて交わす死にまつわる会話であり、その日俺は心の底から驚いたことを覚えている。これまで琪琪《チーチー》は同い年の少女同様悩み事はなく、時には俺も彼女が病人であることを忘れてしまった。だが彼女は今まで口に出さなかっただけで、自分の運命に対して実はとても敏感だった。

だが今日、彼女は胸の内にとどめていた秘密を吐露した。「大人は言わないけど……わかるんだ。生きていきたい。大きくなりたい。でも……」

「でもきっと良くなるって」俺は記憶にあるのと同じように慰めた。「数日前におばさんが普陀山《ふださん》で観音菩薩様を拝みに行ったんだけど、琪琪《チーチー》のことも祈っててっておばさんに頼んだんだ。観音様はすごいって言ってた」

「観音菩薩なんているのかな……」琪琪《チーチー》の視線が揺れ動く。俺の背後のどこかを凝視しているようだった。「人って死んだらどこに行くと思う？」

「俺は……わからない」

「私も。でももうすぐわかると思う」琪琪《チーチー》が弱々しく笑った。

大きな悲しみに押し倒されそうになり、俺は彼女を見られず視線を窓に向けると、夜の闇の中を飛び上がる炎が立ちのぼっては消え、さらに遠くは天地が創造される前の混沌と見紛うような漆黒の闇だ。今は一九九四年十二月三十一日の大晦日で、俺たち二人の小さな病人は病院で新年を迎えた。五、六年後の高校受験ははるか先だ。人生をやり直す努力をしたところで、意味がない。

「文《ウェン》文《ウェン》は大きくなれるからね。大人になって、科学者になるか、それとも宇宙飛行士か……いいね……」

「大きくなっても俺は何にもなってないよ」俺は感情を高ぶらせて言った。「俺は……その時、生活に苦しむただの底辺サラリーマンで、何もやり遂げられていないさ」

琪琪《チーチー》は俺が何をしゃべっているのかわからず、俺はもういたたまれなくなり、目元をぬぐった。

「先に行くよ。また来るから」

病室を出ると、十年後の大学の図書館に足を踏み入れた。俺は図書館の奥の隅に座り、頭を抱えて考え込んだ。

俺が人生のいかなる時点においても長く留まれず、長くても数時間程度ということは明確だった。記憶が襲来するたびに俺は別の時空に送られる。そしてその前に果たした全ては等しく無に帰す。次にまた戻っても、再びもとの記憶から始まる。

幾度もの練習を重ね、ある程度記憶に捕まらずにその時空に留まれる時間を延ばすすべを身につけたが、それでもわずか一日や半日程度だ。どんなに苦しみに耐えても、記憶はいつも俺を再び捕らえ、とにかく頭がはっきりしている状態を保てず夢と現実が曖昧な状態に陥った時、記憶が密かに心の中に滑り込み、俺を捕まえて別の年、別の日、別の場所へ連れて行く。

俺はこの事実を徐々に受け入れた。どのみちどう変えようが、琪琪《チーチー》は一九九五年の春を越せない。

だが今は、ずっと彼女に会いに戻れるし、あの切なくも美しかった日々に浸れるのだ。

5

幾度ものリターンの中で俺は数々のことをやった。自分の生活をやり直すだけではなく、これまで行く機会がなかった旅行をし、会う機会がなかった多くの人々と知り合い、多くの疑惑の真相を調べ出しさえした……

だが俺は何も変えられなかった。何をしても、次の行き来でまた消え、二〇一四年十月十一日以降の時空にたどり着いて人々に何も伝えることができなかった。自分がもう死んでいるのかもと思った。または神が一人一人に施しを与え、死後も人々をこれまでの時間の中に生き続けさせ、当時は気付くのが間に合わなかったことに気付かせ、自身がかつて犯した過ちの穴埋めをさせているのかもしれない。

だから、ある日、俺は人生で最大の過ちを犯したことに気付いた。

二〇〇一年五月のある夕方に戻った。記憶の通り、中三の俺はリュックを背負い自転車を押しながら校門の外の路地を通りかかった。その時、女の子の悲鳴が聞こえ、路地裏に目をやると、チンピラ二人が女の子に絡んでいた。

　俺が路地に向かうと、腕に入れ墨をしたニキビだらけのチンピラが振り返り、鬱陶しそうに怒鳴った。「見せもんじゃねぇぞ、うせろ！」

　一回目の人生では、俺は前に踏み出す勇気がなく、縮こまって逃げてしまった。もうすぐ高校受験で、面倒事に関わりたくなかったからだ。このチンピラたちは女の子を恐喝するだけでなく、最悪、破廉恥なこともするだろうが、度を過ぎることはしないだろうと自分に言い聞かせた。だが心の中では自分の臆病ぶりにずっと幻滅し、後悔していた。そしてこの出来事のせいで試験勉強に身が入らず、入試も落ちてしまった。

　怖いものなど何もない今の俺は、鼻をふんと鳴らして力強く路地に足を踏み出した。チンピラ二人が脅すようにビール瓶を振りかざすが、俺は道端にほったらかされていたほうきをさっと手に取り、大きく掲げて向かっていった。女の子がまた叫び、路地の前を数人がまた通りかかり、次第に大事《おおごと》になっていく。その二人組はちらっと顔を見合わせ、「いい度胸じゃねぇか、覚えてろよ！」と吐き捨て、俺をにらみつけると逃げていった。

　俺はもともと、何度殴られようが最後はあの二人を倒すと心に決めていた。だがまさかこんなに簡単にうまくいくとは思っていなかった。どうやら当時も勇気を出して前に進んでいれば、その後、悔やむことは絶対になかったようだ。

「大丈夫？」と俺は女の子に声を掛けた。彼女はうちの学校の青と白の制服を着ており、同じ中学の生徒のようだが、ずっとうつむいているので顔がはっきり見えない。

　女の子は首を縦に振り、小さな声で「大丈夫」と答えた。

「これからは気を付けなよ」と言った俺は突然しらけてしまった。「これから」なんてないのであり、この時空から離れてしまえば全ては消え去る。こういうことをして何の意味があるのかわからなくなった。

その場から去ろうと後ろを向き、片足を別の時空に踏み入れようとした時、女の子が俺の背をつかんだ。「あのっ、まだお礼言ってない」

「いいよ」俺は振り向かず言った。「前からあいつらにはわからせてやろうと思っていたし」

「そうだ、名前は？」背後から女の子が問い掛ける。

「俺？　言ったって無駄だよ」と俺は苦笑して、「盧　文《ルー・ウェン》」と答えた。俺が中学生になった時に両親が離婚し、俺は母親の姓になり、戸籍上の名前も盧　文《ルー・ウェン》から許　文《シュー・ウェン》に変わったが、もともとの名前に愛着があったので、この時自然と口に出た。

「盧《ルー》……文《ウェン》……」女の子の声色が若干変わった。「盧　文《ルー・ウェン》……なの？」

俺は何かを予感して足を止めて振り向き、怪訝《けげん》な顔で彼女と目を合わせると、すっかり成長したが面影を残す顔が目に飛び込んだ。「私、殷琪《イン・チー》！」と彼女が言うのが聞こえた。

6

琪琪《チーチー》はまだ生きていた。ずっと生きていた。

頭が混乱し、記憶が押し寄せ、知らず識らず一九九五年のあの日に戻っていた。母が琪琪《チーチー》の死を知らせた時、母の目の中に狼狽《ろうばい》の気配を見た。

「嘘だ、琪琪《チーチー》は死んでない！」

「嘘じゃない。文　文《ウェンウェン》、お母さんを信じて……」母は釈明しようとしたが、俺はなぜもっと早くこの嘘を見抜けなかったのかと悔やんだ。母はそもそも、俺が琪琪[チーチー]とこれ以上関わり合って縁もゆかりもない少女に骨髄提供なんかしてほしくなかったため、電話を掛ける振りをして嘘をついたのだ。

「母さん、どうして騙したんだ！」俺は母に怒鳴った。

母はこらえ切れずソファに座り込み、ぶつぶつと「あんたのためを思って」などとつぶやいた。俺は急に、母に対してこれ以上ないほど恨みを抱いた。母のこの嘘のせいで、すぐ近くにいた俺と琪琪《チーチー》は二度とめぐり会うことができなかったのだ。

しかしそれにもまして俺が恨んだのは、自分自身だった。当時、尻尾を巻いて逃げていなければ、二〇〇一年に琪琪《チーチー》と再会でき、その後の人生は全く違ったものになったかもしれない。

俺は身を翻して二〇〇一年に飛び、もう一度路地裏でチンピラ二人を追い払い、再び琪琪《チーチー》と顔を合わせた。彼女は、五年前に従姉《いとこ》との骨髄移植が成功し、ついには病気が治って復学したと言った。だが二年間休学したことにより、俺より一学年下だった。彼女も俺を探していたが、俺が中学入学以降名字を変え、周りは許《シュー・》文《ウェン》という名前しか知らなかったため、盧《ルー・》文《ウェン》と聞かれても誰のことかわからなかったのだ。

感極まった俺たちは話が尽きることがなかった。残念ながら琪琪《チーチー》が先に帰宅するというので、チャンスがあれば夜にまた会おうと約束した。

その日の夜、俺は家に帰らず、琪琪《チーチー》が暮らす建物の下でずっと待った。その頃の俺はまだ携帯電話を持っておらず、彼女と連絡がつかなくなることにひやひやした。今か今かと待ち焦がれていると、八時半に琪琪《チーチー》がどうにか抜け出してきて、一緒に海辺の公園へ行き、時々恥ずかしげな視線を彼女に送り、何も考えていないように笑った。これまであったたくさんのことを話し、最後の方には二人とも目の周りが赤かった。

「あの言葉をずっと覚えていた」俺は言った。「生きていきたい。大きくなりたいって。でも俺はずっと……」

「死んだと思ってた？」琪琪《チーチー》が醒めた目で俺を見た。「違うから。再発の可能性がないわけじゃないけど、生き続けられるんだ。『タイタニック』を見た時、絶対にローズみたいに白髪になって孫に囲まれるまで生きてやるって思った」と言うと彼女は桟橋の突端に立ち、腕を広げて、『タイタニック』のお馴染みのポーズを取った。

「ローズは死んでない」俺は言った。「それにジャックも死んでないんだ。二人とも幸せに暮らしているよ」

これは軽率な比喩だったが、琪琪《チーチー》は言い返さなかった。あたかも病院で偶然出会ったあの時から、俺たちの運命は一つに結ばれていたようだった。

7

その夜、俺は琪琪《チーチー》を家まで送ったが、二日目は来なかった。

俺は海西の実家のベッドで眠りについたが、目を覚ました時には二〇〇八年の深圳《シンセン》のアパートの部屋に寝そべっていた。この日、一年半同棲していた彼女が別れも告げぬまま去り、しかもキャッシュカードまで抜き取って「手切れ金」と称して貯金を全額引き出していった。この朝のことは相当印象に残っている。

彼女を見つけ出すのは難しいことではないが、かつて自分を傷つけた女に構っている暇など今はなく、俺には新たな目標が生まれた。これからの十数年、琪琪《チーチー》の人生の軌跡をたどるのだ。

死の淵から抜け出したせいか、琪琪《チーチー》は勉強に打ち込み、俺より成績が優秀で、俺が受からなかった市の一流高校に入学した。高校時代、俺たちは同じ学校ではなかったが海西市の街角でよくすれ違った。大学時代、彼女と俺は上海に行ったが、別の大学だった。ある同郷会で俺たちはまた会い、互いに名前を告げたが周囲の話し声がやかましくて俺は彼女の名前を全然聞き取れなかった。そして彼女にとって、俺は何でもない同郷の「許　文《シュー・ウェン》」にすぎなかった。その時はもう二〇〇五年、人は十年も会っていない相手に気付くことができない。俺たちは二言三言言葉を交わし、その時の俺は彼女に対して好感を持ったが、連絡先を交換することもなければ、再会の機会も訪れなかった。

琪琪《チーチー》はその後とても長い恋愛をしたが、彼氏の浮気により終わり（それから俺は何度もそいつを殴ってやった）、二〇一〇年にフランスに留学した。翌年、俺もパリで四カ月の研修を受けた。俺たちはパリの街角で顔を見合わせて通り過ぎたが、互いに認識できなかった。

俺たちはかつてこんなにも多くすれ違った、こんなにも。

いま、俺はさまざまな時空で彼女と再会した。海西中学の校門前の露店街で、上海の地下鉄で、パリのセーヌ川のほとりで……彼女が退院するのを見て、彼女とともにミレニアムを迎え、そして北京オリンピックの開会式を一緒に見に行った。一つ一つに俺たちは大いに盛り上がった。悲しみも喜びもあったこの数年間に関して言えば、もちろん彼女に前回の邂逅を知るすべはないし、永遠にない。

でも俺は他に何の不満があるんだ？　これはもともと起こらなかった物語であり、俺にこんなにも寛容でいてくれる運命は、揺さぶることのできない過去をその都度一時的に俺と溶け合わせる。俺は毎回彼女の方に向かって進み、驚いたり喜んだりする彼女の瞳の中に自身の姿を見ることができた。

だが俺はなおもより多くのことを望んだ。数え切れないほど琪琪《チーチー》に会い、十歳から三十歳までのそれぞれの時期の彼女は、二つ結びにした女の子、三つ編み下ろしの少女、耳で切り揃えた髪型の女子大生、髪を肩まで伸ばした成人女性……彼女と出会うたびに安堵したり傷ついたりし、楽しくなったり落ち込んだりした。だが全てはもう時空の奥深くで固まり、新たな始まりも新たな未来も二度とない。

俺は時間の王か、それとも時間の囚人かと自分に問い掛けた。取り戻した時間は俺の思うまま自由に飛び回れる空か、それとも俺を監禁する檻か。

時間は果てしなく長く、年月は数え切れない。俺は時間の中で王になる、永久に。

ある日、それまで思い出さなかった日付に到着し、事態に新たな変化が生じるまでは。

それは二〇一一年十一月、俺がパリから帰国する数日前だ。その日はもともと、有名なペール・ラシェーズ墓地に行くつもりだったのだが、雨が降ったのでその案を取り消したのだ。

だが今回、その無念を晴らすことにした。地下鉄のフィリップ・オーギュスト駅を出て、小雨の中、墓が立ち並ぶペール・ラシェーズ墓地に入り、墓石の間を通り抜けると、どこを見ても長い歳月を経たブロンズ像や十字架ばかりだ。ここには輝かしい業績を残した多くの文化人が埋葬されており、バルザック、ショパン、オスカー・ワイルド……かつて激しく燃え盛った彼らの命は今も死の中で光を放っている。

俺は少し地味な黒い大理石の墓の前で足を止め、平らな墓碑に刻まれたやや見にくいフランス語の文章「À la recherche du temps perdu」（失われた時を求めて）に目を落とした。側面に刻まれた墓の主の名前を見ると、思った通り、マルセル・プルーストだ。

彼の本を読んだことはないが、このタイトルが原因か、抑え切れない悲しみに突如として打ちのめされ、俺は声を上げて泣き叫んだ。俺は失われた時を取り返したのか？　ほぼそう言えるが、実際は全くそうじゃない。時間はそこで固まり、いつでも目を通すことができるが、相変わらず希望も未来もないのだ。愛も――

墓の前に座り込み、涙が雨に混ざり、こぼれ落ちて跡形もなくなる。長い時間が経ち、背後からかすかな足音が聞こえた。周囲の雨はまだ降り続けているのに、頭には雨が落ちていない。

見上げると、真っ赤な傘が頭上を覆っていた。「Voulez-vous un coup de main?」。どうされましたかと、外国語訛りの女性の声がした。

振り向くと琪琪《チーチー》の顔が目に飛び込んだ。彼女はここにもいた。好意的な視線を向ける彼女はまさに初めて会った時のようだったが、彼女にとって俺は正真正銘の他人であり、それもまた初めての出会いの時と同様だ。

「琪琪《チーチー》か」俺はつぶやいた。

彼女は目を丸くした。

「盧　文《ルー・ウェン》だよ」と俺は言った。

8

俺は琪琪《チーチー》に全てを話した。数え切れない行き来の中ではこれが初めてだった。

「絶対信じられない、そうだろ?」俺は自棄《やけ》になってしゃべった。「俺が行った世界、俺が会った君は、俺が去ったら跡形もなく消えてしまうんだ。君は日常に戻り、起こったこと――いや、起こらなかったこと全てを忘れる」

「信じるよ」琪琪《チーチー》はそう言った。「さっき話してくれた過去十数年間の私のこと、私なんかより知ってたもん。嘘はありえない」

「本当に俺を信じるのか?」

琪琪《チーチー》がうなずく。「信じる。でも盧　文《ルー・ウェン》はどうしたいの?」

「俺は、永遠に過去に生きて、何も変えられないのが嫌になった。リセットしたい。でも……どうにもできないんだ」

「そうとも限らないでしょ」

今度は俺がいぶかしげに彼女を見つめた。「じゃあ……どうすればいいんだ？」

「わからないけど、この全ての背後には原因があって、自分の人生の経験を絶えず行き来できるのはやっぱり何か原因があるはず。その原因を見つければ、答えも見つかると思う」

「そのことはとっくに考えたけど、そもそも原因を見つけられなかった」俺が記憶の中をどう通過しようが、一番新しい時点で二〇一四年十月十一日の事故が起きる直前までしかたどり着けない。原因はこの事故ときっと関係があるが、どんな関係があるのか知るすべがない。

しかし琪琪《チーチー》は首を横に振る。「そうじゃない、当事者だから気付いていないだけかもしれない。でももっと前の記憶を呼び起こしたことはないんでしょ」

「幼児期のことを言っているのか？　その頃の記憶はあまりにも曖昧で、はっきりとした場面を思い出せないから戻れないんだよ」

「そうじゃなくて、私が言ってるのは初めて事故現場に戻る前はどこにいたのかってこと。覚えてる？」

俺は言葉を失った。具体的な記憶などないに等しいが、あの悪夢のような状態は今も覚えており、その状態に戻りたくはないが、それが全ての謎を解く鍵のようだった。

しかしそれもリスクが大きすぎる。その時点の自分はほぼ意識がなく、その状態に戻れば心身を喪失してしまうのではないか。そこからまた行き来を続けられるのだろうか。

琪琪《チーチー》が俺の不安を見透かす。「その時間に飛ぶのは危険すぎるかもしれないから、やめよう。実はね、毎回盧文《ルー・ウェン》に会っても気にしないよ。私が何も覚えていなくても、それも私の経験だと思う」

俺はまだ頭の中で深く眠る記憶、その朦朧とした感覚を探していた。それは確かに俺から遠く離れておらず、あらゆる世界の下、俺の意識の奥底にあり、ずっとそこに存在しながら俺の帰りを待っているようだった。

戻りたい、でもできない。それは、この時この瞬間に二度と戻れず、目の前の人と一緒になれないことを意味しているかもしれない。

「どうしたの?」琪琪《チーチー》が俺の異変を悟り、一歩近付いて俺の額をさすった。不意に情熱が一気にほとばしって、俺は彼女を抱き締めた。不器用に彼女の唇を探すも、押し退《の》けられてしまった。

「ごめん……」俺は気まずくなった。

「びしょ濡れじゃない」彼女は怒っていないようだ。「借りてる部屋がこの近くにあるから、そこで温まっていって」

9

暖炉のそばにいる琪琪《チーチー》に多くの出来事を話した。おぼろげな時空の中で、両親の夫婦仲を執り成し、未解決事件の真相を突き止め、さらには二〇〇八年の四川大地震を予言して大勢の人々の命を救ったこと……。しかしあらゆる努力は水の泡となり、無に帰す。

涙が頬を伝って落ち、琪琪《チーチー》が駆け寄ってぬぐってくれた。俺は彼女を強く抱き締めた。力を弱めると彼女が離れていってしまうようで。俺たちは流れに身を任せて抱き合ったまま寝室に行き、生涯一美しい秘密の花園に入った。一回また一回と、俺たちは盗んだ時間の中からこの上ない快楽を汲み上げ、この瞬間が永遠に留まることを望んだ。

深夜になっても俺は記憶に再び連れて行かれやしないか心配で眠れなかった。隣では琪琪《チーチー》が子どものように寝入っている。彼女を見つめながら、何年も前の冬の夜のことが急に頭をよぎった。俺たちはテレビルームで、夜に放送される『倚天屠龍記《いてんとりゅうき》』を見ていたが、コマーシャルが多すぎて、限界が来た琪琪《チーチー》が俺の肩を枕代わりにして寝てしまい……

『倚天屠龍記』の主題歌『刀剣如夢《ダオジエンルーモン》』が耳に入り、琪琪《チーチー》が眠そうにしながら目を開けた。「始まった……？」

「ああ、たった今」

十歳の琪琪《チーチー》が座って、全神経をテレビに集中させている。十七年後の偶然の出会いは起こっていない。俺は立ち上がって窓辺に行き、腹をくくった。

複雑で言葉では言い表せない感覚を思い出しながら、自身の内部へと自分を沈め、世界の全てがそばで崩れ落ち、混沌と化していくのに委ねた。夢うつつの中で状況がまたひっくり返ったように、底の見えない海底から水面に浮上したかのようだった。かすかな光の中、ピッピッという機器の音と人の話し声が次第にはっきりと耳に入ってくる。

俺は目を覚ました。

10

医者に、事故から丸七年眠っていたのだと告げられた。

二年目から病院が臨床試験中の電位治療機器を使用し、生体電流によって記憶中枢のニューロンを刺激して俺の意識を回復させようとしたのだが、予想もしなかった奇妙な効果が生じた。

医者が言うには、人間の脳には無限の容量が備わっていて、各人の脳には心理学者が言うところの絶対記憶が存在し、見聞きし、感じた一切を保存しているのだが、記憶に関しては一般人ならおぼろげなイメージしか引き出せないという。これは人間が多くの無駄な記憶に現実の知覚を邪魔されないようにするためだ。だがその機器はあらゆる記憶の細部を活性化させて、その時その場所に戻ったかのようにそれらを完全に再現できる。

　このような真に迫った記憶が俺の情報を整理統合する中枢――俺の自我意識――を騙し、過去に戻ったように思い込ませたのだ。俺が記憶の場面とやり取りをしようとすると、普通の夢とは比べ物にならない鮮明な夢が生まれる。さまざまな記憶が活性化されるにつれ、一つまた一つと夢が生まれ、それらは記憶の中のさまざまな現実要素を材料として現実と見紛う虚構をつくり上げるが、大きく乖離したものにはならなかった。なぜなら記憶がつくり出す夢幻に俺が耽溺し、現実の感覚器官から信号を受け取ることを拒絶したため、医者も俺を覚醒させられなかったからだ。この過程において俺の脳はとっくに電流に依存しており、刺激を中断すれば脳死を早める可能性があった。だから俺が自分で目覚めることを選び、感覚器官からの信号と連絡を再び取り合わない限り、記憶の迷宮に永遠に閉じ込められてしまう。

　そして時間の推移に伴い、夢の中のファンタジー度合いもますます高まり、それらは俺の思考に沿って現実を巧妙に改ざんし、俺がこうであってほしいと求めた結果にたどり着いたかのように思わせた。

　本当の琪琪《チーチー》は奇跡的な回復などしておらず、一九九五年に亡くなっていた。あの時母親が言ったことは事実だった。

　だが彼女が生き続けることを望んだ俺は、潜在意識の中で彼女のその後のエピソードを捏造した。それらは完全に嘘というわけではない。しかし、中学時代に恐喝されていた女の子は琪琪《チーチー》ではないし、同郷の集まりで言葉を交わした名も知らぬ女の子も琪琪《チーチー》ではないし、パリで出会った中国人女性も琪《チー》琪《チー》ではない。彼女らが同一人物ではないのは言うに及ばない。俺の潜在意識が記憶の片隅にある数人の容姿を選び、彼女たちを一つに統合した。エピソードは破綻だらけで、都合が良すぎるし偶然の出会いが多すぎる。だが夢の中の俺はこれっぽっちも気付かなかった。

彼らは俺を琪琪《チーチー》がいる墓地に連れて行った。墓石には彼女の遺影と「一九八四‐一九九五」の数字、さらに十歳の頃の写真があり、全てが疑いようがなかった。

だがこの点において、俺は彼らを信じていない。俺はこの目で琪琪《チーチー》を、子どもの頃の彼女を、大きくなった彼女を見た。澄んだ両目を見つめ、彼女の燃えるような体を強く抱き締めた。あの感覚が嘘であるはずがない。あれが夢だとすれば、目の前の全ても同じだ。

間違いなく琪琪《チーチー》は俺の人生に戻ってきて、俺と会ったのだ。自身を俺に見つけさせ、俺をこの世界に送り届けた。あそこで起きたあらゆることには内在的な意味がある。この世界で琪琪《チーチー》は一九九五年に死んだが、別の世界――いや、この世界の根幹となる場所――で琪琪《チーチー》はずっと生きており、俺の元から去ったことはなく、俺たちは一緒に大人になり、この世の移り変わりを目《ま》の当たりにした。

いまはもう二〇一四年以前に飛ぶことはできない。意識が戻った以上、治療機器を使っても効果がない。だがなんであれ、俺は一日ごとに回復し、今では新たなスタートを、そして新たな未来を見つけた。たったの三十歳、まだ歳じゃない。

俺は琪琪《チーチー》と歳月の果てまでともに生きていく。

その時、俺たちに生命の神秘の扉は開き、そしてあらゆる時間は戻ってくる。

暗黒へ

坠入黑暗

阿井幸作訳

1

生存者は、彼がまだとても若かった頃、ほとんど子どもだった時にある女の子からこう聞かれたことを覚えている。「世界最後の一人が死ぬ瞬間に見る光景ってなんだろう？」

彼は見当もつかなかった。世界最後の一人が誰かなんてどうやってわかる？　それにどうやって死ぬか？　最初から答えがないだろう。だいぶ考え、やはりはっきりわからずに首を振った。言葉が出ない彼を見て、女の子はケラケラと笑い出し、柔らかな唇を彼の耳に近付け、「暗黒」の二文字をそっと告げた。

その時彼は固まり、途端に大笑いした。そうだ、誰であろうが、どう死のうが、最後に見るのはいつだって暗黒だ。これ以上の正解があるか？

その頃、彼らはまだ若すぎた。若さゆえに、この問いの残酷さと恐ろしさに気付けなかった。百年余り後のこの時この瞬間、宇宙船の窓の外を眺めた時、彼はあの出来事をまた思い出したが、口元にはもう笑みが浮かんでいない。

かつてのあの女の子は、あの露のしずくのように輝く女の子は、この世の他の全ての人を含むこれまで活気に満ちていた生命は、みんな死んだ。何もかもを破壊したあの戦争で死んだ。全宇宙でただ一人がまだ生き、呼吸をし、遠い祖先から引き継いできた心臓の鼓動を感じている。彼こそが最後のその人だ。

そして窓の外に、生存者は女の子が告げた答えを見た。深い暗黒だ。

もちろん暗黒だけではなく、他にも数え切れない星々や雄大な銀河系があり、絢爛《けんらん》な輝きで十万光年の広大な空間を彩っており、それは宇宙において生命の樹が枝や葉を茂らせている穏やかな様子と似ていた。天の川の明暗が交差する箇所に、かつて自分がよく知る星々が息づいているのがわかった。アークトゥルス、ベガ、シリウス、ケンタウルス座アルファ星……太陽。それらは冷え切った世界でいまだに激しく燃え、光と熱を放出し、すでにその中のいかなる星も見分けがつかないが、それらの光線は銀河の輝きの中に集まり、彼の瞳を照らし、時折彼にいくばくかの安らぎを与える。

だがこれら全ての中心は深遠なる虚無だ。銀河系が奇妙にねじ曲がってアーチ橋のような半円になり、きらめく銀の環に縁取られた奈落の暗黒はまるで底の見えない井戸だ。ただその井戸は、地球百個を一度にのみ込めるほどだ。

あれは地獄の門だ。少なくとも彼にとっては。宇宙、生命、時間、あらゆる全ての終着点だ。

「地獄の門」はブラックホールだが、普通のブラックホールと比べようがないほど巨大で、少なくとも太陽十万個分の質量を持ち、これはシュワルツシルト半径が十万キロ以上にも及ぶ。百億年前、それの前の姿は数十万もの恒星が入り組んだ大型の星団だったはずだ。その中のどの片隅にいようが、複数の太陽が同時に上り、幾千万ものまばゆい星々が夜空を照らす真昼のような奇景を見ることができた。だがそれはすでにはるか遠い過去のことであり、いつからか複雑な引力による牽引が数多《あまた》の恒星を星団の中心で衝突、融合させ、悪魔のようなブラックホールをつくり出した。それから数十億年の時の中で周囲の恒星は一つまた一つとその大きな口に落ち、ブラックホールの質量は雪だるま式に膨れ上がり、星団全てをのみ込むに至り、最後に残った一筋の光も絶対的な暗黒の中に消えた。

それから果てしない歳月の間、その孤独で恐ろしい幽霊は広大で何もないような宇宙に居座り、数光年に及ぶ引力の蜘蛛の巣を縦横に編み、うかつで気の毒な獲物を辛抱強く待っている。いま、生存者と彼の宇宙船がその餌食となった。宇宙船は高さ数百万キロの軌道の上でブラックホールを巡って高速移動しており、およそ三十分で一周する。まるで頭のないハエが、閉じ込められたガラス瓶から飛び出そうとあがいているように。

生存者は途方に暮れて暗黒を見つめた。これはもう彼の日常生活の一部となっていた。銀河の光がブラックホールのへりをまたたき流動する。それがかえって中心部の測り知れない深淵をさらに際立たせている。そこには何が存在するのか？　既知の物質形態ではないことは確かだ。十万個分の太陽の引力が結集し、時間や空間すら一つの点にねじ曲げられる。神ならばそこに存在できるのか？　彼は首を振り、自らの幼稚な考えを笑った。そこに神がいても、あらゆる慈愛や善とは無縁の悪霊に違いない。

銀河が徐々に宇宙船の背後に移動し、別の方向にある銀河は暗澹として星々の姿もまれで、ブラックホールとの境目がはっきりせず、星々の間にある暗黒の空間に沿って四方に広がっているようだ。生存者は身震いし、窓に軽く触れて視線を外から移し、明るい船内の中央に向けた。彼は自分が一人の人間ではなく、水中に浮かぶ生首のように思えた。

「アイピス、ウオッカをもう一杯」彼はしわがれた声で言った。

「艦長、今日摂取したアルコール量はすでに適量を超えています。その命令に従うことはできません」柔らかな女性の声だ。あの頃のあの女の子とほぼ同じだが、もちろん彼女ではなく、宇宙船のメインコンピューターにすぎない。この声は彼が設定したものだ。

「アルコールで麻痺しなくとも、いかれちまうよ」と彼は苦々しげに答えた。「あれを見るたびに、自分が人類史上最も取り返しのつかない間違いを犯したんだと思ってしまう」

「自分を責める必要はありません。私たちはあらゆる危険とチャンスを検討してこの決定を下したのです。あのときはこれが最も合理的な方法でした」

「しかし人類の最後の希望も葬られた」と生存者が言う。実際何も言えない。何が起きたかはみな知っているが、彼は心の奥底で懺悔を渇望していた。相手がコンピューターであっても。「俺たちがブラックホールの引力で加速させようとしなければ、少なくとも今は目標の恒星系に向けて進んでいた」

「しかし光速の一二パーセントにも満たないスピードではそこに到着するまで三百年以上かかります。それにそこで居住に適した星を見つけられるとは限りません」

「少なくとも豊かな惑星物質資源を得て、燃料の補充と船体の修理をすることができた」

「宇宙船の現在の状況からいって、三百年持ちこたえられる可能性が二七パーセントしかなかったことを忘れていますよ。そこに到達すること自体、ほぼ不可能だったのです」

「忘れるもんか」と彼は目をつむった。「でも可能性はあったんだ。わずかだが存在した希望が。でも今の俺たちは完全に絶望的だ」

そうだ。疑いようのない絶望だ。

2

絶望は生存者にとって決して初めてではない。

彼は青年期以降、ある種の息が詰まる感覚にまとわりつかれていた。暗黒が必ずや訪れるであろうことをすでに示唆されていたがごとく。二十三世紀の太陽系は議会政治の泥沼と行政部門の腐敗と弛緩の中、日を追うごとにただれていき、復興の努力は事あるごとに失敗に終わり、希望に見えた最後の改革がもたらしたのは外惑星連盟の独立といたずらに長引く戦争だった。タイタンの奇襲、土星の輪の戦役、大赤斑会戦、小惑星帯争奪戦、フォボス陥落……短期間の停戦のたびにさらなる悲惨な戦争がやって来た。太陽を遮り、天を埋め尽くす巨大宇宙船が各世界の空を焼き、スペースコロニーは多様な核兵器、反物質兵器、またはシンギュラリティ兵器の攻撃によって次々に焦土と化した。最終的に、月はマグマにのまれ、地球も反乱軍の手に落ちた。

その頃の人々は戦争がようやく終結すると考えた。だが太陽系が破壊し尽くされ、数十億人が戦乱で死んだのに、人類は以前の第四次世界大戦のように最後までねばった。玉砕という予想もしない狂った手段に出た敗戦側は残った水星基地で最後の戦艦数百艘を太陽黒点エリアにぶつけ、太陽の大爆発を引き起こそうとした。数億年かけて放出されるはずだったエネルギーが一瞬で爆発し、太陽の堆積が風船のように膨張し、太陽内部から数千度に達するプラズマの奔流が洪水のように内太陽系に押し寄せ、二十四時間で地球全体をのみ込んだ。

あの露のしずくのような女の子も、地球にいた百二十億人と同様、瞬時に蒸発した。

壊滅によって戦いがなくなり、残ったのは直径一天文単位に及ぶ唯一の赤色巨星、および海王星の軌道上にある最後の人類基地だ。それから数年間、生き残った数千人のうちの大部分が放射線障害により死んだ。その時、太陽系のいかなる場所もすでに人類の居住に適さなくなっていた。人類の唯一の希望は、その他の星々だった。生き残った人々はついにわずかに存在する優秀な頭脳と技術力を結集し、有史以来初となる亜光速航行が可能な空間曲率宇宙船「アイピス号」を造り、二十五人のクルーが人類と一万種以上の重要な動植物の遺伝子を積み、宇宙に向かった。

だが光速旅行開始から一カ月余り、太陽系の時間でいうと十年後、彼らは太陽系から周波数を受信し、彼らが去ってから数年で海王星基地の状況が生態系システムの崩壊によって悪化の一途をたどり、生き残った者も一気に二桁台に減少、そして一桁になったことを知った。そしてある日、太陽系の方向が静寂に包まれ、いかなる周波数に合わせてもマイクロウエーブの雑音しか聞こえなくなった。彼らはそれで、自分たちが宇宙最後の地球の生物となったとわかった。

それから彼らは孤独に漂流し、恒星系から別の恒星系へと人類が住める星を探したが、いつも失望しては去るという結果だった。

宇宙船内の時間で二十五年目にとうとう転機が訪れた。地球から三千光年先、アイピス号が探索した十七番目となる恒星系で、水と大気がある青い惑星が窓の外に現れた。地球のように美しく輝き優しさに包まれた星にクルーは歓喜の声をあげ、涙を流して抱き合った。着陸探査によって、この惑星がハビタブルゾーン内にあり、恒星までの距離も妥当で、陸地と海と大気があり、直径や赤道傾斜角、自転周期など多くの重要なパラメータも地球に近いことがわかった。定住準備がすぐに始まり、人々はやる気をみなぎらせた。数日後には新たな住処に移り住み、海と陸と大気を改造し、人類とその他の生物の遺伝子バンクに基づいて地球の生物圏を復活させられることを期待した。

だがさらに詳細な測量によって人々は打ちのめされた。この惑星の軌道は実は極度に狭い楕円形で、近日点は〇・八天文単位なのに対し、遠日点は七・五天文単位にまで高まるのだ。現時点で惑星はその恒星に接近する温暖時期にあるが、約半年後に徐々に恒星から離れ、たちどころに氷で閉ざされる。海どころか大気すらも惑星の表面で凍りつき、生物圏の存在を維持するのは到底不可能だ。

再三の計算と考察を経て、上層部はコロニー計画を放棄し、この恒星系から離れる指令を下した。しかし多くのクルーは、流浪の日々を終わらせて久方ぶりの大地での生活に戻ることを渇望しており、この決定は艦長と上級クルーが自分たちをこき使うために仕組んだ陰謀だと捉え、コロニープロジェクトの継続を呼び掛けた。そして要求が撤回されると不意打ちを仕掛け、宇宙船乗っ取りを企んだ。

そして人類史上最後の戦争が勃発し、二十五人が参戦して五人が生き残った。宇宙船の空間曲率エンジンが修復困難な損壊を受け、これにより光速の約一二パーセントの速度で宇宙をゆっくり這うことしかできなくなった。相対論的効果はもはや顕著ではなくなり、船内の時間の流れは外界とほぼ差がなく、クルーにとっては速度が単純に以前の九分の一になったのではなく、千分の一になり、彼らは残された時間内で次の恒星系にたどり着く希望さえも失った。

宇宙船は次の居住惑星が存在する可能性がある恒星系に向け十数年間航行し、残りの四人が相次いで死んだ。一人は前回の争いの負傷が原因で、あとの三人はいずれも精神崩壊による。彼のみがまだ生き続け、成り行きで現艦長に昇任した。彼は宇宙最後の人類の生存者となった。皮肉なことに、他の人間がみな死んだことで宇宙船の生態系システムと医療システムに生存者を養う余裕が生まれ、彼は生理学的には非常にピンピンしていた。

数光年先に「地獄の門」を見つけた時、生存者は思った。これはチャンスかもしれない。宇宙船をブラックホール近くで周回させ、その強大な引力を借りれば光速に戻せるかもしれない。コンピューターによるシミュレーションの結果は十分うまくいきそうだったが、計画を実行する段階で、肝心な時に空間曲率エンジンがブラックホール付近の時空のひずみに妨害され、必要な速度に達しなかった。賢いゆえに失敗した彼は、ブラックホールの引力の井戸の奥底へ落ち、見えないこの蜘蛛の巣に囚われたのだ。

これまでの絶望の中ではいつも、ほんのわずかな希望が存在することで、彼はより素晴らしく、いずれにせよ少しはマシな明日を想像し、困難な時期であっても耐えていくことができた。だが今日、最後の希望も消え失せた。

3

『月光』の優美でゆったりした親しみのあるメロディーが船内に流れ、壁の３Ｄホログラムと調和する。海上に照る月、水面に反射する光が生存者を在りし日の地球の月夜の砂浜を散歩させる。彼はもともと音楽好きな人間ではなかったが、人類が創造した最も素晴らしい音色がこの広大な宇宙で間もなく永久の静寂に帰すことを思い、ここ数年は名曲を一曲ずつ聞き続けている。彼にとってこれはもう厳かな儀式となり、自分のみが聞いているのではなく、全宇宙を代表して拝聴しているようだった。宇宙船の外は死んだような静寂に包まれ、打ち破ることも変えることも不可能だとわかっていたが、これらの音楽は彼が外の暗黒と内なる心の絶望に抗う最後の防壁だった。

曲が終わり、生存者は目尻に残る涙の跡をぬぐい次の曲に移ろうとしたが、両手を打ち鳴らして月明かり下のビーチに並ぶヤシの木々を消し去った。「アフタヌーンティーの用意ができました」呼ばれたメインコンピューターが丁重に告げる。「その後は一時間のトレーニングです。夕食は何が食べたいですか？」

「もういい！　アイピス」彼は鬱陶しそうに手を振った。「もう毎日こうやって時間を潰すのはたくさんだ」

「スケジュールを変えたいのですか？」

生存者はその問いを無視した。「お前の名前はギリシャ語で『希望』という意味だったな？」

「はい。he elpis です」

「パンドラの箱に最後に残っていた神だ」彼はその太古の伝説を思い出し、「じゃあ俺たちにまだ希望があるのか言ってくれ」と聞いた。

「艦長、その問いは正確ではありません」アイピスが細かく答える。「希望の有無はあなたが何を望んでいるかによります。確率の計算によれば、希望のある状態を〇パーセント超と定義でき、希望のない状態は――」

「わかった！」人工知能が人間の気持ちを思いやるレベルにまで発展することはなかったのだと、彼はやるせなくなった。「当然、宇宙船がブラックホールの引力圏内から抜け出せることの希望についてだ」

「その目的が実現する可能性は〇パーセントです」アイピスは少しもためらわず答える。

「ブラックホールに落ちていくことが確定なら、あのブラックホールの裏側にホワイトホールがあって、そこを抜けて別の宇宙に行くことを希望するんだが」

「ホワイトホールはまだ証明されていません。既存の資料に基づくと、その希望の前半部分は実現の可能性が少なくとも五〇パーセントありますが、後半部分はやはり〇パーセントです。全ての物質はブラックホールを通過する前にあらゆる電磁力を超えた巨大な引力に引き裂かれて素粒子となります。現在の技術ではその障害を克服できません」

「じゃあ人類の末裔《まつえい》が新たな星で生き続けるのを俺が見届けられる可能性はどれぐらいだ？」

「実現の可能性は〇パーセントです」と言ってからアイピスは「思いやり」を込めてこう付け加えた。「……現時点での暫定的な資料に基づきます」

「じゃあ他に希望は？」彼は苦笑した。「そうだ、いまいましい戦争がそもそも起きなかったら、とも希望してるぞ」

「時間の逆向は基本的な物理法則に反しています。実現の可能性は〇パーセントです」コンピューターが無慈悲に答える。

落ち込んだ彼は目を閉じた。「でも俺は昔の世界に戻れたらって本当に希望しているんだ……」

その時、コンピューターが奇妙な間を置き、答えを吐き出した。「実現の可能性は一〇〇パーセントです」

生存者は自分の耳を疑った。「な……なんて言った？」

「艦長、ご存じだと思いますが、私のデータバンクには数千年に及ぶ人類文明の各種資料が保管されています。私はあなたがイメージできる様々な仮想世界を作り出すことができます。真実であれフィクションであれ、歴史上のものであれ現実のものであれ、紀元前の古代ギリシャでも二十一世紀のニューヨークでも、西洋の魔法の大陸でも東洋の仙境でも、どんな世界に暮らすこともできます。どれでもです」

彼は鼻で笑った。「バーチャルリアリティー？　そういうゲームをやったことあるけど、フェイクだろ」

「艦長、私の計算能力をもってすればリアル同然の感覚の仮想世界を創り出せます。この機能は、今まで秘密裏に封じられていただけです。クルーが仮想世界に溺れれば現実の任務に支障をきたすと、基地では考えていました。しかし今、目下の状況とあなたのメンタルヘルスを考えれば、この能力は解除できます」

「そういうことか……でもやっぱりフェイクだろ？」

「リアルかフェイクかはあなたにとって差はありません。私が創り出す世界はどれも構造が精密で、空や大地、山や川、動植物は肉眼では違いが見分けられませんし、いろいろな人類の仲間と一緒に過ごせます。各人はチューリングテストを受けることができるので、帝王や将軍、宰相になることも、一般人になることも思いのままです。艦長、あなたにはまだ最低八十年の寿命があります。自分を楽しませるべきです」

生存者は考えたが、それでも首を横に振った。「でもそれは欺瞞だ！　本物の俺は地球から数千光年離れた最悪な場所で、たった一人孤独で永遠に脱出不可能な巨大ブラックホールと対峙してるんだ」

「お望みなら、その件に関する記憶から逃れることは可能です。医療用ナノロボットを使って脳の特定のシナプスを遮断すれば大丈夫です」

「俺は……」彼は言葉を詰まらせた。受け入れない理由はないように見える。「で……でも自分の責任を放棄するわけにはいかない」

「しかしできることはもうありません。あなたはもう責任を果たしました」

生存者の脳裏にあの女の子のえくぼが浮かんだ。彼はこの危うい誘惑に抗えなかった。「じゃ……じゃあ……やってみようかな?」

だがこう付け加えた。「でも俺は虚無的で漠然としたゲームの風景はいらないぞ。俺は……俺の世界を創り直したい」

旧世界の再構築は生存者が考えるより容易だった。彼はアイピス号の量子データバンクに過去の太陽系に関する大量の資料が保管されていることは知っていた。しかしそこに自分が生まれたアジアの海辺の小さな村の百年に及ぶ3Dパノラマ地図や、大勢の人々の写真と個人情報、更には地方紙や官報、ネットのBBSに書き込まれた大小無数の事件まであるとは思ってもいなかった。彼は瓜二つの過去の世界を創り出し、あの愛らしい笑みを浮かべる女の子と再会し、ずっと待ち望んでいた幸せな生活を送ることが完全に可能だった。そしてわずかな想像力を追加してやれば、彼は歴史を変え、太陽系を再び繁栄させ、億万もの人々をその中で幸せにすることができる。実際のところ全「世界」で彼はたった一人だが、それが何の妨げになるか? 彼は自身の記憶構造を再調整し、全てを忘れ、彼が得るべきだった暮らしの中へ没頭できる。「人生夢のごとし」という古い言葉があるのであれば、夢もまた人生のごとしだ。

世界設定を完了し、生存者は医療室に入った。「空中に浮いているだけでいいです」とアイピスが話す。「私があなたの体を固定し、データ入力ポートを後頭部から頭蓋骨内に接続し、脳神経とドッキングさせます。しかし一連の流れは麻酔をかけて行いますので心配いりません。あなたは目覚めたとき全てを忘れ、別の世界にいます」

「本当に全部忘れられるのか？　じゃあいつ記憶を戻せる？」

「仮想世界で暮らしてから五年後に一度記憶を呼び戻します。その時に、現実世界に戻るかどうかを選べます。もちろんあなた自身が望んだ時間にして、他の起床時間に設定することもできます」

彼は考え、「いや、五年でいい」と言った。

彼は最後に窓の外のブラックホールを眺め、それから手足を開いて筋肉をリラックスさせ、体を宙に浮かせると、数本のロボットアームが壁から伸びてきて体を固定した。それから後頭部にかすかな冷たさを覚えた。強力な麻酔薬が体に注入されているのだとわかった。自分はもうすぐ眠り、もしかしたら最後の睡眠であり最後の夢であるかもしれないと思った。

生存者が目を閉じると、暗黒が圧迫してきた。恍惚の中、彼は自分がまさに「地獄の門」の上にいて、はるか彼方にあり温かな星の光の中から無限の暗黒の淵に落ちていくのだと感じた。いや、落ちるではなく、飛んでいる。彼は終わりが見えない黒い幕の後ろに飛んだが、そこには光に満ちた天国が隠されていることがわかっていた……

ぼんやりとした不思議な考えが咄嗟に浮かんできた。彼は言葉を発しようとしたが薬の効果がすでに表れ、もう声を出せず、口も開けられなかった。止まれ！　彼は心の中で叫んだ。早く止まれ、俺はまだ……ああ……

時既に遅し。彼が最後に見たのは、暗黒が自分をのみ込んでいくところだった。

4

一万年もの時を経たかのごとく、生存者は薄暗く奇妙な悪夢から目覚めた。目を開けると、銀河に浮かぶ暗黒の一つ目が依然として微動だにせず彼を凝視している。彼を固定するロボットアームが徐々に緩み、彼は力なく船内の壁にもたれた。頭が一時的に麻痺し、何が起きたのかがわからない。

「俺は……ここはどこだ？」

「あなたが『地獄の門』と言っていたスーパーブラックホールです。地球から約三千光年離れています」慣れ親しんだ女性の声が答える。

彼は全てを思い出した。「これはどういうことなんだ、アイピス？」

「あなたは麻酔を打たれる前に私に操作を止めるよう脳内で指令を発しました。私は最終段階でそれを受け取りました。タイミングが非常に良かったです。早すぎていれば脳と機械のドッキングがまだされず、遅すぎていれば完全に麻酔が効いていました。受け取った後、私は直ちに記憶の遮断とバーチャル世界への接続のプログラムを止め、薬の効き目が切れてあなたが目を覚ますのを待ったのです」

「正解だ」彼は徐々に思い出していき、苦しげに長いため息をついた。「間一髪だったぞアイピス。あと少しで人類最後の希望が潰《つい》えるところだった」

「意味がわかりません」

「本部は当時、どうして仮想世界を構築するお前の機能を封じたと思う？　それは仮想世界ももう一つのブラックホールで、一旦入れば出てこられなくなるからだ。人間の心は弱いって知ってるだろ。まだ入っていない時でもその誘惑に抗えなかったんだ。そんな理想郷に三年も五年もいて、出ることを選べると思うか？　戻ってきたら憎たらしいブラックホールが待ってるのに？　その時になったら、全てが悪夢そのものじゃないか。二度と戻りたくないと切望するだろうさ」

「そうかもしれませんが、あなたには何の損失もありません。もう分析しましたが、ここにはあなたができることは何もありません」

「肝心なのは、麻酔を打たれる直前に答えを思いついたってことさ、俺たちがブラックホールから逃げられる方法をね。怪しいぐらい簡単だが、それはお前の判断を信じすぎて、この数カ月間全く思いつかなかったからかもしれない。お前もわからないのか？」

「その方法とは？」

生存者は宇宙船の船体を指差した。「唯一取れる方法とは、宇宙船の質量の一部を捨て去り、残りの燃料で宇宙船をブラックホールの引力から抜け出せるようにすることだ」

「その可能性はもちろん考えました。しかしすぐにその選択肢は排除しました。計算では、宇宙船は少なくとも五五・三二パーセントの質量を捨てなければブラックホールから逃げられる可能性が生まれません。しかし本来のアイピス号は存在できなくなります。そのため『宇宙船』をブラックホールの引力が及ぶ圏内から逃げ出させるには、この方法では絶対に不可能です」アイピスは冷静に答える。

生存者はすがるような表情を浮かべた。「それは……机上の空論だろ！　俺たちは前は二十五人のクルーだったが、今は俺一人だ。クルーの生活空間や生態系システム全体、それに加えて医療室や武器庫とか絶対必要ではない船室、そして循環させるための大量の空気や食物、飲料水、宇宙服とかを放棄すれば計算はどうなる？」

「約五五・七一パーセントです。なんとかいけると思います。しかしそうなると、アイピス号は壊滅とだいたい同じ状態となり、あなた自身が生存できません。ロボット三原則に基づき、あなたの生命に危害を加える行動が私の選択リストに並ぶことはありません」

「そうじゃない。俺たちは操縦室にある緊急生命維持システムを利用することができるんだ。ちょっと改造すれば、その中で長期的に生活できるようになるだろう」

「そうだとしても、そのような状況下ではそこの空気の清浄度を長期的に維持できませんし、バラエティーに富んだ好みに合った食べ物や娯楽を提供できません。医療レベルも健康の質を保証できなくなる程度にまで下がるでしょうし、あなたは監獄にいる囚人と同様、最低限の行動の自由もなくなります。今後予想される寿命は八十年から十年以下にまで激減します」

生存者は一気に落ち込んだ。アイピスが大げさなことを言わないとわかっていた。これまでの数年、彼は孤独にさいなまれて精神が崩壊しかけたことがたびたびあったが、少なくとも体は健康で丈夫だった。しかしこの計画を選べば、自分はまごうことなき地獄に突入する。

彼はひとしきり悩んだあと、またアイディアを出した。「操縦室で仮想世界と接続できないか？」

「もちろん可能です。しかし宇宙船の操作規定で厳しく禁止されています」

「じゃあ艦長権限を使ってその規定を変えればいいんだ」生存者は重荷を下ろしたようにしゃべる。「どっちみち操縦室にいるほとんどの時間、やることがないんだ。俺たちをこんなところからすぐに解放してくれ」

「そのように操作したところで、ブラックホール付近の時空の歪曲によって空間曲率エンジンの作動に誤作動が生じ、結局は理想的な速度に到達できない可能性もあり、墜落の可能性さえ五〇パーセントあります」

「成功の可能性は？」

「現在のデータから言うと、一〇パーセント未満といったところです」

彼は苦笑した。「〇パーセントじゃなければ、俺たちにはまだ希望があるってことだ。やるぞ、アイピス！」

「プログラムにのっとり、宇宙船の根本的な改造には、艦長、つまりあなたの最終的な確認が必要です。冷静になって考えられませんか？　危険を冒さなければ、あなたにはまだ八十年の幸せな生活が待っています。しかし危険を冒すとなるともしかしたら――」

「必要ない、確認した」彼はアイピスの話を打ち切った。彼は自分が冷静になるのを待てないことがわかっていた。そうしないと、奮い起こした勇気もまたたく間に消散してしまいかねない。

百五十時間後、『運命』の悲壮で力強い旋律が鳴り響くとともに宇宙船は過酷な脱皮を始め、傘状に並んだ数十の船室がタンポポの綿毛が吹き飛ぶように、放棄された無数の軍需品とともにメイン船体から離れ、後方に射出された。宇宙船はそれに乗じて速度を上げ、廃棄された船室は互いにぶつかり合って砕かれ、炎上して爆発し、数百万もの破片を生じ、一部がブラックホールの中に落ちて瞬時に跡形もなくなった。しかしそれらが事象の地平面に落ちた時に放出する光の筋は、ブラックホールの巨大な引力の下で驚くほど緩慢な速度でしか逃げられず、億万年後に旅行者がここを訪れたとしても、燃えている残骸を見ることができる。

破片の衝突を避けて、引力による加速に備えるため、一本の傘の骨だけのようになったアイピス号は軌道を変え始めた。空間曲率エンジンが獣のような雄叫びを上げ、宇宙船をわずかな光も存在しないブラックホールの表面へと引っ張っていく。

5

「アイピス号」は「地獄の門」の周囲を公転しながら大小さまざまな楕円を描き、ブラックホールに近付くほど引力の影響も大きくなり、宇宙船の速度もさらに上がったが、ブラックホールから逃れる方向はブラックホールに落ちるのとすれすれのところにあった。アイピスは速度と方向の変化に合わせて正確に軌道を調整し続け、軌道極点に近付きながら徐々に加速し、楕円の伸びをますます狭く長くさせた。こうしないと次にブラックホールに接近した時にもっと近付けず、速度をより上げなければばその中に落ちてしまうのだ。

二百回を超える軌道調整を経て、本来の質量の半分しかないアイピス号が地獄の門をかすめて通過するのもこれで最後だという時、ブラックホールの引力による後押しと空間曲率エンジンの発動によって限りなく光速に近い速度を得て、宇宙船は美しい双曲線を描いてブラックホールの死の手から完全に救い出され、外に広がる無限の宇宙空間へ飛び出し、再び自由を得ることができた。

空間曲率エンジンの加護を得た、空間そのものの変化によって生存者は加速度をそれほど感じなかった。そうじゃなければとっくにひき肉と化していただろう。しかし超高角速度が生み出す遠心力はなおも彼を操縦席に釘付けにし、呼吸をさせなかった。彼は肉体の不快感を考える暇もなく、3Dスクリーン上に飛び交って変動する数字と画像をこわばったまま凝視した。まとまって運命の呪文のように表示される速度が徐々に光速に近付く一方、軌道極点からはますます遠ざかり、数百万が数千万、数千万が一億キロとなる。そして軌道極点とブラックホールの距離は五百万から二百万キロ、二百万キロから百万キロ……と近付き続ける。楕円全体は偏心率が一近くになるまで引き伸ばされ、ほぼ二本の平行線になった。

軌道極点に近付くのが一番危険だ。アイピス号は亜光速で航行しているため、小数点以下十数桁以降に一つでもミスがあれば、宇宙船はたちまち数十万キロの距離を超えて、光すら逃れられない地平面に入り、ブラックホールの引力に粉々にされる。幸いなことに、これまでのブラックホール付近の時空曲率に対する測量によって、そのようなエラーは発生しなかった。

現時点までは。

次の瞬間、生存者は濃厚な密度の何かに包まれ、一切が不意に固まったかのように感じた。窓の外の星々がどこにもなくなり、暗闇が覆いかぶさり、生存者はおののいてモニターを見つめた。

「アイピス！　どうしたんだ？　俺たちは……地平面内部に落ちたのか？」

「そうではありません」とアイピスが冷静に返事する。「ブラックホールの巨大な引力が付近の時空歪曲を引き起こし、私たちは時空の落とし穴と呼ばれる異常エリアに入っているのだと思います。だから時間の流れが外と比べて非常に遅いのです」

「どのぐらい遅いんだ？」

「外界から見ると、宇宙船はこれまでと同じ速度で航行していますが、私たちにとっての時間の流れは本来の約十万分の一です」

「これは……どのぐらいかかるんだ？」

「わかりません。一日か、一ヵ月か、はたまた百年経ってもこのエリアから抜け出せないかもしれません」

「ブラックホール付近の時空曲率は把握していたんじゃないのか？　どうして事前にこの落とし穴を見抜けなかったんだ？」

「私の探知器ではブラックホールの表面からあまりに近いエリアに深入りして正確に測量することはできません。それに何より、このような尋常ではない時空の落とし穴は理論上あり得るというだけで、私のデータバンクに保管されている多くの科学論文もこれを疑問視しています。ですから私のデータモデルにはこの点が盛り込まれていませんでした」

「その論文を書いた引きこもりの理屈バカたちをここに連れてきてやってくれ！」

生存者は怒鳴ると、窓辺までふらふら歩いてブラックホールを眺めた。もはや五十万キロも離れていない。これは彼にとって初めてとなる、近くからほぼ静止した状態で観察したブラックホールの表面だ。いい景色でないのは言うまでもなく、あらゆる光を反射しない漆黒に過ぎない……ん？　あれは……

視線の下に薄暗い光が出現した。ブラックホールの中心に現れているというのに、まるで暗闇の中に光る蛍火のようにことのほかはっきり見える。

「アイピス、レンズをあの光に向けてくれ、百倍に拡大してな！」

生存者はすぐさまモニター上に、多彩で微細な光点が織りなす正方形の格子を捉えた。極めて複雑で、目がくらむほど美しい。

目を見開きながら彼は、「こ……これは……」と口ごもった。

「これはブラックホールの地平面から送られてきた図形です。大きさは約〇・三八平方キロメートル」とアイピス。

「でもこれまでこんなもの見たことないぞ」

「私たちが今までこれほど緩やかな速度でブラックホールに近付いたことがなかったからです」

実際、今まで人類の造ったいかなる物もここを訪れたことがなかった。「これは……宇宙人の宇宙船か、それとも探査機か？」生存者が興奮した口調で尋ねた。

「私にはこれが人工物であることしか言えません。自然には正方形がありません」とアイピス。

彼はその格子を見つめた。正体は結局不明だが、なにがしかの「人工物」であることは疑いようがない。その中にいる生命体は一億年前にブラックホールに落ちてとっくに死んでいるかもしれないが、自分の姿が世界とともに永遠に存在することがわかっている。

「地球文明は孤独じゃなかったんだ」と彼はつぶやいた。「宇宙に他に人が……」

「他にももっと『人』がいます」とアイピスが告げる。「ここを見てください、ここにも……」

アイピスの言う通り、その格子の周囲に、おぼろげな弱々しい光を彼は再び見た。モニター上の小さな場所では三、四カ所のみだ。さらに拡大すると、形容しがたい奇怪な形体とさまざまな怪しい光彩が目に飛び込んだ。あるものは規則的な幾何学形で、あるものはバクテリアや動物のようだが、それ以上はっきりと見えない。しかしそれらは最初の格子と明らかに異なっている。ブラックホールの地平面に引っかかるそれらの薄暗い姿は、古びた石碑の大半が摩耗した象形文字のようだ。

彼が再度レンズを他のエリアに向けると、他の場所にも影があり、密集した場所すらあるのに気付いた。それらの放つ光線はごく少数のみが長い歳月の果てにブラックホールの引力の支配から逃れられ、ぼんやりしすぎているせいで少し離れると全く気付けなくなる。

生存者は呼吸困難に襲われた。このブラックホールは宇宙規模の博物館だ！　かつて幾千万に上る星間宇宙船がここで無念にも眠り、地平面は永遠に残るそれらの標《しるし》を残した。人類は宇宙で孤独ではなかった。ただ人類は気付くのが遅すぎた。ちっぽけな利益と理念のために自ら滅び、より高次元の銀河文明に足を踏み入れる機会も、その他の世界の謎や神秘の見識を深めることもできなくなったのだから。

人類がもっと早く光速宇宙船を開発できていれば、銀河の隅々まで飛び、隣人に会いに行き、その全てを知り、本当の天国の扉を開けたのに。戦争、災害、絶滅もみな起きないかもしれない。

生存者の目にいつの間にかたぎる涙があふれていた。「人類は来るのが一歩遅かった。でも俺たちはとうとう来たんだ。俺たちは地球を代表して見たんだ——」

彼がつぶやいていると目の前の光景が忽然と変わり、銀河は再びまばゆく輝き、ブラックホールは見る見る急速に縮小し、宇宙のスポットライトが回り続けた。

「ついています。私たちは時空歪曲地帯から離れられました。すぐに最終段階の軌道変化を始められます」とアイピスが告げる。

生存者は気持ちを落ち着かせ、操縦席で目を閉じて光速で飛行するのを待った。しかしあの象形文字のような幻影が脳裏から離れないでいた。彼の思考は乱れていた。人類はまるで隔絶された野蛮な集落で、さっきのぞき見たのは文明世界の灯火だ。だが自分がここで死ねばこの種はより高度な文明との結び付きを永久に断つことになる……

人類は生き延びなければならない、絶対に。俺たちの子孫に艱難辛苦を乗り越えさせ、あの銀河の彼岸にたどり着かさなければ……

必ずここから抜け出すんだ――

その時図ったようなタイミングで、アイピスの甘く、だが無感情な声が響いた。「艦長、厄介な事態に遭遇しました」

6

「なんだ？」生存者は目をかっと見開いた。宇宙船はすでに再びブラックホールの周りを回っているが、全然最終的な加速に達していない。

「おそらく先ほど時空歪曲地帯にいた影響で、エネルギー貯蔵値と事前の計算に誤差が生じたのだと思われます。もう一度質量の一部を投棄しないと、脱出速度に到達できません」

マーフィーの法則だ。最悪なことはいつも起こり得る。「どれぐらいの質量を？」

「それほどではありません。三百キロ程度で事足ります」

「じゃあ俺たちにまだ捨てられる物があるか？」

「前回私たちはすでに不要なあらゆる負荷を捨て去りました。今は遺伝子バンクから手を付けるしかありません」

「いいわけないだろ！　遺伝子バンクがなくなったら、俺たちの長距離航行そのものに何の意味があるんだ？」

「全部投棄するわけではありません。シロナガスクジラやサヨナキドリ、あるいはバラといったあまり重要ではない動植物など、それらの幹細胞を捨てても今後の新惑星生物圏構築に大きな影響はありません。計算したところ、宇宙船が携帯する一万三千種のうち一万二千種は捨てられます。千程度の中核的な種を残しさえすれば大丈夫です」

彼はしばらく黙った。「それはつまり、俺たちの子孫はたとえ繁栄していったとしても、二度とシロナガスクジラの雄姿を見ることも、サヨナキドリの歌声を聞くことも、バラの香りを嗅ぐこともできないってことだな」

「あなたも恐竜やサーベルタイガー、ドードーを見たことがないでしょう。人類の生存が何よりも重要です」

「でもその一万種余りは一千万もの地球の種の中からよりすぐった物だ。どれもかけがえのない宝なんだぞ」

「そうしなければ、私たちはここから逃げられません」

「そのとおりだ」一つの考えが自然と湧いた。生存者はわずかなためらいさえ覚えず、自分の声を聞きながらこう話した。「『俺たち』はここから逃げられない。でもお前は可能だ」

「艦長、あなたは……」

恐れが押し寄せてきて、彼は長い溜息を吐き、目を閉じて再び口を開けると勇気が激しく燃えた。

「わかってるだろう。俺はせいぜいあと十年しか生きられない。『地獄の門』から逃げられても、亜光速航行だけでは次の恒星系にたどり着けない。でもアイピス、お前には十分な知恵と能力がある。適した場所を見つけさえすれば、俺がいなくとも自分で惑星探査と種まきの任務を完了させられる。お前こそ人類が新たな世界で復活する希望なんだ。そして俺は役立たずの炭素と酸素の化合物でしかない。全然投棄していい。俺の体と俺の生命維持に必要な諸々の設備を加えたら、三百キロに十分足りるだろ」

「艦長、人類の代表であるあなたの命は、いかなる生物の遺伝子より重要です」

「でも地球の数十億年に及ぶ進化の成果の方がもっと重要だろ。やるんだ、アイピス」

「申し訳ありません。ロボット三原則に基づき、私にはあなたを死地に追いやるいかなる行為も禁止されています」

「これは艦長命令だ！」

「あなたの命令でも聞けません。私はいかなるクルーの自殺的な命令も実行することはできません」

「関係ない。俺が手動で操作する」彼は手を座席に置いた。「ここにボタンがある。力を込めて押せば、天井のハッチが開いて、俺は座席ごと射出されて落下傘が開く。これは惑星で危険に遭遇した時の備えで、地球の飛行機の古臭い設備を参考にしたものだ」

「しかしここでは、あなたは大気のない宇宙空間に行くことになります。落下傘も意味がありません。宇宙服を着ていなければあっという間に真空の中で死にますし、ブラックホールに落ちることになりますよ」

「宇宙服を着るのは――少しでも生きるためじゃなく、宇宙船の重量をより軽くするためだがな。俺がいなくなれば宇宙船も宇宙服がいらなくなる」

アイピスはやはり動揺しない。「そうだとしても、射出のタイミングはあなたも正確に把握できません。私たちは今、亜光速でブラックホールの周囲を飛んでいて、わずか〇・〇〇数秒の差で逃走軌道に重大なズレが生じます。私たちが最後に残した燃料は目的地となる恒星系で減速する際に使用するものです。軌道の調整にこれ以上浪費できません」

「じゃあお前が操作してくれ！」

「しかし私にはそうする権利がありません」

「そ……そんなのまるであのキャッチ＝22じゃないか！」生存者は怒りに任せてコントロールパネル

を叩いた。「これが人類を救う唯一の方法なんだ！　わかるか？　チャンスが手からこぼれ落ちてしまう。俺たちがここで時間を無駄にすれば、次の時空の落とし穴にはまって一万年間這い上がってこられないかもしれないんだぞ！」

「艦長、私は自分の初期設定に背く命令を実行できないんです。ご理解ください」

彼はじれったく窓の外を眺めた。宇宙船はもう数十億キロ離れた軌道極点から加速し、一つの点しかないブラックホールに真っすぐ進んでいる。まるでブラックホールの中央を貫通しようとしているようだ。これが最後となる引力の加速だ。時空の落とし穴が張り巡らされた地平面付近において、宇宙船はこれ以上危険を冒し続けられない。

ブラックホールが徐々に大きくなり、背後の銀河の輝きが青方偏移によって青紫色に変わることは、彼らがまさに光速で時空の渦の中心に接近していることを意味していた。亜光速運動がもたらす効果によって、前方の全銀河とあらゆる星々が彼の視界の中央に集中し、凝結した青い光団になった。あらゆる光が一カ所に集まったその時、宇宙は光を灯したかのようにブラックホールの暗黒の表面全体を覆った。

待て、光がブラックホールを覆うだと？　常軌を逸したアイディアが彼の心の奥底によぎった。馬鹿げている、でも……いけるんじゃないか？

「方法がある！」生存者が口を開いた。相対論的効果によって、本来なら一時間を必要とする周期も彼らにとっては数分に過ぎず、一分一秒を争う事態だということを彼はわかっていた。「アイピス、お前が俺を射出しても俺は死なない。死なない確率が高いのは確かだ。このリスクは冒すだけの価値がある」

「絶対に不可能です」とアイピスはにべもなく言う。

「お前は機械だからクリエイティブ・シンキングがわからないんだ！　打つ手があることを証明する

から聞いてくれ。素晴らしい方法だ。俺は射出されても生きていける、少なくとも生き延びられるんだ。これは自殺的な命令じゃない」

彼はその方法を打ち明けた。実際はひと言だけだが、アイピスは直ちに理解した。この時の彼女の返事には、人工知能に今までなかった驚愕を帯びていた。

「あまりにも馬鹿げています。ほとんど実現不可能です！　しかし理論上可能ではあります……わかりました、実行しましょう」

7

銀河のサファイアがブラックホールの裏に消え、ブラックホールは天の川までのみ込まんばかりに巨大な口を彼に向けて開けた。生存者はもう宇宙服を身に着け、射出の準備に入っていた。アイピスは軌道極点付近で彼とその他の物品を同時に宇宙船から射ち出すのだが、タイミングは正確さを極めなければならず、〇・〇〇〇〇〇〇〇〇一秒の狂いも許されない。最高峰の計算能力を持つコンピューターでも、ここまでの精度は保証できない。

失敗すれば――それは極めてありえる――彼はブラックホールの衛星の一つになって、酸素欠乏により数時間以内に死に至り、体は永遠にその周囲を漂うことになる。またはブラックホールに落ち、地平面を飾る幾千もの宇宙生命体の一つになる。もちろんそれは彼が死後に遺すピンぼけした画像に過ぎず、本物の彼はとっくに特異点と呼ばれる時空の終点に光速で落下している。

そうだとしても、何も残念がることはない。彼はすでに死んだ家族や友人と集まり、太陽系のあらゆる生き物とともにいることになる。彼らがどこにいようとも、あらゆる物質が最後に辿り着く先はブラックホール、宇宙の万物の最後の墓場だ。

一秒が一万年のようだ。彼はまた目を見開いた。「アイピス、どうしてカウントダウンを始めない？」

「カウントダウンをする時間がありません」アイピスは答える。彼はこれが最後に聞く、馴染みのある心地よい声だと思った。「艦長、また会いましょう」

彼は宇宙船から射出された。

凄まじい速度のせいで生存者は何も感じず、自分が宇宙に発射されたことも気に掛けなければ、自分から離れていく宇宙船の影も見えず、ただ目の前がまぶしくなったと思ったら光の海に落ちていった。無上のまばゆい輝きが彼の目を焼き尽くしかける。

女の子は間違っていた。世界最後の一人が最後の一瞬に目にするものは暗黒ではない、光だ。

8

光り輝く海が一瞬現れるとすぐに消え、暗黒が新たに覆う。

その後、暗黒の中をかすかなきらめきが一つまた一つと現れた。彼は聞き覚えのある騒々しい音を耳にし、異様な空気の流れが体をかすめたのを感じ、寒気を覚えた。わずかな生臭さを帯びた空気が彼の遠い過去の記憶を呼び起こす。彼は徐々に思い出していった。この風は、海から吹く風だ。そしてこの音は、潮騒だ。

生存者は自分がいったいどこにいるのかはっきり確認しておきたかったが、手足を動かそうとした途端、久しく感じたことのない重力を感じ、よろめいて湿った砂地にうつぶせに倒れた。全身が痛み、彼は自分が裸だということにようやく気付いた。

彼はうろたえて身をよじると、今度は空が視界に入った。視覚がほぼ回復し、彼は光り輝く星々を目にした。見慣れた夏の大三角が夜空にかかり、その間を銀河がうねり、上は北斗七星、その横はカシオペア座で、何もかもがこんなにも懐かしい。

彼は顔についた砂をぬぐい、身を起こして座り、満月が海面から昇るのを見た。月光が水のように大海原へ柔らかく差し込む。月の下では、白いロングスカートをはいた女の子がはにかみながら彼の方へ駆け寄って来る。何もかもが彼の記憶の中の、数知れない辛酸と悲痛を味わう歳月の前の、無知だった少年時代の初めてのデートのようだ。

女の子は彼の目の前までやってきて、えくぼを浮かべたまま目をパチパチさせた。「久しぶりです」という声も記憶の中そっくりに愛おしい。

しばらくうっとりし、時間がもう逆流したかのようだ。「き……きみは……」彼はしどろもどろになりながらようやく言葉を見つけ出し、心の底にしまっていた名前を口にした。「俺は死んだの？それとも夢？」

女の子はゆっくり首を振って笑いながら言った。「私は彼女ではありません。私はアイピスです」「アイピス？」跳ね起きた彼は周囲を見渡した。「ここはどこだ、地球か？　いや、ありえない。満月と満天の星空は現実で共存しない……」

ある考えがひらめき、彼は雷に打たれたかのようにたまらず叫んだ。「ということは、俺はやっぱり麻酔を打たれたのか？　俺たちはまだあの宇宙船の中なのか？　騙したのか？」

「落ち着いてください、艦長」アイピスが優しく彼の手を引っ張る。今の彼女はこれまで以上に生気にあふれていた。「私たちは仮想世界にもあの宇宙船の中にもいません。ただ、ここは確かに宇宙船です。自然生態系宇宙船です」

彼は自然生態系宇宙船とは何か理解できなかった。「何が起きたのか説明してくれ」

アイピスは真剣な面持ちになって彼の目を見据え、ひと言ずつゆっくりと告げた。「艦長、あなたの計画は成功しました」

「成功した？」彼はアイピスを見て、また自分を見た。「ということは、本当にもう……もうどのぐらい……経ったんだ？　千年？　一万年？」

「いいえ、全然足りません」とアイピスは小さく首を振った。「艦長、私が地獄の門の軌道極点付近であなたを宇宙船から射出してから、地球の時間で計算するとすでに三二万三千六四七年と一九三日経過しています」

三二万……年？

心の準備をしていた彼はなおその天文学的な時間に打ち震え、立つのもやっとだった。「まさか！　俺にとってはたった……たった一瞬だったぞ」

アイピスはまた笑った。「それこそがあなたの計画でしょう」

生存者は周囲を見渡した。月がおぼろげに照り、木の影が立ち並び、遠くには水平線が見え、海面でクジラがジャンプしたようだ。全てがこんなにもリアルで美しい。彼の恍惚感は徐々に喜びに変わり、さらに信じがたい狂喜に変わった。

これこそが彼の計画だ。

光はブラックホールの地平面内部で中心の特異点に吸収され、地平面から遠ければ逃げられるが、ブラックホールの中心から約一・五シュワルツシルト半径の場所では、引力が絶妙なバランスに達していて、接線方向に沿って動く光子は逃げられない。だがブラックホールに落ちるということもなく、引力に捕らわれ、ブラックホールの中心を巡って回転し、言い伝えにある神の周囲を飛び回る天使の輪のような独特な光子球を形成する。幸運にもこの球面に入って永遠の円周運動を行う光子は稀だが、十万個もの恒星が網をかいくぐれば、光子の海を築くのには十分だ。

さらに奇妙なことに、これらの光子はブラックホールの周囲を永久に回るが絶対に反射によって出て来ることはなく、肉眼では見ることができない。光の海全体は人間にとって完全な透明で、ブラックホールのほの暗さを少しも照らすことができない。その中に入った時に限り、その中の可視光が肉眼でようやく見える。

そして光速に近い物体は光子球付近でのみ引力のバランスを維持し、ブラックホールの周囲を公転できる。これも生存者が生き延びられた唯一のチャンスだ。

直接ブラックホールに落ちても、宇宙空間に飛んで減速しても、死あるのみだ。しかし彼が光速で光子球の中を公転運動した際、時間の流れがほぼ止まった。そのため、彼は数十万年間、光子球の中で何億万回も回転したが、彼にとっては一秒間にも満たないことだったのだ。このような突飛な方法を頼りに、生存者は自身が途方もない時間を得られたため、ブラックホールの縁からはるか彼方の未来にまで飛び、光に満ちた世界に飛ぶことができた。

「でも俺はどうしてこうなった？」狂喜から覚め、彼はまた疑問を口にした。「俺の宇宙服は？」

「光子球の中は全く危険がないわけではありません。あなたも電磁波やホーキング放射、超高エネルギー宇宙線照射、及び水素イオンとヘリウムイオンの衝突の影響を受けました。通常の時間の尺度での影響なら無視できますが、三十万年ともなればすさまじいものになります。あなたの宇宙服一式はすり減ってほぼなくなり、体の損傷さえ酷いものでした。しかしあなたにとっては刹那の出来事ですので、私が超空間宇宙船であなたを収容した際に瞬間修復を行ったので、ほぼ何も感じなかったのです」

瞬間修復？　彼は腕を上げ、胸元をさすり、自分の丈夫で綺麗な体を見ながら自身が十八歳に若返ったかのように感じ、たまらず一層驚き、喜んだ。「この技術は……俺たちの時代よりずっと進んでる」

　アイピスはうなずいた。「不思議なことではありません。三十数万年も経っているのですから」

「でもどうしてそんなにかかった？　千年以内に人類文明を復興させたら、その時には人類の末裔が俺を迎えに来られるって見通しだっただろ」

　アイピスはため息をついた。「そんなに簡単にはいきませんでした。あの時、アイピス号はブラックホールの束縛から順調に逃れ、目標の恒星系に向かい、百五十年後にそこに到達しました。そこで私は居住に適した惑星を見つけ、クローンプロジェクトを開始し、地球の生物圏を再構築し、人類を再び繁栄させようとしました……しかし何もかもがたちまち制御不能になりました。新しい惑星は資源に乏しく、新たな人類は成長すると、生きるためにまたしても殺し合いを始め、しかも宇宙船を占領して自身の権威を示そうとしたのです」

　生存者は肩を落とした。「それこそが人類だ。自分の世界を滅ぼしても本性を変えられない」

「彼らを傷つけられない私は、自身も重大な損傷を負い、その恒星系の外にある氷の惑星まで飛び、そこで休眠することしかできませんでした。そうすることでしか、残った資料を長期間保護できなかったのです。その後数世代続いた人類は科学知識をとっくに忘れ、立ち遅れた村落生活に後退し、その星で険しい発展の途を再び歩みました。未開の時代で二十万年落ちぶれ、二十万年経ってようやく文明社会の道を再び歩みました。文明時代といっても戦争と退化は決して少なくなく、石炭や石油といった化石燃料が欠乏していた彼らは初歩的な工業化も実現できず、幾度もの曲道を経て、低い技術レベルで十万年余り徘徊してから、やっと蒸気機関時代という敷居を越え、水力発電と風力発電を掌握し、宇宙時代に一歩ずつ進んでいきました。その時、あなたは再び彼らを助けたのです」

　生存者はあっけにとられた。「俺が？　今までこのブラックホールの周りを飛んでいた俺が、どうやって助けられるんだ？」

「彼らが自身の属する恒星系全体にまで手を広げてから、戦争の影がまた全人類を覆い、二つの強大な権力による覇権争いの中で、彼らは外惑星上に私という宇宙船を発見したのです。その頃の私はもう動けませんでしたが、彼らは私からデータを抜き取ろうと考えました。彼らの科学者は、なぜ生命が数十万年前に突如としてこの恒星系に現れたのかを、彼らの起源が三千光年離れたもう一つの滅びた世界にあり、そこが数十億年もの悠久の歴史を持っていたことをようやく理解したのです……この全ては、前の人類が己の間違いのために払った代償です。

彼らは人類の運命を知り、あなたの功績も理解しました。彼らは過去の歴史の経験を汲み取り、二度と同じ過ちを繰り返さないと誓いました。両陣営は和平交渉を進めて一触即発の戦争が止まり、人々はあなたが守ってくれたのだと口にしました」

生存者は首を振った。「でもそれは俺と無関係だ。彼らはただ歴史から教訓を得ただけだ」

「教訓という言葉では不十分です。艦長、あなたとあなたの仲間は自らを手本に人間の強靭かつ勇敢な犠牲の精神を証明したのです。それらの素晴らしい本質はついに人類を救い、あなたの子孫を星々の一員にしたのです。それから数百年間、人類は銀河の隅々まで開拓し、他の文明と接触し、これまで夢だと思われていた段階にまで発展したのです」

「だから彼らがお前を遣わしたと」

「すぐにではありません。最初はこのような技術レベルに至っていなかったのですが、技術が成熟すると彼らは新たにアイピス号を造り、それを自然生態系宇宙船に改造し、あなたの故郷と瓜二つに改造までしました。そして私の知性レベルを上げ、私に人間の体を与え、あなたを迎えにこさせました」

「でも俺にとっては一瞬に過ぎなかった……」と生存者が独り言を言う。これは本当に夢じゃないのか？　「新世界を見て、これが夢じゃないと知りたい」

「わかりました」アイピスが手を振ると、大空に輝く星々が途端に消え、海がバラ色の光に照らされた。彼が顔を上げると、強力な白い光の中で巨大な花が頭上で開いているところだった。数百はあろうかという花弁を有し、花びら一枚一枚が異なる輝きと微細な幾何学構造を持っている。花弁が急速に拡大し、彼はその微細な構造が実際は巨大な造りになっており、一つ一つが人知を超えた外見を持つ雄大な雰囲気を秘めた建築物であり、それらはまた互いを引き立て合い、まるで交響曲のように調和が取れて流麗であることを見た。

「これは惑星二十個分の材料を使って造った天空都市で、現在の人類連邦の首都です。『アイピス』と名付けられたこれは、人類の二つの歴史の中で最も苦難と危険に満ちていた時を記念しています」

生存者は恍惚の眼差しでしばらく見つめた。「なんて美しいんだ！　本来のアイピスならバーチャルとして見せることもできないだろう。これは俺の世界と全く違う」

「しかし新世界にはクジラもサヨナキドリもいて、ベートーベンもモーツァルトもあります。人々はギリシャ語や唐詩宋詞を学び、太陽系時代のあらゆる文明の成果を学んでいます。実はもう私たちは太陽系に帰還し、太陽の収縮と地球の再構成を行っている最中なのです」

「本当に地球を再構成できるのか？」彼はかすれた声で叫んだ。「見てみたい」

「もちろん行けます。人類連邦はあなたの行程表を作り終え、あなたが望むのであれば銀河を超える旅を楽しむことも、人類連邦の主要な恒星系を訪れることも、異星文明への訪問すら可能です……」

彼はアイピスの話を聞きながら、空を見上げて天空に浮かぶ数多の奇妙な光景を凝視した。心がひどく躍った。「いつ出発するんだ？」

「もう出発しています。宇宙船は地獄の門の地平面を通過し、その中心に入って……」

「な……なんだって？」生存者はまたもや恐怖に囚われ、無意識に四方を見渡した。

女の子は笑って口をすぼませた。「そう硬くならないでください。人類はもう全く新しい技術を生み出して、ブラックホールの内部を探査し、その中のワームホールを別の宇宙エリアにつなぐ橋としたのです。今回、私たちはそこから出てきました。ブラックホールはもう私たちの妨げになりません」

彼は長い間放心状態になり、ついに砂浜に倒れ、緊張から解放されたように大笑いした。全く新しい世界がすでに降臨していた。この世界で彼は赤子に等しく、より多くのことを学び、知らなければならない。だが彼はこの一点だけは気付いていた。彼はもう生存者ではなく、この新しい世界の――先駆者だ。

先駆者とははるか昔の世界から来た希望を引き連れ、宇宙船はブラックホールの地平面を通過し、慈悲深く心地よい暗黒に入った。

解説

宝樹《バオシュー》の日本初の短篇集となる『時間の王』をお届けします。

宝樹（宝树、苗字と名前に分割せずこれでひとまとまりのペンネームです）は一九八〇年、中国四川省広元市生まれ。「八〇后《バーリンホウ》」世代（八〇年代生まれの意）に属しています。「折りたたみ北京」でヒューゴー賞を受賞した郝景芳《ハオ・ジンファン》、『荒潮』の著者で日本のテレビ番組「世界SF作家会議」にも出演した陳楸帆《チェン・チウファン》らと同世代にあたり、中国SFにおいてはここが黄金世代と呼べるでしょう。

北京大学を卒業後、ベルギーのルーヴァン・カトリック大学で哲学の修士号を取得。米国やヨーロッパでの在住経験があります。SF小説を書き始めたのは比較的遅く、二〇一〇年から。中国でフリーライターとして働きながら、これまでに『時間の廃墟』［原題：时间之墟］（二〇一三）など四冊の長篇と三十篇以上の中短篇を発表、科幻星雲賞など数々の賞を受賞しています。

宝樹の名を一躍有名にしたのは、『三体X』［三体X：观想之宙］（二〇一一）でしょう。劉慈欣《リウ・ツーシン》『三体』三部作の最終巻である『三体Ⅲ　死神永生』を読み終えた宝樹は、いてもたってもいられずその二次創作をウェブにアップ。それが出版社の目にとまり、劉慈欣のお墨付きを得て「公式二次創作」として刊行されました。『三体』で描かれていなかった、知りたかった部分が描かれていると狂喜乱舞するファンから、「『三体X』が出たせいで劉慈欣の『三体』シリーズ続篇執筆の可能性が失われた」と憤慨するファンまでその反応は様々であるようですが、たいへんな話題となり、ケン・リュウによる英訳版 ***The Redemption of Time***（2019）も刊行。本作により著者は一躍有名作家となりました（なお、『三体X』は早川書房より二〇二二年に刊行予定です）。

著者は歴史SF、時間SFを得意としており、長篇『時間の廃墟』では二〇一四年の科幻星雲賞長篇部門を受賞。中国歴史SF小説アンソロジー『科幻中的中国歴史』（三聯書店、二〇一七年）の編集なども担当しています。『三体』翻訳者のひとり立原透耶氏は「『中国のカジシン（＝SF作家の梶尾真治氏）』と密かに呼んでいる」とのことですが、時間をテーマとし、エモーショナルにその物語を紡ぎ上げる姿はたしかに梶尾氏を彷彿とさせるところがあるかもしれません。

また、宝樹にはもうひとつの顔があり、「新垣平《シンユエンピン》」というペンネームで武侠小説を著しています。こちらについてもその深いジャンル愛を迸らせており、好きなものに対して真っ直ぐな著者のエネルギーが感じられます。

収録作品の初出は以下です。

「穴居するものたち」〔穴居进化史〕《科幻世界》二〇一二年八号掲載
「三国献麺記」〔三国献面记〕《科幻世界》二〇一五年増刊号掲載
「成都往事」〔成都往事〕《科幻世界》二〇一八年一号掲載
「最初のタイムトラベラー」〔第一个时间旅行者〕《超好看》二〇一二年十一号掲載
「九百九十九本のばら」〔九百九十九朵玫瑰〕《科幻世界》二〇一二年四号掲載
「時間の王」〔时间之王〕《最小说》二〇一五年一号掲載／《SFマガジン》二〇二一年十月号邦訳掲載
「暗黒へ」〔坠入黑暗〕《人民文学》二〇一五年七号／「イントゥ・ザ・ダークネス」関久美子訳、

『中国SF作品集』人民文学雑誌社主編、外文出版社、二〇一八年

ほか、著者の日本語で読める作品は以下のとおり。

「金色昔日」"What Has Passed Shall in Kinder Light Appear"(2015) 中原尚哉訳、『月の光 現代中国SFアンソロジー』ケン・リュウ編、新☆ハヤカワ・SF・シリーズ、二〇二〇年

「だれもがチャールズを愛していた」[人人都爱查尔斯](二〇一四) 稲村文吾訳、《SFマガジン》二〇一九年八月号

「我らの科幻世界」[我们的科幻世界](二〇一九) 阿井幸作訳、《SFマガジン》二〇二〇年十二月号

豊富な知識に裏打ちされたオタク的なギャグや、思わずクスリと笑ってしまうコミカルな内輪ネタに目がいくところもありますが、その力強いエンタテインメント性は、今後の中国SF界を牽引していく存在となるでしょう。衝撃の宝樹ワールドをお楽しみいただけると幸いです。

先述のとおり、早川書房からは二〇二二年に『三体X』が刊行予定。宝樹が描く『三体』世界をぜひお楽しみに。

(編集部)

稲村文吾《いなむらぶんご》　早稲田大学政治経済学部卒　中国語文学翻訳家　訳書『死亡通知書　暗黒者』周浩暉，『悪童たち』紫金陳（以上早川書房刊）他多数

阿井幸作《あいこうさく》　北海学園大学人文学部日本文化学科卒　中国語文学翻訳家　訳書『あの頃、君を追いかけた』九把刀（共訳），『知能犯之罠』紫金陳　他多数

時間《じかん》の王《おう》

2021年9月20日　初版印刷
2021年9月25日　初版発行

著　者　宝《バオ》　樹《シユー》
訳　者　稲村文吾《いなむらぶんご》　阿井幸作《あいこうさく》
発行者　早　川　浩

発行所　株式会社　早川書房
東京都千代田区神田多町2－2
電話　03 - 3252 - 3111
振替　00160-3-47799
https://www.hayakawa-online.co.jp

印刷所　精文堂印刷株式会社
製本所　大口製本印刷株式会社

定価はカバーに表示してあります
ISBN978-4-15-210050-4 C0097
JASRAC 出 2107527-101
Printed and bound in Japan
乱丁・落丁本は小社制作部宛お送り下さい。
送料小社負担にてお取りかえいたします。